Rolf Schneider

Janowitz

Rolf Schneider

Janowitz

Roman

Osburg Verlag

Erste Auflage 2021

www.osburgverlag.de

Lektorat: Bernd Henninger, Heidelberg
Umschlaggestaltung: Therese Schneider, Berlin
Satz: Hans-Jürgen Paasch, Oeste
Druck und Bindung: CPI books GmbH, Leck
Printed in Germany
ISBN 978-3-95510-256-2

WIESE IM PARK
(Schloss Janowitz)

Wie wird mir zeitlos. Rückwärts hingebannt
weil' ich und stehe fest im Wiesenplan,
wie in dem grünen Spiegel hier der Schwan.
Und dieses war mein Land.

Die vielen Glockenblumen! Horch und schau!
Wie lange steht er schon auf diesem Stein,
der Admiral. Es muss ein Sonntag sein
und alles läutet blau.

Nicht weiter will ich. Eitler Fuß, mach Halt!
Vor diesem Wunder ende deinen Lauf.
Ein toter Tag schlägt seine Augen auf.
Und alles bleibt so alt.

Karl Kraus

I

Der Zug fuhr vorüber an den letzten Vorstadthäusern von Prag. Rilke sah sie, hinter dem Fenster, hinter dünnen Schlieren weißgrauen Dampfes der Lokomotive, die flüchtig das Glas beleckten. Er sah niedrige, von Moos besetzte Ziegeldächer und verwilderte Gärten. Auf den Blättern der Bäume lag flimmernde Nachmittagssonne. Der Himmel war blank.

Er hatte das Abteil für sich allein, was ihm sehr behagte. Er reiste gerne und reiste gerne allein. Die Strecke hier war ihm vertraut, böhmisches Hügelland, mit Wiesen, Feldern und Gebüschen, eine anmutige Szenerie, die er, aber das war lange her, in Versen beschrieben hatte. *Dann unterbricht nur hier und da ein Baum die falbe Fläche hoher Ährenfelder.* Frühe Texte. Sie waren, das wusste er, nicht vollkommen. Andere Gedichte des damaligen Bandes benannten Einzelheiten von Prag, Gebäude, Gotteshäuser, den Fluss, eine Brücke, dazu Stimmungen, Ereignisse, Personen, darunter die seiner Mutter. Sie lebte längst nicht mehr in Prag.

Er selbst kam inzwischen bloß noch gelegentlich in diese Stadt, wie eben jetzt, aus Anlass einer Lesung. Das Publikum war nicht groß gewesen, überwiegend Frauen, erkennbar wohlhabend und die meisten nicht mehr jung. Er hatte aus seinen Dinggedichten gelesen und aus seinem Roman. Er hatte parfümierte Hände gedrückt, Auskünfte gegeben, Schmeicheleien vernommen und seine Zuneigung zu Prag und zu Böhmen bekundet, die er, da er sie aussprach, als völlig wahrhaftig empfand. Aber liebte er diese Stadt? War es nicht vielmehr Hass, was er für sie fühlte? Ein Begriff wie Hass war seinem Wortschatze fremd. Er stammte aus Prag, er war dort aufgewachsen, war, nach seinen Internatsjahren, dorthin zurückgekehrt, er hatte dort Verse verfasst, sie öffentlich vorgelesen und zum Druck gegeben, hatte Pläne verfolgt und seine erste große erotische Passion dort erlebt. Das Kind René Maria. Gestern am Nachmittag war er noch, vor der abendlichen Veranstaltung, die einst vertrauten Wege schaudernd abgeschritten, Heinrichsgasse, Wenzelsplatz, Wassergasse, Graben, das Haus mit der Wohnung der Mutter, das Haus mit der Wohnung des Vaters, das Haus mit der Wohnung von Onkel Jaroslav, dem er damals einiges zu verdanken gehabt hatte, der angesehen gewesen war, als Anwalt und Politiker, den der Kaiser für seine Verdienste nobilitiert hatte. Das »von« im Namen, dazu der Titel Ritter. Er selbst hätte beides gerne getragen, er hatte viel Mühe darauf verwendet, unter seinen Vorfahren einen Adeligen zu finden, vergeblich, dabei war er sicher gewesen und war es immer noch, dass es einen ebensolchen gegeben habe.

Vor dem Abteilfenster hing die gleichbleibende Landschaft, höchst ansehnlich und ein wenig monoton. Der Samt der Polster roch schwach ranzig, nach altem Tabak, offenbar hatten vor ihm Raucher hier gesessen, er selbst nahm kein Nikotin.

Er fuhr jetzt nicht nach Lautschin, jenes andere böhmische Schloss, das er gut kannte, da er dort zu Gast gewesen war. Derzeit lebte dessen Besitzerin anderswo, in Paris oder Venedig oder Duino. Wenn sie sich in Lautschin aufhielte, hätte sie ihm ihr Automobil mit Chauffeur geschickt. Der Reichtum der Prinzessin war immens, so wie ihr Adel uralt war: geborene Prinzessin Marie Elisabeth Karoline zu Hohenlohe-Waldenburg-Schillingsfürst, eingeheiratet in die böhmische Linie der Thurn und Taxis. Sie war zwanzig Jahre älter als er, Mutter von drei Kindern und eine Person von äußerstem Kunstsinn, sie nannte ihn Dottor serafico, sie verwöhnte ihn, was er mit ausführlichen Briefen und hochgestimmten Versen zu erwidern wusste. Die Prinzessin hatte ihm ihr Schloss hoch über der Adria überlassen, für ein halbes Jahr, dass er sich dort seinen Elegien widmen konnte, dreien bislang, die Arbeit daran stockte, nun schon im zweiten Jahr, vielleicht war Janowitz der Ort, an dem er sie fortzusetzen vermochte.

Der Adel der Nádherný von Borutín war nicht so alt wie jener der Thurn und Taxis, kaum älter als der des Onkels Jaroslav, und auch der Reichtum der Nádhernýs dürfte nicht annähernd so groß sein wie der von Prinzessin Marie. Dafür hatte die Baronesse den Vorzug, erheblich jünger zu sein als die Prinzessin, zudem war sie sehr schön. Er brauchte das. Er war nach Frauenschönheit begierig, wobei er unter dieser Begierde auch litt. Er wusste, wie er Frauen für sich gewinnen konnte, fast reflexhaft, durch Sprache, durch Verse, durch Briefe, und zugleich konnte ihn die derart erregte Anhänglichkeit ängstigen, dass er lieber auswich, wie erst jetzt wieder, da er die leidenschaftlich atmende Nähe der Konzertpianistin Magda von Hattingberg (auch kein alter Adel) nicht länger ertrug.

Hinter dem Fenster stand im Himmel wie bewegungslos ein schwarzer Vogel, wohl ein Milan. In Rilkes linkem Unterkiefer begann es zu schmerzen, verursacht durch einen kariösen Zahn, dessen scharfe Kanten er mit der Zungenspitze erspüren konnte. Der gleiche Schmerz hatte ihn bereits gestern befallen, vor seiner Lesung, war dann aber vergangen. Er hoffte, es möge auch jetzt wieder so geschehen.

Die Baronesse hatte ihn wissen lassen, dass er in Janowitz stets willkommen sei, und er hatte sie rechtzeitig von seinem Kommen in Kenntnis gesetzt. Er war schon mehrfach Gast in Janowitz gewesen. Kennengelernt hatte er die Baronesse in Meudon-Val-Fleury, vor mehr als zehn Jahren, da war er Sekretär bei Auguste Rodin gewesen. Die Baronesse hatte zusammen mit ihrer Mutter das Atelier des Bildhauers besucht. Die Mutter war eine ältliche Person gewesen, mager, in sich gekehrt und, wie er bei den späteren Begegnungen erfuhr, einigermaßen bigott. Die Tochter, aufrecht in ihrer Haltung und mit anmutigem Lächeln, gefiel ihm augenblicklich. Er durfte sie herumführen, ehe Rodin, angeregt durch das Äußere der Baronesse, ihm das abnahm. Rodins Hunger auf Frauenschönheit war grenzenlos, was Rilke bewunderte und was ihn auch neidisch machte. *Hier war ein Verlangen, das unermesslich war, ein Durst so groß, dass alle Wasser der Welt in ihm wie ein Tropfen vertrockneten.* Er sah, wie Rodin zu den beiden Frauen sprach, die greise Hand an der Schulter der Baronesse, die das offensichtlich gerne ertrug. Rilke ging einige Schritte hinter ihnen her, im Blick immer die schöne Baronesse, die bewundernd aufschaute zu den riesigen Plastiken Rodins.

Er hatte die Baronesse anderthalb Jahre später wiedergesehen. Ihr Bruder war Zuhörer einer seiner Lesungen in Prag gewesen und hatte ihn nach Janowitz eingeladen. Das hatte er gerne wahrgenommen, wie er Einladungen von Aristokraten auf deren Schlösser immer gerne wahrnahm. Er erkannte die schöne Baronesse augenblicklich wieder, die, als er Meudon und Rodin erwähnte, sich ihrerseits dankbar zu erinnern schien. Die bigotte Mutter war ständig um sie, dazu eine andere ältliche Person,

Ausländerin, frühere Erzieherin der Baronesse, wie er erfuhr, und nun offenbar deren Vertraute. Die zwei sprachen englisch miteinander.

Er fand vergleichsweise wenige Möglichkeiten, mit der Baronesse allein zu sein, was ihn verdross. Abends trug er aus seinen Gedichten vor, denen die Baronesse aufmerksam lauschte, so wie ihr älterer Bruder, und ganz im Gegensatz zu dem jüngeren, der sich bei den Lesungen gern entfernte. Rilke blieb damals bloß wenige Tage. Danach begann er, worauf er sich ohnehin besonders verstand, mit der Baronesse eine ausufernde Korrespondenz. *Es ist nicht leicht für einen Brief, so zu kommen und mit dem Inhalt die Freude dieses Eintreffens noch zu übersteigen. Der Ihre hat es gekonnt.*

Ein paar Jahre später hatte er sich nochmals in Janowitz aufgehalten, für insgesamt drei Wochen. Es wurde eine angenehme, eine schöne, eine erfüllte Zeit. Jetzt hatte er die Baronesse auch allein erlebt, sie hatte ihm den Park ihres Schlosses gezeigt, eine weitläufige Anlage, deren Pflege und Erweiterung ihr ein Bedürfnis war. Er hatte ihr Empfehlungen für Lektüren gegeben, denen sie gerne nachkam. Sie hatten sich manchmal berührt, eher zufällig. Die Mutter der Baronesse war kurz zuvor gestorben, bloß die frühere Erzieherin lebte weiterhin in Schloss Janowitz, Mary Cooney, gebürtige Irin, die ihm, so schien es, mit heimlichem Misstrauen begegnete. Die Baronesse durfte er jetzt Sidie nennen.

Der Zug hielt an. Der Zahnschmerz hatte sich verflüchtigt. Er las das Stationsschild Beneschau, er stand auf und verließ das Abteil. Auf dem Bahnsteig bewegte sich eine Familie mit Kindern, ein Mann mit hellgrauem Umhang und Hut auf dem Kopf kam auf ihn zu und fragte:

Herr Rilke?

Er nickte. Er deutete auf die offene Abteiltür. Der Mann stieg ein und kehrte mit einem schweren Koffer zurück. Bitte, sagte er kurzatmig und wies auf das Stationsgebäude.

Dort wartete ein Landauer. Rilke stieg ein, der Kutscher verstaute den Koffer, erklomm den Bock und fasste die Zügel. Die Fahrt führte an bäuerlichen Häusern vorbei, wechselte auf einen Weg zwischen Feldern und danach auf eine Allee unter Apfelbäumen. Rilke erkannte die Silhouette des Schlosses, unter dessen Einfahrt mit dem bunten gotischen Zierat die Baronesse stand, in den Fingern eine brennende Zigarette, die sie jetzt fortwarf und zertrat. Neben ihr hockte ein Hund.

Der Landauer hielt, Rilke stieg aus. Der Hund wollte ihn beschnüffeln, die Baronesse hielt ihn zurück. Liebste Freundin, sagte er und küsste eine Hand, die nach Tabak und Rosenöl roch. Die Mischung behagte ihm. Die Hand, sah er, war zierlich und schmal, mit sehr zarter Haut. Die Baronesse trug einen Reitdress. Sie sagte:

Seien Sie willkommen, Rainer.

Personal erschien, das ihn zu seinem Zimmer geleiten sollte. Das Schlossinnere war ausgestattet mit historisierenden Fresken und geschnitzten Figuren, ein wenig überladen, eben neureich. Das Zimmer erkannte er wieder. Hier hatte er schon bei seinen früheren Aufenthalten gewohnt. Rechts neben dem Fenster stand ein Schreibpult, er nickte, er lächelte, die Baronesse kannte seine Gewohnheiten und ging darauf ein. Sein Koffer wurde gebracht. Er wechselte die Kleidung, zum zweiten Mal an diesem Tag, am Abend würde er sie nochmals wechseln, wie gewöhnlich. Er verließ das Zimmer. Er befand sich im zweiten Stock des Schlosses. Auch die Baronesse, erinnerte er sich, hatte auf dieser Etage ihre Gemächer.

Er ging dorthin. Die Tür stand halboffen. Unten im Hof war Sidonies Stimme, offenbar redete sie mit einem Domestiken. Er trat ein. Dieses Zimmer war erheblich größer als das seine. Er sah ihr Bett, einen Schrank, eine Kommode, er ging dorthin und öffnete einen der Schübe. Er sah Wäsche, sorgfältig zusammengelegt, weiße Wäsche, zarte Stoffe, mit Spitze und Rüschen. Vorsichtig nahm er eines der Stücke heraus, befühlte es, der Stoff war kühl und seidig. Er roch daran. Der Duft schmeckte nach Rosenöl, Moschus und Honig.

Sie saßen zu dritt beim Frühstück (Croissants, Toast, Marillenkonfitüre, Butter, Rührei, geräucherte Forelle, Assam-Tee). Das vierte Gedeck am Tisch war unberührt, Rilke schlief wohl noch. Sidonies Bruder Karl, in der Familie Charlie gerufen, sagte zu seiner Schwester:

Ich habe einen Brief vom Grafen erhalten.

Welchen Grafen? Wir kennen so viele.

Ich rede von Guicciardini. Er überlegt einen Besuch bei uns. Ich vermute, er will um deine Hand anhalten.

Wieder einmal.

Seine Worte sind überaus höflich. Soll ich sie dir vorlesen?

Ich kenne seine Worte. Er benutzt sie auch mündlich. Zähle ich richtig, wäre dies sein vierter Versuch.

Er verfolgt seine Ziele mit Ausdauer und Geduld. Spricht das gegen ihn?

Seine Ausdauer ist in Wahrheit Verzweiflung, und seine Geduld ist Starrsinn. Er spekuliert auf meine Mitgift.

Das ist in unseren Kreisen bei Eheschließung das Übliche.

Sie sagte nichts darauf. Sie schob ihre Teetasse beiseite, entnahm ihrem Silberetui eine Zigarette und zündete sie an. Außer ihrem Bruder saß am Tisch Mary Cooney, ihre einstige Erzieherin und nunmehrige Vertraute, in der Familie May-May geheißen. Sidonie fragte sie, was sie von Charlies Mitteilung halte. May-May entgegnete, sie habe dazu keine Meinung. Die beiden redeten jetzt miteinander englisch.

Sidonie drückte ihre Zigarette aus und stand auf. Sie verließ das Speisezimmer. Sie verließ das Haus und ging zu den Stallungen, wo sie ihr Pferd sattelte, Yér, einen braunen Wallach. Sie führte ihn auf den Hof, bestieg ihn und ritt davon. Es war ein sonniger Morgen, an den Gräsern im Park, sah sie, hing Tau.

Sie dachte an das Gespräch mit ihrem Bruder. Den Grafen Carlo Guicciardini hatte sie während einer ihrer Italienreisen kennengelernt, einen liebenswürdigen, etwas klein gewachsenen Menschen, die meisten Männer, die sich um ihre Gunst bemühten, waren kleinwüchsig. Gab es dafür einen Grund? Sie wusste keinen. Guicciardini entstammte einer alten Florentiner Familie, mit einem hochberühmten Vertreter im Zeitalter der Renaissance, Francesco, enger Freund des Staatsphilosophen Niccolò Machiavelli. Auch Francesco hatte, wie Machiavelli, in Diensten der Medici gestanden, auch er hatte, wie Machiavelli, ein berühmtes Buch geschrieben, »La storia d'Italia«, auf der Apenninhalbinsel jedem Schulkind geläufig, und eigentlich war dies ein erstaunlicher Buchtitel, da es damals einen Staat Italien noch längst nicht gegeben hatte, der war erst vor gerade fünfzig Jahren entstanden. Von Francesco existierte eine Porträtstatue, aufbewahrt in den Uffizien, Sidonie hatte sie sich dort anschauen dürfen, natürlich in Begleitung von Carlo.

Sie galoppierte vorbei an einer gemähten Weide, auf der Landarbeiter beschäftigt waren. Als sie Sidonie erkannten, hielten sie in ihrer Tätigkeit inne, nahmen ihre Mützen vom Kopf und verbeugten sich etwas. Sidonie grüßte mit einer flüchtigen Geste der rechten Hand.

Die Agrarflächen von Schloss Janowitz waren ausgedehnt. Den letzten Zuerwerb hatte Sidonies älterer Bruder Johannes betrieben, die Verwaltung erledigte jetzt ihr anderer Bruder Charlie. Der seufzte darüber. Es war ein theatralisches Seufzen. Die Nádhernýs gehörten zu den wohlhabenden Familien in Mittelböhmen, vielleicht nicht ganz so reich wie die Thurn und Taxis, angesehen und sehr wohlhabend immerhin. So viel wusste sie. Mehr musste sie nicht wissen. Sie verstand nichts von Ökonomie. Ihre Neigungen galten der Botanik, den schönen Künsten und den Reisen in fremde Länder. Charlies wiederholte Klagen über Probleme der Landwirtschaft nahm sie ebenso geduldig hin wie seine Vorwürfe wegen der ständigen Buchsendungen, die sie erhielt und für die er aufkommen musste. Dass sie sich ein Automobil zugelegt und Unterricht genommen hatte, um es selbst chauffieren zu können, ertrug er hingegen klaglos, da es offenbar dem Ansehen der Familie zugutekam.

Sidonie und er waren Zwillinge. Charlie war kurz vor ihr zur Welt gekommen, was er bei gelegentlichen Auseinandersetzungen anzuführen pflegte: Ich bin zwanzig Minuten älter als du, außerdem bin ich ein Mann. Worauf sie erwiderte: Die Vorstellung, dass Männer wichtiger sind als Frauen, stammt aus dem Mittelalter. Dazu er: Jedenfalls gibt es sie, und sie gilt immer noch.

Charlie hielt beharrlich fest an der Idee, Sidonie müsse heiraten und dies möglichst bald, eine Ehe sei auch keine Angelegenheit von Gefühl und Zuneigung, sondern eine des gesellschaftlichen Weiterkommens. Das Haus Nádherný habe Adelstitel und Stammbaum, die es fortzusetzen gelte. Natürlich traf dies alles ebenso und eigentlich noch viel mehr für Charlie zu, der aber keinerlei Anstrengungen unternahm, sich selbst zu binden. Er sei, sagte er, nicht gesund und habe es an den Ohren.

Er sähe es gern, wusste sie, wenn sie Carlo Guicciardini ehelichte. Der Italiener hatte zwar nicht viel Geld, doch sein Adel war so alt wie jener der Thurn und Taxis. Für Sidonie zählte das nicht. Sie hielt weniger auf gesellschaftliches Weiterkommen als auf Gefühl und Zuneigung. Carlo Guicciardini war zwanzig Jahre älter als sie, seine Zähne waren schlecht, außerdem war er Witwer, hatte also bereits eine Frau verbraucht. Auf solche Einwände pflegte Charlie zu sagen, dies alles habe auch Vorteile, alte Männer seien sanft, ließen sich leiten und suchten keine Abenteuer. Sie lachte durch die Nase. Woher bezog Charlie derlei Weisheiten? Aus den Zeitungen, die er sich täglich kommen ließ? Standen solche Dinge in Zeitungen?

Sie kehrte zurück ins Schloss. Sie war eine knappe Stunde unterwegs gewesen. Sie sprang ab, ein Stallbursche übernahm das Pferd. Sie ging ins Haus, am Frühstückstisch saß jetzt Rilke, allein, in hellem Anzug mit fliederfarbener Krawatte, vor sich einen Teller Haferbrei, darauf brauner Zucker. Sie hatte der Küche eine entsprechende Anweisung gegeben, der Dichter war Vegetarier. Sie grüßte ihn. Er sprang auf, tupfte sich mit der steifen Serviette den Mund ab und grüßte zurück. Er sei dankbar, sagte er, dass man sich seiner Essgewohnheiten erinnert habe, und sagte, er habe etwas Prosa für Sidonie kopiert, einen kleinen Text über Janowitz.

Er nahm vom Tisch ein hellblaues Blatt Papier und überreichte es ihr. Sie erkannte seine fast kalligraphische Handschrift, ihr vertraut aus vielen Briefen. Sie las:

Janowitz, wie hab ich's mir doch zu Herzen genommen. Es kommt viel in meinem Inneren vor. Das von Sidonie errichtete Zelt mit Phlox rechts und links bedeutet: Ruhe. Ein Weg, grasüberwachsen, auf der einen Seite Mauer, auf der anderen Obstbäume voller Äpfel, im Rasen stehend heißt: Freude. Flaches Gemüseland, von Hecken umrahmt, mit kleinen Wegen, Wasserläufen, einem kleinen runden Schöpfteich in der Mitte und unaufhörlichem Himmel über sich ist: Freiheit oder Glück.

Er nahm das erste Exemplar seiner »Fackel« zur Hand und blätterte darin, wieder einmal. Die Zeitschrift war jetzt fünfzehn Jahre alt. In der letzten Ausgabe hatte er an dieses Jubiläum mit dem Abdruck eines albernen Leserbriefs erinnert.

Das Heft zeigte, nun schon im dreizehnten Jahr, jenen schlichten, bloß auf Typografisches setzenden roten Umschlag, zu dem er sich nach dem Zwist mit seiner früheren Druckerei entschlossen hatte. Zuvor gab es die Jugendstilgrafik mit der rauchenden Fackel, inmitten vielen Gewölks und vor der schwarzen Silhouette einer Stadt, die man für Wien halten durfte.

Er blätterte in dem Heft. Er las: *Ich habe es bisher nicht über den Ruhm hinausgebracht, in engeren Kreisen missliebig geworden zu sein.* Er las: *Mein Sündenregister wäre unvollständig, vergäße ich die Erwähnung des Kampfes, den ich in mehreren periodisch erscheinenden Druckschriften seit einer Reihe von Jahren gegen die periodisch erscheinenden Dummheiten und Lächerlichkeiten unseres politischen, gesellschaftlichen und literarischen Lebens geführt habe.*

Er blätterte weiter. Die Texte handelten von Politik, Theater, Malerei und Literatur. Sie verhöhnten die damalige Regierung, den Wiener Bürgermeister und das Tageblatt Neue Freie Presse. Sie verhöhnten ausführlich die Literaten Josef Bauer und Hermann Bahr, etwas gnädiger behandelt wurden Arthur Schnitzler *(umständliche seelische Obduktion)* und Hugo von Hofmannsthal *(Edelsteinsammler aller Literaturen)*. Es gab Fußtritte gegen den Liberalismus, den Zionismus und den Antisemitismus. *So möge denn die Fackel einem Lande leuchten, in welchem – anders als in jenem Reiche Karls V. – die Sonne niemals aufgeht.*

Das Heft enthielt ausschließlich Beiträge von ihm, Karl Kraus. Später hatte er auch Texte von anderen abgedruckt. Inzwischen schrieb er sämtliche Beiträge wieder allein.

Was hatte er mit alledem erreicht? Er stand da, das alte Heft in der Hand, und fragte es sich. Er war bekannt und gefürchtet. Gut. War er stolz darauf? Auch das. Tat er dies alles um seinetwillen oder der Sache wegen?

Als damals die erste Ausgabe auf den Markt kam, dreihundert Exemplare, erwiesen sich Echo und Nachfrage als so außerordentlich, dass augenblicklich und mehrfach nachgedruckt werden musste. Vorbild für das Unternehmen war »Die Zukunft«, eine Berliner Zeitschrift, herausgegeben von Maximilian Harden, mit dem Kraus zunächst eng befreundet war, ehe er sich mit ihm zerstritt, da es Harden gefiel, missliebige Politiker mit Einzelheiten aus deren Sexualleben bloßzustellen. In Sachen Sittlichkeit und Kriminalität war Kraus hochempfindlich.

Harden hatte sich gerächt und über die Liebesbeziehung zwischen Kraus und Annie Kalmar gelästert. Die schöne junge Schauspielerin, gebürtige Deutsche mit eigentlichem Namen Elisabeth Kaldwasser, hatte Kraus bei einer Aufführung des Wiener Volkstheaters entdeckt. Gegeben wurde eine fade französische Posse, ein Mitspieler war der berühmte Alexander Girardi. Annie Kalmar erschien ihm als *die Herrlichste von allen*.

Das Lob der »Fackel« machte sie augenblicklich bekannt. Sie bedankte sich, voller Rührung, so lernten sie und Karl Kraus sich persönlich kennen. Sie war nicht sehr gesund, sie litt an Tuberkulose, schon seit Langem. Sie spielte weiter am Volkstheater, bis 1901, Kraus setzte sich nachdrücklich dafür ein, dass sie ein Engagement am Hamburger Schauspielhaus erhielt. Ehe sie es hätte antreten können, starb sie, bloß dreiundzwanzig Jahre alt. Die Nachricht von ihrem Tod meldete »Die Fackel« mit einer Zuschrift des Schriftstellers Peter Altenberg, dessen Wortlaut Kraus gründlich überarbeitet hatte: *Die schönste, genialste, sanfteste, kindlichste Frau, die wie ein Gnadengeschenk des Schicksals in diese hintrauernde Welt der Unvollkommenheiten gesendet ward, hat sterben müssen.*

Sie war seine erste große Liebespassion gewesen und eine tragische dazu. Er sollte sich noch lange daran klammern und einen förmlichen Kult betreiben. An ihrer Beisetzung auf dem Ohlsdorfer Friedhof in Hamburg hatte kaum jemand teilgenommen. Ihren Leichnam ließ er später umbetten und ein prunkvolles Grabmal errichtet. Als Harden die Beziehung zwischen ihm und der Toten öffentlich als Roman verhöhnte, erwiderte er: Der lebende Harden sei in Wahrheit tot, während sein eigener Roman mit der Toten lebe und die Kraft habe, immer wieder aufzuleben, *denn ich verdanke ihm mein Bestes.*

Er sah sie vor sich: eine schlanke Person, mit gelocktem Haar, mit der Andeutung eines Lächelns. Die Erinnerung an sie schmerzte, immer noch und immer wieder. Annie war seit dreizehn Jahren tot. Damals hatte er wochenlang nicht mehr arbeiten können und war, um sich abzulenken, nach Skandinavien gefahren, wo niemand ihn kannte und wo er niemanden kannte. Er kehrte dann zurück. Sein Verlagshaus hatte nicht mehr mit ihm gerechnet und brachte eine läppische Imitation der »Fackel« heraus, die bald scheiterte. Er suchte sich eine andere Druckerei und begann wieder zu schreiben.

Er legte das alte Heft beiseite. Er trat ans Fenster und blickte hinaus. Der Tag war sonnig, im Himmel hingen bloß ein paar Schleierwolken. Auf der Straße fuhren Kutschen. Ein Paar ging vorüber, die Frau trug einen ausladenden Hut und hielt zusätzlich einen aufgespannten Sonnenschirm in der Hand. Dies erschien ihm übertrieben, und Übertriebenes erregte sein Misstrauen.

Er war besessen von Sprache und besessen vom Schreiben. Er hasste gedruckte Phrasen und deren Urheber, er hasste verlogene Literatur. Der erste Text, mit dem er weithin bekannt wurde, erschien in einer Zeitung und verspottete die Literatenclique, die im Café Griensteidl am Michaelerplatz saß, bis es abgerissen wurde. Einer der dortigen Autoren, Felix Salten, der eigentlich Zsiga Salzmann hieß und der mit Kraus einmal befreundet gewesen war, fühlte sich durch den Text derart beleidigt, dass er Kraus auflauerte und verprügelte. Später, als »Die Fackel« erschien, würde es zu weiteren tätlichen Übergriffen auf deren Schöpfer kommen. Das Pamphlet über die Griensteidl-Literaten erschien außerdem als Broschüre, die mehrere Auflagen erfuhr.

Er hasste Phrasen, und er liebte das Theater. Anfangs hatte er Schauspieler werden wollen und war auch in einer Inszenierung aufgetreten, die ein blamabler Misserfolg wurde. Von Bühne und Publikum mochte er gleichwohl nicht lassen. Er setzte sich in Theaterpremieren und schrieb darüber. Er probierte sich als öffentlicher Vorleser, von fremden Texten und von eigenen, die erste solche Veranstaltung unternahm er im Alter von achtzehn Jahren. Er las aus Arbeiten Gerhart Hauptmanns vor und aus Arbeiten Frank Wedekinds. Er liebte die Stücke des Possendichters Johann Nestroy und die Operetten des Komponisten Jacques Offenbach. Seine Abende waren immer ausverkauft.

Soeben war er vierzig Jahre alt geworden. Wen sah er, wenn er sich im Spiegel betrachtete? Einen kleinen, etwas verwachsenen Brillenträger mit dunklen Haaren. Er hatte eine scharfe durchdringende Stimme, die auch singen konnte, öffentlich. Er war vielseitig. Er war fleißig. Seine »Fackel« wurde gekauft und gelesen. Er hatte ein paar enge Freunde und viele erbitterte Gegner, manche von ihnen ehemalige Freunde. Er bezog eine Rente aus dem elterlichen Vermögen, wirtschaftliche Probleme kannte er keine.

Er sah, wie auf der Straße sein Automobil vorfuhr und hielt. Der Fahrer stieg aus und ging ins Haus, um das Gepäck zu holen. Kraus griff nach seinem Mantel. Er würde nach Janowitz fahren.

Sie saß in ihrem Korbsessel neben dem Fenster. Sie sah zu, wie Sidonie, in Begleitung dieses Herrn Rilke, langsam in den vormittäglichen Parkgarten hineinging. Sie mochte den Dichter nicht. Sie hatte keinen Zugang zu seinen Versen, durch die andere, darunter Sidonie, in helle Verzückung versetzt werden konnten; es war auch, dass sie ihrerseits nicht genügend Deutsch verstand. Dabei lebte sie seit dreißig Jahren hier, doch sprach sie selbst jetzt immer noch mehr englisch als deutsch, so wie die Geschwister Nádherný miteinander mehr englisch als deutsch sprachen.

Sie hatten das Englische bei ihr und von ihr gelernt. Vor fast vierzig Jahren war sie, vermittelt durch die Kirche, von Irland nach Böhmen gekommen, um sich der Nádherný-Kinder anzunehmen. Sie, Tochter eines armen Kleinfarmers aus Kildare, war von Nonnen erzogen worden, in einem Kloster, wo es streng und freudlos zuging, wo es kalt und feucht war, wo es nach Armut, Weihrauch und fauligen Kartoffeln roch. Wo Mädchen wie sie, waren sie alt genug, zu unentwegt schwangeren Ehefrauen, zu Novizinnen oder zu Krankenschwestern heranwuchsen.

Da aber sie, die kleine Mary Cooney, sich als überdurchschnittlich begabt und anstellig erwies, erhielt sie das seltene Angebot, als Nurse in ein anderes katholisches Land zu gehen, nach Österreich.

Sie beherrschte die dortige Sprache nicht. Sie würde die dortige Sprache lernen wollen. Als sie eintraf, erkannte sie, dass jener Teil Österreichs, in dem sie sich befand, gleich zwei Sprachen hatte, Deutsch und Tschechisch, so wie es auch dort, wo sie herkam, zwei Sprachen gab, Gälisch und Englisch. Das Deutsche würde sie mit der Zeit erlernen, wiewohl nicht sehr vollkommen. Das Tschechische verstand sie nur wenig.

Sidonie und der Dichter, sah sie, entfernten sich. Die hohen Rhododendronbüsche verdeckten sie bald völlig. Mary hatte keine Kenntnis davon, wie lange der Dichter sich in Janowitz aufhalten würde, er war schon mehrfach Gast hier gewesen, einmal für mehrere Wochen.

Als sie selbst damals in Prag eintraf, nach einem umständlichen Transport zunächst mit dem Schiff, danach mit der Eisenbahn, sprach sie bei der hochschwangeren Baronin Nádherný vor. Die Unterhaltung war bloß kurz, kaum eine Viertelstunde, der Baronin lag eine ausführliche Empfehlung vor. Die Baronin sprach über die anstehenden Arbeiten, ihr Englisch war nicht gut. Anschließend fuhren beide Frauen nach Janowitz.

Mary war von ihrer neuen Umgebung überwältigt. Es gab keinen Hunger. Es gab keine Armut. Es gab warme Öfen und trockene Betten. Es gab Musik, die nicht bloß Orgelspiel und Choralgesang war. Gemeinsam mit der Baronin besuchte sie das sonntägliche Hochamt, die Predigten verstand sie anfangs nicht, die Liturgie war ihr vertraut von daheim, die Gebete konnte sie mitsprechen. An den Fronleichnamsprozessionen nahm sie, umgeben von tschechisch sprechenden Dörflern, ein Jahr ums andere teil, auch jetzt noch, wogegen sie die sonntäglichen Kirchgänge, seit die Baronin nicht mehr lebte, häufig ausfallen ließ. Sidonie und ihr Bruder Karl hielten wenig auf Religion.

Das älteste Kind der Baronin war Johannes, ein reizender kleiner Junge, den sie, Mary, augenblicklich mochte. Sie sah ihn heranwachsen. Die Zwillinge kamen zur Welt und wuchsen heran. Baron Carl Ludwig Nádherný und

Borutín, ihr Vater, ein eleganter, äußerst lebenslustiger Mensch und leidenschaftlicher Jäger, starb an einer Lungenentzündung, gerade sechsundvierzig Jahre alt. (Der Dorfklatsch wisperte was von Syphilis, eine Lüge!) Der Tod traf die Familie sehr. Die Baronin wurde unleidlich und flüchtete sich tiefer in die Religion. Hauslehrer kamen ins Schloss, um die Kinder zu unterrichten, später, als Halbwüchsige, besuchten die Brüder in Prag ein Adelsinternat. Sidonie wurde weiterhin in Janowitz unterrichtet.

Sie, Mary, war dann eine Weile aus Janowitz fortgegangen. Den Kindern konnte sie nichts mehr beibringen, sie fühlte sich überflüssig, sie verstand sich nicht sehr gut mit der Baronin und wollte der Familie nicht zur Last fallen. Also ging sie nach Prag, wohnte in einer winzigen Dachkammer auf der Kleinseite und brachte anderen Kindern Englisch bei. Sie fühlte sich einsam. Die Stadt blieb ihr fremd. Einmal traf sie am Moldauufer Johannes, der an der Universität studierte, der sie lächelnd begrüßte und mit dem sie derart ins Gespräch kam. Er war es wohl, der dafür sorgte, dass die Baronin einen Brief verschickte des Inhalts, wenn Mary wolle, dürfe sie gerne nach Janowitz zurückkehren, welchem Angebot Mary umgehend Folge leistete.

Seither gehörte sie dort wieder zum Hausstand. Für das Personal im Schloss zählte sie zur Herrschaft, während die Baronin sie eher zum Personal rechnete. Die Nádhernýs nahmen sie mit auf ihre Reisen, nach Tirol, nach Italien, nach Frankreich und immer wieder nach Wien, wo ein Teil ihrer Verwandtschaft lebte.

Sidonie blieb ihr Liebling. Sidonie war die Tochter, die sie selbst nicht hatte und nie haben würde, wobei sie für Sidonie, spätestens, nachdem die Baronin gestorben war, so etwas wie die Ersatzmutter wurde. Sie nahm Anteil an Sidonies Leben. Sie wusste, wie sehr Sidonie ihren Bruder Johannes liebte, es war dies eine sehr innige, eine fast schon gefährliche Zuneigung. Johannes, das wusste sie, lenkte sich ab, indem er in vornehmen Prager Familien mit gelangweilten Damen und heiratsfähigen Töchtern verkehrte und leider auch in vornehmen Prager Freudenhäusern.

Das war überaus leichtsinnig. Die Baronin, seine Mutter, wusste vermutlich davon, aber wollte es nicht wahrhaben. Auch Sidonie wusste vermutlich davon, aber da sie ihren Bruder liebte, sah sie ihm das nicht nur nach. Damals fuhr sie häufig nach Prag, besuchte Ausstellungen und Museen, nahm sich schließlich dort sogar eine Wohnung, und dies alles geschah, da sie sich von dem Kunstmaler Max Švabinsky porträtieren lassen wollte.

Er war eine Bekanntschaft von Johannes, der Švabinskys Kunst bewunderte. Das Atelier des Malers befand sich in der Altstadt, nahe dem Pulverturm. Sidonies erste Besuche dort geschahen noch in Marys Begleitung. Der Maler war groß gewachsen, zwölf Jahre älter als Sidonie und verheiratet. Bilder mit Darstellungen seiner Frau hingen mehrere in seinem Atelier. Er selbst war ein eleganter Mensch mit blondem gestutztem Vollbart, schönen Händen und ausgesuchten Manieren. Es war unverkennbar, dass ihm Sidonie sehr gefiel und dass er Sidonie sehr gefiel.

Bei den späteren Atelierbesuchen verzichtete Sidonie auf Marys Begleitung. Was sich außer Aufenthalten zwecks Herstellung eines Porträtbildnisses begeben mochte, erfuhr Mary nicht. Sie sah bloß, dass Sidonie in dieser Zeit sich fast ausgelassen benahm, sie schien überaus glücklich zu sein, was sich dann freilich jählings änderte. Fortan wirkte Sidonie nervös, fahrig und hatte immer wieder verweinte Augen. Ihre Wohnung in Prag gab sie auf. Das Gemälde, das Švabinsky von ihr verfertigt hatte, hing inzwischen in Schloss Janowitz. Es zeigte die Baronesse im Halbprofil, sitzend auf einem grünen Sofa vor rotem Hintergrund.

Das Automobil hielt in Tabor. Kraus stieg aus, der Mietchauffeur fuhr weiter, da er den Tank füllen wollte. Kraus betrat ein Kaffeehaus, das er von früheren Aufenthalten kannte, er suchte sich einen Platz und bestellte einen Mokka. Der Kellner, klein, glatzköpfig und agil, war offenbar Tscheche, erkennbar an seinem Akzent. Ein paar Tische entfernt saßen zwei Offiziere, über ihnen, an der Wand, hing ein Bildnis des greisen Kaisers Franz Joseph.

Kraus dachte daran, dass Tabor so etwas wie ein Standort des tschechischen Nationalbewusstseins war. Hier hatten sich die radikalsten Anhänger des böhmischen Reformtheologen Jan Hus versammelt, unter Führung des einäugigen Jan Žižka, auf den der erste der Prager Fensterstürze zurückging. Hatte er, Kraus, eine Beziehung zum tschechischen Nationalbewusstsein? Er war in Böhmen geboren, in Gitschin, freilich schon als Dreijähriger mit den Eltern nach Wien gezogen, seither hatte er durchgängig in Wien gelebt. Die Tschechen waren eine österreichische Volksgruppe unter anderen, sie vertraten autonomistische Ansprüche, denen man nachgeben konnte oder nicht, jedenfalls bedrohten sie damit das ohnehin höchst fragile Gefüge des Kaiserreichs Österreich-Ungarn. Immerhin gab es auch Tschechen, die sich mit den obwaltenden Zuständen konfliktlos abfanden und es dabei zu ansehnlichen Karrieren brachten. Die Nádherný von Borutín aus Janowitz gehörten zu ihnen.

Erzherzog Franz Ferdinand, der soeben ermordete Thronfolger, hatte eine Aristokratin aus Böhmen geehelicht. Das böhmische Konopischt war sein Vorzugsaufenthalt gewesen. Er hatte sich für eine stärkere Unabhängigkeit der Tschechen eingesetzt, den sogenannten Tripelausgleich, wodurch Böhmen eine vergleichbare Autonomie erhalten sollte wie Ungarn. Das Vorhaben war in Wien auf höhnische Ablehnung gestoßen und hatte Franz Ferdinands ohnehin kümmerliches Ansehen weiter beschädigt. Sein Tod in Sarajevo war am kaiserlichen Hof auf kaum mehr als allerhöflichste Betroffenheit gestoßen.

Kraus mochte den toten Erzherzog. Er sah in ihm einen ungestümen altösterreichischen Boten, der eine kranke Zeit wecken wollte, auf dass sie nicht ihren Tod verschlafe, während diese nunmehr den seinen verschlief. So formuliert es der umfangreiche Nachruf im letzten Heft der »Fackel«. *Franz Ferdinand war die Hoffnung dieses Staats für alle, die da glauben, dass gerade im Vorland des großen Chaos ein geordnetes Staatsleben durchzusetzen sei.*

Er blickte zum Fenster. Auf der Scheibe saßen Fliegen, dahinter war der Turm der Marktkirche. Die beiden Offiziere riefen nach dem Kellner, sie nannten ihn Herr Jaroslav, die Offiziere benötigten neuen Veltliner.

Radikale Anhänger des Jan Hus hießen Taboriten, nach der Stadt, in der Kraus sich jetzt aufhielt. Unter den ansonsten eher sanftmütigen Böhmischen Brüdern vertraten sie die Sache der Gewalt und suchten schließlich halb Mitteleuropa militärisch heim. Kraus hasste den Krieg. Von den Böhmischen Brüdern wusste er nicht viel, er hatte sich, das war jetzt drei Jahre her, in der Wiener Karlskirche römisch-katholisch taufen lassen, nachdem er zwölf Jahre zuvor aus der jüdischen Glaubensgemeinschaft ausgetreten war. Warum er dies getan hatte? Der gesellschaftliche Opportunismus, der den von ihm verabscheuten Heinrich Heine in die Konversion getrieben hatte, ließ sich bei ihm ausschließen. Dass er auch an der katholischen Kirche zweifelte, begann in jenem Augenblick, da er ihr beitrat. Es war möglich, dass er sie eines vielleicht gar nicht fernen Tages wieder verließ. In der »Fackel« stand: *Ein Mediziner, der fromm ist? Er kann bestreiten, dass die Kirche einen guten Magen hat. Aber dass im Weihwasser Bakterien vorkommen, muss er unbedingt zugeben.* Freilich hatte er dies vier Jahre vor seiner Taufe geschrieben.

Er blieb einmal geäußerten Ideen nicht unerschütterlich treu. Er verhielt sich darin nicht viel anders als in der Beziehung zu vormals geschätzten Personen. Er bekannte sich dazu. Er achtete durchaus auch Menschen, deren Überzeugungen er nicht teilen mochte, bei denen er gleichwohl Brillanz und Genialität erkannte. Das galt etwa für Otto Weininger. Ein Frauenverehrer stimme den Argumenten von dessen Frauenverachtung mit Begeisterung zu, hatte er einst dem Autor geschrieben, nach der Lektüre von »Geschlecht und Charakter«. Was faszinierte ihn an dem Mann, der sich umgebracht hatte, da er die eigene jüdische Existenz nicht länger ertrug? War es dessen Antisemitismus? Dem er, Kraus, seinerseits anhing, irgendwie? Die Juden, hatte Weininger gesagt, hielten nie etwas für echt, unumstößlich, heilig und unverletzbar, daher seien sie überall frivol und bewitzelten alles. Dem Juden Heinrich Heine hatte er, Kraus, Vergleichbares nachgeredet, der umfangreiche Aufsatz zum Thema war in jenem Jahr erschienen, da er sich hatte taufen lassen.

No, es liegt halt Pulverdampf in der Luft!, rief einer der beiden Offiziere. Er lachte dazu und hob sein Weinglas, die beiden Männer waren offenbar angetrunken. Die Aussicht auf einen Krieg schien sie zu beflügeln, sie waren Soldaten, Krieg war ihr Geschäft. Die Mordtat von Sarajevo konnte zu weiterem Blutvergießen führen, nicht bloß am Balkan; auf einem Tisch neben Kraus lagen mehrere eingespannte Zeitungen aus, die zwei deutschsprachigen Blätter Prags, auch ein tschechisches Journal, und natürlich, Kraus sah es voller Verachtung, die Neue Freie Presse aus Wien. Er sah Schlagzeilen, die von österreichischen Drohungen gegenüber Serbien handelten. Würde es zu einem militärischen Angriff führen? Gab es keine Diplomatie mehr? War die Politik ratlos oder blindwütig? Politik, hatte er einmal geschrieben, sei das, was man mache, um nicht zu zeigen, was man sei und was man selbst nicht wisse.

Hinter dem Fenster, sah er, hielt sein Automobil. Er rief nach dem Kellner, um seinen Mokka zu bezahlen. Als er aufstand, brachen die beiden Offiziere unvermutet in angetrunkenes Gelächter aus.

Sie waren eine halbe Stunde im Park unterwegs gewesen. Der Dichter schien erschöpft, offenbar hatten ihn sein Prag-Aufenthalt und die anschließende Fahrt nach Janowitz angestrengt. Auf den Wegen zwischen den Blumenrabatten hatte er Sidonies Hand ergriffen, um sie nicht mehr freizugeben, die seine war sonderbar kraftlos und etwas feucht. Sidonie fand die Berührung zudringlich, was ihr gleichwohl gefiel, sie zog ihre Hand nicht zurück.

Unter der Tür sagte Rilke, er wolle sich jetzt auf sein Zimmer begeben, um einen Brief zu vollenden. Der Brief, sagte er, gehe an Clara Westhoff, seine Frau.

Ah, sagte Sidonie, Sie sind noch verheiratet? Wollten Sie sich nicht scheiden lassen?

Es ergab sich nicht, sagte er. Ich fühle Verpflichtungen. Auch wegen Ruth, unserer Tochter. Sie wissen, wie hochbegabt Clara ist, denken Sie nur an die schöne Büste, die sie von Ihnen geschaffen hat. Sie ist eine Künstlerin durch und durch. Leider sehe ich die beiden zu selten, Clara und Ruth. Clara hat Verständnis dafür. Sie weiß, ich besitze unstete Nerven. Immerfort treiben mich Schmerzen, Neugierde, Unruhe, Sehnsüchte, auch Frauen. Sie treiben mich hierher. Wie kann ich zugleich bei Clara sein und bei Ihnen?

Hier sind Sie jedenfalls stets willkommen.

Er lächelte matt. Er liebkoste ihre Hand, verbeugte sich etwas und wandte sich der Treppe zu. Sie suchte sich einen Korbsessel und setzte sich neben ein Fenster. Sie griff nach dem Roman, den sie sich jüngst hatte schicken lassen, »The Man of Property« von John Galsworthy, der Autor, hatte sie gelesen, galt in Großbritannien als ein bedeutendes Talent. Sie blätterte in dem Buch, las ein paar Sätze und ließ es sinken.

Die Porträtbüste, die Rilkes Frau von ihr verfertigt hatte, war in Paris entstanden, auf Rilkes Drängen hin. Clara Westhoff war eine kräftige Frau mit vorspringendem Kinn, großen Händen und tiefer Stimme, der Dichter wirkte zierlich und unscheinbar neben ihr. Sidonie dachte an die Sitzungen im Atelier der Bildhauerin, die über viele Stunden gingen und in denen sie sich möglichst wenig bewegen sollte. So wie zuvor auch bei Max Švabinsky. Die Erinnerung an den Maler war nicht sehr angenehm. Er hatte ihr geschmeichelt, er hatte ihr geschrieben, er war zu Besuch nach Janowitz gekommen, zusammen mit einer ältlichen Person, die seine Ehefrau war. Er hatte von Sidonie Skizzen angefertigt, anschließend das große Porträt begonnen und sie berührt, flüchtig zunächst, dann intensiver, immer wieder, was ihr anfangs peinlich gewesen war, ehe es sie zu schmeicheln begann. Schließlich wurde sie seine Geliebte.

Für Švabinsky war es ein erotisches Abenteuer, deren er mehrere hatte. Vielleicht dachte er, dass sie es ähnlich nahm, aber sie nahm es nicht so, vielmehr brachte sie in die Beziehung ein hohes Maß an Gefühl, Zuneigung und Anhänglichkeit ein. Sie legte sich eine Wohnung zu in Prag. Sie traf den Geliebten heimlich, Švabinsky, ein verheirateter Mann, hatte bei der gutbürgerlichen Gesellschaft Prags, in der und von der er lebte, auf seinen Ruf zu achten. Die Sache ging über eine längere Zeit, bis Švabinsky erkennen ließ, dass er die Affäre zu beenden gedachte, da er dabei war, eine neue Beziehung einzugehen, die zu seiner Schwägerin Anna Vejrychová.

Bei Sidonie hinterließ das alles eine tiefe Erschütterung. Sie fühlte sich hilflos. Sie fühlte sich gedemütigt und missbraucht. War sie wirklich missbraucht worden?

Sie hatte in die Affäre eingewilligt. Sie hatte es getan, ohne zu bedenken, ob die Sache beständig sein könne. Die Verbindung einer jungen Aristokratin mit einem Künstler von eher zweifelhaftem Ruf hätte, öffentlich geworden, als gesellschaftlicher Regelverstoß gegolten. Das hätte sie gerne ausgehalten. Sie war belesen genug, um die konservativen Moralvorstellungen ihres Milieus nicht zu teilen, in einer der alten Zeitschriften, die ihr Bruder Johannes mitgebracht hatte, fand sie diesen Satz: *Eine je stärkere Persönlichkeit die Frau ist, desto leichter trägt sie die Bürde ihrer Erlebnisse. Hochmut kommt nach dem Fall.*

Übrigens war es Johannes gewesen, der den Kontakt zwischen ihr und Švabinsky hergestellt hatte, da er die Bilder des Malers schätzte, die persönliche Begegnung mit diesem gesucht und ihm dann den Auftrag für ein Porträtbildnis seiner Schwester Sidonie erteilt hatte.

Sidonie stürzte sich in eine Italienreise. Mailand, Genua, Siena, Venedig, Florenz. Alte Gebäude, Denkmäler, Museen, Natur. In Mailand begann sie eine Affäre mit einem jungen italienischen Advokaten, auch er verheiratet, damit wollte sie die quälenden Erinnerungen an Švabinsky betäuben, was ihr leidlich gelang. Sie kehrte nach Böhmen zurück und nach Janowitz. Im Schloss hing als unübersehbare Gedächtnisstütze das große Gemälde, das Max Švabinsky von ihr angefertigt hatte. In ihr Tagebuch notierte sie die Idee, dass die schönste erquicklichste Liebe allein jene sei, die dem Temperament folge, nicht dem Herzen. Fortan wollte sie für die Liebe ihre Freiheit nicht aufgeben und ebenso wenig die Liebe für die Freiheit.

In der Zeitschrift, die ihr Bruder Johannes zurückgelassen hatte, stand noch dieser Satz: *Die Dummheit einer ganzen Welt stellt sich das Geschlechtsleben als eine Sache der Einteilung oder als die geradlinige Resultante ethischer Entschließungen vor.* Der Satz entsprach völlig ihrer nunmehrigen Überzeugung. In einem anderen Heft las sie einen mit »Die Frauen« überschriebenen Vierzeiler:

Ob sündig oder sittenrein?
Lasst sie doch lieber gleich begraben!
Ich teile sie in Gefallene ein
Und solche, die nicht gefallen haben.

Es waren dies die ersten Male, dass sie mit der »Fackel« von Karl Kraus in Berührung kam.

In seinem Zimmer legte Rilke den begonnenen Brief an seine Ehefrau Clara beiseite, da er zunächst an Lou Andreas-Salomé schreiben wollte. Warum wollte er dies? Lou war seine erste leidenschaftliche Liebesbeziehung gewesen, sie hatte ihn gehalten, geführt, aufgehoben und plötzlich fallen gelassen, den tiefen Schmerz darüber fühlte er immer noch. Er schrieb ihr Briefe. Er schrieb ihr alles, was ihn bewegte, wo er sich befand, wen er traf, was und wen er liebte, wie er sich fühlte, worunter er litt. Worunter litt er derzeit? Es waren so banale, doch auch existentielle Dinge wie seine Finanzen. Er hatte nicht genügend Geld. Er unterhielt eine kostspielige Bleibe in Paris, er war häufig unterwegs und wohnte, wenn er bei keiner seiner aristokratischen Freundinnen nächtigte, in hochfeinen, also teuren Hotels. Das Unterwegssein war ihm Bedürfnis und war ebenso Flucht: vor sich selber, vor seinen Liebschaften, vor der Welt. *Ich bin wie die kleine Anemone, die ich einmal in Rom im Garten gesehen habe, sie war tagsüber so weit aufgegangen, dass sie sich zur Nacht nicht mehr schließen konnte. Es war furchtbar, sie zu sehen in der dunkeln Wiese, weit offen, immer noch aufnehmend in den wie rasend aufgerissenen Kelch, mit der vielzuvielen Nacht über sich, die nicht alle wurde.*

In diesem Augenblick durchfuhr ihn ein Schmerz. Betroffen war wieder der rechte Unterkiefer, also jener Zahn, dessen scharfe Kante er mit seiner Zunge erspüren konnte. Das letzte Mal hatte ihn diese Beschwernis gestern ereilt, bei der Bahnfahrt von Prag nach Beneschau, der Schmerz hatte bald nachgelassen und sich dann ganz verflüchtigt, dass er nicht mehr daran denken musste. Was sollte er jetzt tun? Einst hatte ihm seine Mutter beigebracht, Zahnschmerzen zu betäuben, indem man eine

Gewürznelke in die kariöse Öffnung tat. Wie sollte er hier, in Janowitz, zu einer Gewürznelke gelangen? Sollte er hinuntergehen in die Schlossküche und das Dienstpersonal fragen? Wie hieß Gewürznelke auf Tschechisch? Hastig durchkramte er seine Unterlagen, fand das Röhrchen mit dem Aspirin, nahm eine der Tabletten und schluckte sie, nachdem zuvor sich genügend Speichel in seiner Mundhöhle gesammelt hatte.

Er unterließ es auch, jetzt an Lou zu schreiben. Briefe an die einstige Geliebte waren keine den äußeren Umständen geschuldete Notwendigkeit, sie waren ein eingeübter Reflex. Er dachte an die derzeit letzte seiner Freundinnen, vor der er geflohen war, auch hierher nach Janowitz, zu der schönen Baronesse Sidonie. Magda hatte um seinetwillen auf Konzerte verzichtet, sie hing an ihm, sie hing ihm an, er war mit ihr durch halb Europa gereist, Berlin, Innsbruck, Genf, die Lombardei, Venetien, in Paris kam es, bei einem Opernbesuch, zu der unvorhergesehenen und überaus peinlichen Begegnung mit einer seiner früheren Geliebten, der hemmungslosen Marthe Hennebert. Die war, als er erstmals mit ihr schlief, noch minderjährig gewesen. Bei Bekannten, auch bei Sidonie, hatte er damals um Geld gebettelt, das Marthe zugutekommen sollte. Nunmehr, in Begleitung von Magda, traf er sie wieder, unter der pompösen Stuckdecke des Palais Garnier.

Die Aspirin-Tablette schien zu wirken. Der Schmerz in seinem Unterkiefer ließ etwas nach. Er atmete auf.

Seine Verbindung zu Magda hatte mit inständigen Briefen begonnen, die sie ihm schrieb, adressiert an seinen Leipziger Verlag, der die Schreiben an ihn weiterreichte. Er antwortete ihr umgehend, die Korrespondenz wurde lebhaft, er nannte sie Benvenuta. Schließlich trafen sie sich, in einem Berliner Hotelzimmer, und kamen voneinander nicht los. Sie spielte für ihn, Beethoven, Bach, Scarlatti, er besuchte mit ihr die Prinzessin Marie von Thurn und Taxis, seine Gönnerin, der Magda offensichtlich gefiel, und wieder einmal fasste er den Plan, sich von Clara scheiden zu lassen, damit er Magda heiraten konnte. *Benvenuta, liebes, liebes Herz – bist du nicht in Wahrheit meine jungfräuliche Mutter, mein Kind, mein liebes, liebes Mädchen? Du, mit deinem goldenen Panzer, an dem alles Unechte und Verdorbene zerschellen muss! Du wirst, du musst nicht anders können, Benvenuta, als diese reine Erhebung meines Gemütes zu dir, diese Andacht meiner Natur zu fühlen, wo du auch seist.*

Der Schmerz in seinem Unterkiefer war schwächer geworden, doch nicht gänzlich vergangen. Sollte er eine weitere Aspirin-Tablette schlucken? Er stellte sich vor den Spiegel, der über dem Lavoir hing, und besah sein Abbild. Der linke Unterkiefer war angeschwollen, die Schwellung war nicht auffällig, doch unübersehbar. Er musste etwas unternehmen. Er kannte einen Zahnarzt, dem er völlig vertraute, der aber in Berlin saß, und wie sollte er auf die Schnelle von Janowitz nach Berlin gelangen? Er verließ sein Zimmer, ging die Treppe hinab, suchte nach Sidonie und traf sie, sitzend in einem Korbsessel und vertieft in ein Buch. Wie zufällig verdeckte er das Kinn mit der Hand. So vertraute er sich Sidonie an. Die Angelegenheit war ihm peinlich.

Sidonie nickte. Sie stand auf und ging, um zu telefonieren. Als sie zurückkam, sagte sie, dass sie einen Termin vereinbart habe.

Sie setzte Rilke in ihr Automobil und brachte ihn nach Beneschau. Während der Fahrt dorthin kehrten die

Schmerzen mit Heftigkeit zurück. Er betastete die Schwellung. Sie schien größer geworden, die Haut darüber fühlte sich taub an. Entstellte ihn die Schwellung? Machte sie ihn hässlich? *Ich hatte keine Zeit, darüber nachzudenken, ich war schwer von Schweiß, und es kreiste ein betäubender Schmerz in mir, als ob in meinem Blute etwas zu Großes mittriebe, das die Adern ausdehnte, wohin es kam.* So stand es in seinem Roman.

Sidonie brachte ihn in die Praxis des Zahnarztes Václav Poláček, eines jungen Menschen mit breiten Schultern und muskulösen Armen. Rilke setzte sich in den Behandlungsstuhl und öffnete seinen Mund. Sidonie wartete in einem Nebenraum. Poláček injizierte ein Betäubungsmittel, dann warf er, als die Betäubung eingetreten war, seinen Bohrer an. Rilke schloss die Augen. Er vernahm das schreckliche Bohrgeräusch und fühlte es in seinem Schädel. Als er die Augen wieder öffnete, sah er nah über sich das großporige Gesicht des Arztes, der einen rötlichen Schnurrbart trug. An der Wand stand, auf einem Regal, eine Vase mit verblühenden Pfingstrosen, darüber hing ein Kruzifixus. War Poláček nicht vielmehr ein jüdischer Name? Waren die Eltern des Arztes vielleicht rechtzeitig konvertiert, dass sie ihr Kind nach dem heiligen Wenzel benennen konnten?

Der Zahnarzt setzte den Bohrer ab. In fast akzentfreiem Deutsch sagte er, dass er Rilke eine Goldplombe einsetzen wolle. Die Rechnung dafür, wusste Rilke, würde Sidonie begleichen.

Karl von Nádherný, von Angehörigen und Freunden Charlie gerufen, begab sich, als seine Schwester den Dichter Rilke in ihr Automobil gesetzt hatte, um ihn nach Beneschau zu fahren, in sein Arbeitszimmer. Auf dem Schreibtisch häuften sich Unterlagen und Akten. Seine Aufgabe war es, sämtliche wirtschaftlichen Entscheidungen der Domäne zu fällen und zu überwachen, das betraf Äcker, Weiden, Gebäude, Teiche, Viehbesitz, Ernteerträge, Fischfänge, Einkäufe, Fahrzeuge, Maschinen, Pachten und Löhne. Sidonie war an Ökonomie nicht interessiert und verließ sich dabei völlig auf ihren Bruder. Nach dem Tode des Vaters hatte zunächst sein Bruder Johannes die Verwaltung übernommen. Charlie hatte ihm bloß dabei geholfen. Johannes hatte auch den Einfall gehabt, zusätzliches Land einschließlich zweier Siedlungen zu kaufen, bezahlt aus einer auf die Familie gekommenen Erbschaft. Die Nádhernýs rückten damit zu einem der größten agrarischen Unternehmer der Region auf.

Johannes war tot. Er war der Liebling der Mutter gewesen, und ebenso hatte Sidonie sich entschiedener an Johannes angeschlossen als an ihn, Charlie, den das etwas kränkte und der sich auch sonst von der Familie zurückgesetzt fühlte.

Johannes hatte sich vor einem Jahr umgebracht. Über seine Gründe wurde ungern gesprochen, meist war von Schwermut die Rede. Gesund war Johannes schon länger nicht gewesen, er war abgemagert, hatte sich eine schwere Gelenkverletzung zugezogen und war depressiv, doch zeigte er sich dann auch wieder überraschend fröhlich und genesen. In etlichen renommierten Sanatorien hatte er Kuren angetreten, die ihm zu helfen schienen.

Johannes war liebenswürdig. Die Leute mochten ihn. Er war umfassend interessiert, las viel, besuchte Kunstausstellungen, sammelte Bilder und Möbel, an der Prager Universität hatte er Philosophie belegt. Die intime Beziehung zu seiner Schwester änderte sich, als Sidonie ihre wechselvolle Liebesbeziehung mit dem Kunstmaler Švabinsky begann, von der niemand erfahren sollte und von der die gesamte Familie gleichwohl wusste. Johannes seinerseits fasste eine leidenschaftliche Neigung zu Niny Mladota, seiner Jugendfreundin aus dem Nachbarschloss Červeny Hrádek, der er Liebesbriefe schrieb und die seine Gefühle leider nicht erwiderte. Er tröstete sich damit, dass er in Prager Bordellen verkehrte, wo er sich gleich zwei Krankheiten einfing, Gonorrhoe und Lues. Davon sollte niemand erfahren, und die gesamte Familie wusste es gleichwohl. Johannes ließ sich behandeln. Die Therapie schien anzuschlagen, aber dies war nicht von Dauer. Schwarz wie der Himmel stehe vor ihm die Welt, schrieb er in einer Notiz. Am 28. Mai 1913 nahm er sich in München das Leben.

Sidonie war unterwegs, als es geschah. Sie hatte mit May-May, ihrer Vertrauten, eine längere Reise angetreten, nach Livorno, Neapel, Sizilien und schließlich, auf einem Schiff, nach Tunesien. Als der Selbstmord geschah, befand sie sich in Paris, wo die Frau des Schriftstellers Rilke eine Porträtbüste von ihr anfertigte. Die Nachricht vom Tod ihres geliebten Bruders, wusste Charlie, erschütterte sie zutiefst. Sie war verzweifelt. Sie gab sich eine Mitschuld, da sie sich zuletzt mit Johannes mehrmals gestritten hatte. Rilke wusste sie aufs Einfühlsamste zu trösten, mit langen Briefen, die sie Charlie zu lesen gab, schon weil darin regelmäßig Grüße an ihn standen. Rilke schickte immer wieder Briefe nach Janowitz.

Er, Charlie, hatte den sonderbaren Dichter eigentlich gern. Die von ihm gemachten Verse verstand er nicht, aber der Mensch gefiel ihm, und die Eigentümlichkeiten, die Rilke an den Tag legte, fand er putzig. Rilke machte seiner Schwester den Hof, was ihr guttat, da sie es zu genießen schien, immer waren es abwechslungsreiche Tage und Abende, wenn Rilke, wie eben jetzt wieder, sich in Janowitz zu Besuch aufhielt. Auch sonst sorgte Sidonie dafür, dass Gäste kamen, es gab Gespräche, es gab Musik, sie spielte auf dem Flügel, Stücke von Frédéric Chopin, den sie sehr mochte.

Draußen hielt ein Automobil. Offenbar waren Sidonie und Rilke aus Beneschau zurückgekehrt. Charlie verließ sein Arbeitszimmer. Es war, sah er dann, nicht Sidonies Wagen, der angekommen war, vielmehr ein anderes Fahrzeug. Der Mann, der ihm entstieg, war der Schriftsteller Karl Kraus aus Wien.

Als er ausstieg, kam der Hund auf ihn zugelaufen, Bobby, Sidis Leonberger. Charlie rief das Tier zurück, Charlie reichte ihm die Hand und sagte, Sidonie sei noch unterwegs, sie bringe den Dichter Rilke zu einer Zahnbehandlung, nach Beneschau. Also gab es einen weiteren Gast in Janowitz. Kraus wusste, dass Sidi die Dichtungen Rainer Maria Rilkes schätzte, was er so hinnahm.

Er entlohnte den Mietchauffeur, der ihn nach Janowitz gebracht hatte. Der Domestik Ludvik übernahm das Gepäck. Charlie geleitete ihn ins Schloss.

Sidi kam kurz darauf. Kraus sah vom Fenster aus, wie sie vorfuhr. Der zierliche Mensch, der zusammen mit ihr dem Automobil entstieg, war der Dichter Rilke, den er flüchtig kannte, von einer Veranstaltung in Wien. Rilke hielt die linke Hand an der Wange, während er mit der rechten Sidonies bloßen Oberarm streichelte, was Kraus missfiel.

Seine Begrüßung Sidonies geschah überaus förmlich. Wenn, wie jetzt, Dritte zugegen waren, pflegten die beiden einander mit Sie anzureden. Sidonie wollte ihre zwei Gäste miteinander bekannt machen, worauf Kraus sagte, man sei sich schon früher begegnet. Rilke war sichtlich erstaunt: Ach, sagte er, wir kennen einander?

Wir sind uns in Wien begegnet.

Sehen Sie mir nach, wenn ich es vergessen habe? Ich treffe zahllose Menschen.

Ich auch.

Behalten Sie alle im Gedächtnis?

Alle.

Ich weiß nicht, ob ich Sie darum beneiden soll. Das Vergessen kann eine Gnade sein.

Worauf Kraus entgegnen wollte, dergleichen sei die übliche Behauptung von Leuten mit mangelhaftem Erinnerungsvermögen. Er unterließ es. Rilke nahm seine linke Hand herab. Kraus sah, dass die Wange des Dichters geschwollen war, es flößte ihm etwas Mitleid ein. Zudem mochte er jetzt, in Sidis Anwesenheit, Rilke nicht kränken.

Er kannte sie nun seit fast einem Jahr. Die erste Begegnung hatte im pompösen Plüsch des Wiener Café Imperial stattgefunden, wo er sich mit Thun getroffen hatte, einem guten Bekannten, der mit vollem Namen Maximilian Graf von Thun und Hohenstein hieß, aus der böhmischen Linie des Hauses. Im Widerspruch zu den Gepflogenheiten seiner Familie war er nicht Offizier geworden, sondern hatte Medizin studiert und praktizierte als Sportarzt und Spezialist für Bewegungsschäden. Er vertrat die Theorie, die ursprüngliche Gangart des Menschen sei jene auf allen vieren, was er auch als gymnastische Therapie zu verordnen pflegte, mit unterschiedlichem Erfolg. Außerdem hatte er die Absicht, sich zu Studienzwecken Affen zuzulegen, was Kraus höchst possierlich fand.

Max war weitläufig verwandt mit den Nádhernýs, wovon Kraus anfangs nichts wusste. Max und Sidonie waren an jenem Nachmittag verabredet, wovon Kraus gleichfalls nichts wusste. Er sah, dass eine groß gewachsene, sehr elegante und ungewöhnlich schöne Frau an ihren Tisch trat, wo sie von Max überschwänglich begrüßt wurde, ehe er sie mit Kraus bekannt machte. Kraus bemerkte, dass die Baronesse ihn unentwegt anstarrte, in einer sonderbaren Mischung aus Erstaunen und Erschrecken. Später würde er erfahren, dass er sie an ihren soeben aus dem Leben geschiedenen Bruder erinnerte. Sie würde ihm fotografische Bilder von Johannes zeigen, auf denen er kaum Ähnlichkeiten mit sich selbst entdecken konnte, schon da Johannes groß gewachsen war, größer noch als Sidonie und ihr Zwillingsbruder Karl. Wie auch immer, Sidonies Blicke waren fast eine Berührung. Er spürte, wie das Blut in seinen Schläfen zu klopfen begann.

Sie redeten. Sie redeten viel. Sidonies Stimme klang angenehm, ihre Äußerungen waren eigenwillig und in der Wortwahl präzis. Max mischte sich ständig ein, es wurde deutlich, dass er intensiv um Sidonies Zuneigung warb, was Kraus verstörte. Zu dritt brachen sie auf, um eine Ausstellung zu besuchen.

Der Rundgang dort dauerte eine Stunde. Sie besahen und beredeten Exponate, denen es um Schönheit, die Kultur, die Geschichte von Landschaften rund um die Adria ging. Dann musste Max sich verabschieden, zu seinem heftigen Bedauern, wie er sagte, doch seine ärztliche Sprechstunde werde in Kürze beginnen. Kraus und Sidonie blieben zusammen. Ihm war jetzt, als sei sie ihm schon sehr lange bekannt. Seit dem Tode von Annie Kalmar hatte er keine Frau getroffen, die ihn derart beeindruckte. Aber was hieß hier beeindruckt: Er war dabei, dieser Frau zu verfallen.

Er winkte einer Droschke. Es war ein schöner Septembertag. Zusammen ließen sie sich in den Prater fahren. Sie verließen das Gefährt, Sidonie nahm seinen Arm, durch den Stoff des Ärmels hindurch spürte er ihre Hand. Sie gingen und redeten. Sie erzählte von ihrem Bruder Johannes, den sie sehr geliebt habe, den sie nun vermisse und dessen unerwarteter Tod ihr weiterhin zusetze. Ihm fielen Verse ein, die er geschrieben und veröffentlicht hatte, zwei

Jahre nach dem Tod von Annie Kalmar, in Erinnerung an sie und als Trost für sich selber:

Der Tod kommt bald und sicher,
Hält stets sich in der Näh.
Er ist ein fürchterlicher
Tröster im Erdenweh.

Ich hasse ihn nicht aus Liebe,
Ich liebe ihn nur aus Hass.
Wenn man unsterblich bliebe,
Wie grauenvoll wäre das!

Er sagte die Verse auf, ohne an Annie Kalmar nur zu denken. Sidonie nickte dankbar. Sie lehnte den Kopf an seine Schulter. Er spürte, wie das Blut in seinen Schläfen stärker zu klopfen begann.

So fing es an. Sie trafen sich schon am nächsten Tag wieder. Sie trafen sich in seiner Wohnung an der Lothringer Straße, später waren sie gemeinsam auf Reisen und trafen sich in Hotels. Noch lieber fuhr er zu ihr nach Janowitz. Das Schloss wurde ihm vertraut, er liebte den Park, die Wege im Park, den Teich, die Umgebung, die von Sidonie angelegten Rabatten. Dass der Pianist, der ihn bei seinen öffentlichen Auftritten begleitete, Janowitz hieß, mit Vornamen Franz, war ein hübscher Zufall und vielleicht mehr als das.

Er lernte Sidonies Bruder Karl kennen, den er manchmal dann auch in Wien traf, wenn der junge Baron in Geschäftsdingen unterwegs war und vielleicht noch zu irgendwelcher Zerstreuung. Nach geltendem Recht hatte Karl mitzuentscheiden, wenn seine Schwester eine Ehe zu schließen gedachte. Entgegen früheren Überzeugungen, zu denen er sich in der »Fackel« wiederholt bekannt hatte, dachte Kraus jetzt ernsthaft darüber nach, ob er die Baronesse Sidonie von Nádherný und Borutín vielleicht heiraten sollte.

Am Abend, nach dem Diner, setzte sich Sidonie an den Flügel und begann zu spielen, eine Valse von Frédéric Chopin. Karl Kraus hatte sie darum gebeten. Sie spielte, so empfand es Rilke, ziemlich gut, wiewohl nicht annähernd so perfekt wie Magda von Hattingberg. Die hatte ihn mit Beethoven verwöhnt, immer wieder, die Sonaten Beethovens wurden für ihn ein Auftakt zu körperlicher Umarmung und Liebe. Verglichen damit erschien ihm Chopin als wohlklingendes Geklimper. Freilich war es, dass er, was er wusste, mit Musik nicht so gut umgehen konnte wie mit Bildender Kunst, von der er vieles kannte und wusste, zu schweigen von der schönen Literatur, in der er, wie viele ihm nachrühmten und was er ihnen gerne glaubte, eine Art gottgleicher Herrscher war.

Er saß wenige Schritte von Kraus entfernt, in dessen scharfkantigem Gesicht Sidonies Spiel einen Ausdruck vollkommener Hingebung erzeugte. Die Beziehung zwischen dem Kritiker und der Baronesse beschäftigte ihn. Gewöhnlich gingen die beiden recht förmlich miteinander um, einmal jedoch, es war dies am späten Nachmittag gewesen, die beiden wähnten sich wohl allein, vernahm Rilke ein Gespräch zwischen den beiden.

Sidonie flüsterte: Sei leise. Ich bitte dich.

Kraus fragte: Warum?

Man könnte dich hören.

Soll man doch. Sowieso werden es bald alle erfahren.

War also die Förmlichkeit zwischen den beiden bloß vorgeschoben? War sie inszeniert, um die wahre Natur ihrer Beziehung zu verbergen? Wie aber standen sie wirklich zueinander? Welche Intimität herrschte zwischen ihnen? Hatten sie ein sexuelles Verhältnis? Der Gedanke daran beunruhigte Rilke.

Kraus war zwei Jahre älter als er. In der Größe glichen sie einander, mit schöner Literatur hatten sie beide zu tun. Rilke erinnerte sich eines Textes in der »Fackel«, darin es hieß, er, Rilke, habe einen Weg erfahren zwischen sich und der Welt, und durch die vielen Wände des Bewusstseins hindurch, auch durch sie filtriert, sei Gott in seine Welt gestiegen. Das war mehr als schmeichelhaft. Es ging um das »Stundenbuch«, das Kraus in der Nachfolge des großen Angelus Silesius sah. Auch das war mehr als schmeichelhaft. Rilke hatte daraufhin der »Fackel« einen eigenen Prosatext angeboten, es ging darin um Franz Werfel, der, wie er selbst, aus Prag stammte und dessen Verse er ausführlich lobte, Kraus hatte seinerseits Werfel abgedruckt, was als ein Sympathiebeweis gelten musste. Leider hatte Rilke übersehen, dass der Lyriker bei Kraus inzwischen in Ungnade gefallen war: Er sei ein Kindheitsvirtuos, der in Prag alle befruchte, sodass dort die Lyriker sich vermehrten wie Bisamratten. Nun war es nicht so, dass Rilke eine unbedingte Begeisterung für Werfels Gedichte spürte. Werfel war nichts als ein kleiner dicker Jude aus Prag. Jedenfalls wurde Rilkes Text in der »Fackel« nicht abgedruckt und auch nicht retourniert.

Die Chopin-Valse war zu Ende. Kraus klatschte enthusiastisch, was durch Rilke eine höfliche Ergänzung erfuhr. Charlie und Mary Cooney taten es ihm gleich. Sidonie nickte und sagte, sie wolle jetzt eine Nocturne spielen, wiederum von Chopin.

Rilke empfand die Anwesenheit von Kraus als eine lästige Störung, da er selbst es gewohnt war, im gesellschaftlichen Mittelpunkt allein zu stehen. Kraus beanspruchte das Interesse der anderen durch seine bloße Anwesenheit.

Die Art, wie er redete und sich im Schloss bewegte, ließ zudem erkennen, dass er mit Janowitz vertraut war, sich also häufig hier aufhielt, jedenfalls häufiger als Rilke.

Beim Diner vorhin, Rilke aß einen Salat aus Rucola und Schafskäse, dazu Weißbrot, während den anderen am Tisch Räucherfisch, kalter Braten nebst Schinken serviert wurde, hatte Kraus das Gespräch dominiert.

Irgendwann hatte Rilke ihn gefragt: Äußern Sie immerfort nur die boshaftesten Bemerkungen?

Die Antwort von Kraus war: Ich bin berühmt dafür.

Worauf Sidonie ausführlich zu lachen anfing, was Rilke kränkte.

Während er jetzt dem Vortrag der Nocturne lauschte, dachte er darüber nach, ob es vielleicht angebracht wäre, dass er baldmöglichst aus Janowitz abreiste. Dann dachte er an seine Zahnbehandlung, die noch nicht abgeschlossen war. Er griff an seine linke Wange. Die Schwellung war fühlbar zurückgegangen. Seine Zunge betastete das von Václav Poláček in seinen Molar gebohrte Loch, das demnächst mit einer Goldplombe gefüllt werden sollte. Bis dahin würde er in Janowitz zu bleiben haben. Außerdem wäre die vorzeitige Abreise das Eingeständnis einer Niederlage, was ihm sein Selbstbewusstsein verbot.

Die Nocturne klang aus. Das Ritual des Beifalls wiederholte sich. Sidonie erhob sich von ihrem Klavierschemel, lächelte verlegen und deutete eine Verbeugung an. Sie trug ein Kleid mit weitem Ausschnitt, ähnlich jenem, das sie auf dem großen Gemälde mit ihrem Porträtbildnis trug, das Ding hing im Treppenhaus des Schlosses. Rilke bedachte, dass seine vorzeitige Abreise auch ein Verzicht auf die Nähe der schönen Baronesse bedeuten würde, und das mochte er sich keinesfalls antun.

Das Gästezimmer von Kraus in Schloss Janowitz befand sich unmittelbar neben jenem von Rainer Maria Rilke. Die beiden Männer hatten sich am Abend höflich voneinander verabschiedet. In Rilkes Zimmer war alles still. Wahrscheinlich hatte sich der Dichter bereits zu Bette begeben, vielleicht las er oder schrieb einen seiner vielen Briefe. Sidonie hatte Karl Kraus die für sie bestimmten Schreiben Rilkes gezeigt, Kraus hatte sie aufmerksam gelesen. Die Schrift war schön, entschieden schöner als seine eigene, der Wortlaut war von lyrischer Eleganz, mit einem gewissen Hang zum Pathos und manchmal stark parfümiert.

Rilke umwarb Sidonie. Das war zu erkennen, aus seinen Briefen ebenso wie in seinem Verhalten hier in Janowitz. Dies alles musste Kraus nicht verunsichern, aber es verunsicherte ihn. In seinen Augen war der Dichter ein eitler Sonderling mit traurigem Walrossbart, seine zahlreichen erotischen Erfolge, von denen der Wiener Kaffeehausklatsch wusste, ließen sich durch sein Äußeres kaum erklären. Demnach waren es seine Dichtungen, die seine Wirkung auf Frauen hervorriefen. Der Enthusiasmus, mit dem Sidonie von Rilkes Versen redete, war dafür ein Indiz. Mehr bewirkte es bei Sidonie nicht. Dass es mehr hätte bewirken können, verdross Karl Kraus.

In Rilkes Zimmer blieb es weiterhin ruhig, doch im Haus gab es Geräusche. Vielleicht war noch Dienstpersonal zugange, oder Charlie war unterwegs.

Kraus mochte Janowitz. Er mochte es sehr. Ein Aufenthalt hier war für ihn der vollkommene Gegenentwurf zu seinem Leben in Wien. Dies hatte mit Sidonie zu tun, und wiewohl er sie auch anderswo traf, in Wien oder auf Reisen, bedeutete ihm erst Janowitz die Vollendung seiner Liebe zu ihr. Um dessentwillen nahm er sich ihres Bruders Charlie an, wenn der in Wien weilte, um geschäftliche Dinge zu regeln, mit dem er dann abends ins Theater ging, um ihn anschließend beim Entree des noblen Stundenhotels Orient am Unteren Graben abzuliefern. Wie hatte er einst geschrieben? *In der Liebe gibt es nichts Anstößiges, solange der unbeteiligte Moralrichter nicht seine Nase hineinsteckt und die Nachtwandler zur Besinnung ruft.*

Janowitz war der Gegenentwurf zu seinem Leben in Wien, Sidonie war der Gegenentwurf zu seinem früheren, auch in der »Fackel« nachlesbaren Frauenbild. *Persönlichkeit des Weibes ist die durch Unbewusstheit geadelte Wesenlosigkeit.* Oder auch: *Nichts ist unergründlicher als die Oberflächlichkeit des Weibes.* Oder: *Der Mann hat fünf Sinne, die Frau bloß einen.* Bloß einen? *Im Weib, als dem ausschließlich sexuellen Wesen, kann auch die Abkehrung zum eigenen Geschlecht nicht antisozial wirken.* Weil: *Die Natur hat dem Weib die Sinnlichkeit als den Urquell verliehen, an dem sich der Geist des Mannes Erneuerung hole.*

Das alles hatte er so notiert. Es war seine Überzeugung gewesen, obschon er Annie Kalmar gekannt und geliebt hatte. Erst seit er Sidonie begegnet war, sah er die Dinge anders.

Er öffnete die Tür einen Spalt und lauschte. Im Haus war alles still. Er trat auf den Flur, er überquerte den Flur, leise, niemand sollte ihn hören. Nicht nur Rilke schlief auf dieser Etage, auch Sidonies Bruder Charlie hatte hier seine Räume. Niemand durfte hören, niemand sollte wissen, was Kraus hier unternahm. Eigentlich war die Situation mehr als peinlich, eigentlich war sie unmöglich, war geradezu demütigend, und nichts war Kraus verhasster, als gedemütigt zu werden. Sidonie hatte ihn nachdrücklich um diese Vorsicht gebeten. Allein um ihretwillen verhielt er sich so, dabei war er längst entschlossen, die Sachlage zu ändern.

Vorsichtig öffnete er die Tür zu dem Zimmer, in dem Sidonie schlief, und schlich hinein.

Sie tastete nach dem silbernen Etui auf ihrem Nachttisch, öffnete es und entnahm eine Zigarette, die sie anzündete. Es war das nach einer vollzogenen Kohabitation bei ihr übliche Verhalten. Karl Kraus missfiel dies, doch mochte sie davon nicht lassen. Die Streiterei deswegen gehörte zu den kleinen Kontroversen, die es zwischen ihnen gab.

Sie sah, wie sich die ausgeatmeten Rauchwölkchen im Licht der Nachttischlampe verloren. Neben ihr griff Kraus nach seiner Brille und setzte sie auf. Mit beiden Armen umschlang er seinen nackten Oberkörper, seine rechte Schulter stand erkennbar höher als die linke.

Sidi, sagte er, hör mir zu. Ich will mich endlich nicht mehr mit dir verstecken müssen. Ich will nachts nicht mehr heimlich in dein Zimmer schleichen.

Ach, Karl. Du weißt, dass ich Rücksichten nehmen muss. Wie sehr sie mich auch quälen. Wir sind nicht allein hier, auf dieser Etage.

Du redest von Rilke?

Auch.

Wie lang will er noch bleiben?

Ich weiß es nicht. Er hat es mir nicht gesagt. Rilke kommt und geht, wie er mag, so war er schon immer. Außerdem hat er gerade eine Zahnbehandlung, in Beneschau.

Der Kerl stört mich.

Bist du eifersüchtig?

Muss ich das sein?

Manchmal kommt es mir so vor.

Ich mag ihn nicht sonderlich. Als Person. Er ist wehleidig, affektiert und verlogen.

Du bist ungerecht.

Ich sage dir meinen Eindruck.

Dann sage ich dir den meinen. Rilke ist ein bedeutender Dichter. Seine Gedichte sind voller Empfindsamkeit und Wohlklang. Sie sind schön.

Sollte dies das Einzige sein, worin wir bei Rilke unterschiedlicher Meinung sind, wäre ich es zufrieden.

Er hat ein bedeutendes Publikum.

Das habe ich auch.

Beneidest du ihn um das seine?

Nein. Das seine besteht aus verwöhnten Adelsdamen mit viel Geld. Er feiert sie samt ihren Schlössern, zum Lohn dürfen sie ihn aushalten.

Du redest auch von mir?

Ich rede von seinen anderen Blaublüterinnen. Manche sind etwas welk. Die von Thurn und Taxis zum Beispiel, ihre Sippe wurde vor dreihundert Jahren geadelt. Du bist bloß Freifrau und bist es erst anderthalb Jahrzehnte. Ich erwähne das, damit du weißt, welchen Rang du bei Rilke einnimmst.

Mich interessiert nicht, welchen Rang ich bei ihm einnehme.

Dann ist alles gut.

Er erhob sich und zog seinen dunkelblauen Nachtmantel über. Die Bekleidung machte, dass der Stand seiner rechten Schulter weniger auffiel. Auf nackten Sohlen ging er zum Fenster und starrte hinaus. Im oberen Fensterrand, sah Sidonie, stand ein blanker Dreiviertelmond.

Vor einem Jahr, sagte sie, ist mein Bruder Johannes gestorben. Du hast ihn nicht gekannt, Rilke kannte ihn. Er hat von dem Tod erfahren und hat mir umgehend geschrieben. Ich kann seinen Brief auswendig: Niemand, der weiß, was Unfassliches Ihnen widerfahren ist, kann versuchen, in Worten etwas von dem zu versichern, was er empfindet, mag ihm das Herz noch so deutlich und innig zureden.

Das klingt verschroben. Findest du nicht?

Nein.

Begreif doch, dass dieser Mensch in Wahrheit immerfort bloß von sich selber redet.

Sein Brief hat mich damals sehr getröstet.

Rilke kennt immer nur sich.

Darin unterscheidet er sich nicht besonders von Karl Kraus.

Ich liebe dich, Sidi. Die Aufmerksamkeit, die du Rilke gibst, nimmst du mir fort.

Komm endlich schlafen.

Er drehte sich vom Fenster fort und sah sie an. Auf seinen Brillengläsern lag der Widerschein des Lichts ihrer Nachttischlampe. Er sagte:

Lass uns heiraten, Sidi.

Sie zuckte zusammen. Es war, als habe man ihr einen kleinen Stoß versetzt. Sie zerdrückte den Rest ihrer Zigarette in der Schale einer Jakobsmuschel. Einst waren solche Schalen das Erkennungszeichen von Pilgern gewesen, die ins galicische Santiago di Compostela zogen, zum Grab des heiligen Jakobus. Bedeutete ihre Profanierung der Muschel zum Aschenbecher ein willkürliches Sakrileg?

Ich habe darüber nachgedacht, sagte Kraus. Ziemlich lange, und das ist das Ergebnis: Ich möchte dich heiraten, Sidi.

Das ist dein Ernst?

Mein völliger Ernst.

Da das Halten wilder Tiere gesetzlich verboten ist und Haustiere dir kein Vergnügen machen, wolltest du lieber unverheiratet bleiben. So hast du geschrieben.

Ich habe vieles geschrieben. Ich habe auch geschrieben, die Ehe sei eine Mesalliance.

Ich erinnere mich.

Man kann seine Meinung ändern. Ich habe die meine geändert. Weil ich dich kenne und seit ich dich kenne. Ich liebe dich, Sidi. Warum wollen wir nicht heiraten?

Ich denke, mein Bruder Charlie wäre damit nicht einverstanden.

Wir brauchen seine Einwilligung nicht.

Das Gesetz schreibt es vor.

Wir werden das Gesetz missachten.

Das hätte üble Folgen. Charlie würde mir alle materielle Zuwendung sperren. Augenblicklich.

Wir brauchen seine Zuwendung nicht. Außerdem dürfte er längst wissen, wie ich zu dir stehe.

Ich fürchte, er weiß es nicht. Wir haben nie darüber geredet. Eine Ehe mit dir wäre in seinen Augen ein Missgriff. Er möchte mich standesgemäß verheiraten. Er ist stolz auf unseren Adelsrang.

Der ist keine hundert Jahre alt.

Trotzdem. Oder gerade deshalb.

Er löste sich vom Fenster und kehrte zurück zu ihrem Bett. Er hockte sich neben sie und fasste ihre Hände.

Du bist mir, sagte er, immer noch eine Antwort schuldig. Sidi.

Ich weiß. Lass mich darüber nachdenken.

Rilke sollte zum Zahnarzt Václav Poláček fahren. Diesmal würde ihn nicht Sidi chauffieren, vielmehr würde er jene Kutsche benutzen müssen, die ihn vom Bahnhof Beneschau abgeholt hatte. Es war ein trüber Tag, der Niederschlag bringen konnte. Das Gefährt besaß einen Regenschutz, der fürsorglich aufgespannt worden war.

In der Kutsche würde seine Fahrt deutlich länger dauern als in Sidonies Automobil. Er trug Briefe bei sich, hellblaue Couverts, es war dies die von ihm bevorzugte Papierfarbe. Er würde die Sendungen in Beneschau aufgeben, da er vermeiden wollte, dass man in Schloss Janowitz von den Adressatinnen und dem Umfang seiner Korrespondenzen allzu viel erfuhr.

Einer der Briefe ging an Prinzessin Marie von Thurn und Taxis. Darin schilderte er eingehend seinen augenblicklichen Seelenzustand und erwähnte dabei, wie nebenher, seine finanziellen Nöte. Er hoffte, es würde der Prinzessin eine entsprechende Zuwendung entlocken. Zusätzlich wollte er erfahren, ob Marie eine neue Séance veranstaltet und ein neues Medium gefunden habe. An einer von Maries spiritistischen Sitzungen hatte er teilgenommen, und der Verlauf hatte ihn sehr bewegt.

Ein anderer Brief ging an Magda von Hattingberg. Die bestand nach wie vor auf einer raschen Wiederbegegnung, die er in ebenso höflichen wie kunstvollen Formulierungen abzulehnen wusste. Er spürte deutlich, dass er ihrer inzwischen etwas überdrüssig geworden war. *Trotzdem ist alles gut,* schrieb er ihr, *war ich doch zutiefst in deiner Seele, in deinem Herzen, wie das Kind in der Mutter.* Derart gedachte er sie zu trösten.

Der dritte Brief ging an Loulou Albert-Lazard. Sie war eine seiner jüngeren Bekanntschaften, eine Frau mit überraschend freizügigen Ansichten hinsichtlich der körperlichen Liebe, darin nicht unähnlich ihrer Vornamensschwester Andreas-Salomé. Loulou wusste einige Gedichte von ihm auswendig und ließ ihn erkennen, dass sie ihn auch körperlich begehrte, was ihn ebenso faszinierte wie erschreckte. Sie selbst war verheiratet, mit einem sehr viel älteren Münchner Fabrikanten, der durch seine Erfindungen in Sachen Fotografie und den Handel damit ein Vermögen angehäuft hatte. Es kam seiner Frau zugute und war für Rilke ein zusätzliches Motiv des Interesses. Loulou hatte ein Kind, das bei Verwandten aufwuchs. Sie liebte die Unabhängigkeit, die Kunst, den Luxus, Frankreich und Rilke. Geboren war sie in Metz, als Tochter eines Bankiers, in München hatte sie Malerei studiert. *Dass Du endlich gekommen bist,* schrieb ihr Rilke. *Bin ich nicht von jeher auf Dich zugegangen?* Loulou war allerdings nicht nur nicht adelig, sie war außerdem Jüdin.

Sie war Jüdin, wie Karl Kraus Jude war. Mit dem lebte Rilke zurzeit unter einem gemeinsamen Schlossdach und musste sich fortwährend die Frage stellen, wie es um das wahre Verhältnis zwischen Kraus und Sidonie bestellt war. Dass die beiden eine Liebesbeziehung hatten, war eindeutig. Dass sie diese Beziehung zu verbergen suchten, machte die Angelegenheit aufregend. Die Prinzessin Marie hatte ihm, Rilke, einmal geschrieben, er sei verliebt, immerzu verliebt, was die reine Wahrheit war, und derart hatte er sich in Sidonie verliebt.

Er hatte es ihr zu verstehen gegeben, in seiner Art, mit sanften Berührungen und ausführlichen Briefen. Sie schien nicht unbeeindruckt. Wem also neigte sie mehr zu, ihm oder Kraus? Rilke wusste es nicht, und dies ärgerte ihn. Noch mehr ärgerte ihn, dass er bei Sidonie einen Wettbewerber hatte, der ihm womöglich überlegen war. Gab der Umstand, dass er selbst jetzt nach Beneschau in einer Kutsche fahren musste statt mit Sidonie in deren Automobil, womöglich ein Hinweis? Oder war Sidonies Automobil bloß defekt? Solche Maschinen, das wusste er von Prinzessin Marie, verhielten sich überaus launisch.

Es begann zu regnen. Tropfen fielen auf die Überspannung und erzeugten ein Trommelgeräusch. Der Kutscher rief dem Pferd etwas zu und ließ dazu seine Peitsche schnalzen.

Rilke dachte an Kraus. Der Mann besaß einen scharfen jüdischen Verstand, für den er auch berühmt war. Seine Prosa war gelenkig, doch fehlte ihr jene Behutsamkeit, die ihm, Rilke, im Übermaß zur Verfügung stand. Worauf würde sich Sidie lieber einlassen? Sie war eine Frau, und Frauen verlangten nach Behutsamkeit, auch bei ihren Lektüren.

Die Kutsche fuhr durch Beneschau. Der Regen hatte aufgehört, Rilke bat den Kutscher zu halten. Er sprang aus dem Wagen und warf am Straßenrand seine drei Briefe in einen Postkasten. Dann stieg er wieder ein. Die Kutsche fuhr weiter, bis zu dem Haus mit der Ordination des Zahnarztes Václav Poláček.

Rilke war jetzt fest entschlossen, die Konkurrenz mit Karl Kraus durchzustehen.

Seit mehreren Jahren ließ sich Karl von Nádherný die Londoner Zeitung The Times schicken. Sie traf in Janowitz mit Verspätung ein, Charlie hatte da die wichtigen Neuigkeiten bereits den Prager und Wiener Blättern entnommen, die er sich außerdem hielt. In der Times überflog er die Wirtschaftsmeldungen, die ihn und die österreichischen Regionen selten betrafen, hauptsächlich bezog er das Blatt für May-May, seine einstige Erzieherin.

Die las The Times am späten Vormittag, unmittelbar nach deren Eintreffen. Sie las in der Bibliothek, gewöhnlich in Charlies Anwesenheit, der seinerseits in die Neue Freie Presse aus Wien vertieft war. So auch jetzt. Wie üblich suchte sie zunächst die Obituaries, die ausführlichen Nachrufe also, in denen es um Personen ging, die ihr völlig unbekannt waren. Danach las sie die Gesellschaftsnachrichten.

Auf der zweiten Seite entdeckte sie eine Überschrift betreffend die Regierung in Wien. In dem zugehörigen Artikel ging es um den Mord in Sarajevo, um Diplomatie, um Russland, Deutschland, Serbien und einen möglichen Krieg, in den auch England hineingezogen werden könnte. May-May las es und wusste nicht, ob ein solcher Krieg, wenn er denn stattfand, unmittelbare Folgen für ihre Person haben könnte, schließlich besaß sie weiterhin die britische Staatsbürgerschaft.

Sie fragte Charlie, was er von der Sache halte. Wie üblich sprachen die beiden miteinander englisch. Charlie, rauchende Tabakspfeife im Mund, ließ seine Zeitung sinken und sagte, nach seiner Kenntnis sei das Vereinigte Königreich von dem Konflikt nicht unmittelbar betroffen. May-May wollte wissen, ob man da sicher sein könne.

Sicher, sagte Charlie, sei in der großen Politik gar nichts.

Wie es denn überhaupt zu dem Konflikt gekommen sei? Was das Attentat auf den Kronprinzen damit zu tun habe?

Charlie nahm die Pfeife aus dem Mund, legte sie in einen kristallenen Aschenbecher und begann mit einer ausführlichen Erklärung.

Das Kaiserreich Österreich-Ungarn sei, wie May-May wahrscheinlich wisse, ein Vielvölkerstaat. Das sei seit Langem so, und trotz aller Schwierigkeiten und Auseinandersetzungen habe es sich in dieser Form halten können. Gleich hinter Ungarn beginne der Balkan. Das sei eine mehr als unruhige und komplizierte Gegend, spätestens seit die osmanischen Türken sich von dort völlig zurückgezogen hätten. Immerfort bloß Intrigen, Spannungen, Religionsstreitigkeiten, Verschwörungen, Bürgerkrieg. Um an der Südflanke seines Reiches Frieden zu schaffen, habe Österreich vor ein paar Jahren die Herrschaft über die Territorien Bosnien und Herzegowina angetreten. Der Friede habe auch gehalten, aber er habe gefährliche Gegner erbracht, voran das Königreich Serbien. Sarajevo, Ort des Attentats, sei die Hauptstadt von Bosnien. Dort habe der Erzherzog die Ansprüche der Krone repräsentieren sollen. Mit seiner Frau sei er im offenen Wagen durch die Stadt gefahren, was vielleicht etwas leichtsinnig gewesen sei, denn an einer Straßenecke seien die beiden dann heimtückisch niedergeschossen worden. Das habe wohl eine Art Fanal des serbischen Widerstands bedeuten wollen. Der Attentäter sei ein Verschwörer, seine Hintermänner säßen im Königreich Serbien und würden von der dortigen Regierung gedeckt. Wien warte dringlich auf eine Erklärung aus Belgrad, auf eine Entschuldigung, auf die Verfolgung und Bestrafung aller Verschwörer. Soviel er wisse, werde die Wiener Regierung dies demnächst fordern.

Was denn mit England sei, wollte May-May wissen.

Serbien und Russland seien verbündet, sagte Charlie. Russland wiederum sei verbündet außer mit Frankreich auch mit England.

Und?

Falls Serbien militärisch angegriffen werde, träten diese Bündnisse in Kraft. Gegner von Russland sei neben Österreich-Ungarn noch das mit diesem verbündete und sehr mächtige Deutschland.

Ob Serbien tatsächlich angegriffen werde?

Niemand wisse das. In Wien gebe es Kräfte, die einen militärischen Angriff unbedingt wollten. Sofern er, Charlie, die Zeitungen richtig lese, gebe es ähnliche Kräfte auch in Berlin.

Ein großer Krieg also?

Der wäre die Folge.

What will happen to me?, fragte aufgeregt May-May. Was dann aus ihr würde?

Man werde schon eine Lösung finden, sagte Charlie. I'm sure we'll find a solution.

Er nahm seine Tabakspfeife aus dem kristallenen Aschenbecher und entzündete sie neu. Er rauchte, griff nach seiner Zeitung, der Neuen Freien Presse, und las darin weiter. Dass er aktiv an einem möglichen Krieg teilnehmen müsse, war unwahrscheinlich, wusste May-May. Als er früher zu einer Offiziersausbildung hatte antreten wollen, war er ausgemustert worden, aus gesundheitlichen Gründen.

Am einem der folgenden Abende las Rilke aus seinen Arbeiten. Sidonie hatte ihn mehrmals darum gebeten. Zunächst hatte er sich etwas geziert und erwähnte körperliches Unwohlsein in der Folge seiner Zahnbehandlung. Inzwischen trug er seit Tagen eine funkelnde Goldkrone in seinem Gebiss, die, wenn er den Mund öffnete, so beim Verzehr seines Körnerbreis, auch zu erkennen war.

Als Sidonie Rilke gebeten hatte, war Kraus zugegen gewesen. Er hatte nichts gesagt, wiewohl ihn die Sache ärgerte. Selber hatte er eine öffentliche Lesung des Dichters schon erlebt, vor langer Zeit, in Wien, Sidonie kannte er damals noch nicht. Seine Erinnerung an jenen Abend war diffus, er wusste bloß, dass Rilke zu leise gesprochen hatte. Jetzt konnte er herausfinden, ob sich daran etwas geändert hatte. Wenn er selbst seine Texte vor Zuhörern sprach, geschah dies mit schneidend scharfer und für jedermann verständlicher Stimme. Er tat das regelmäßig.

Draußen im Park war Dämmerung. Das Dienstpersonal hatte Kerzen aufgestellt und angezündet. Die Zuhörer waren außer Kraus, Sidonie, Charlie und May-May Rilkes Zahnarzt aus Beneschau mit seiner Frau, einer hochbusigen Blondine, außerdem Sidonies Freundin Pejačevič, die erst diesen Nachmittag eingetroffen war, Kraus hatte sie zuvor nie gesehen. Rilke trug seinen hellen Anzug mit der fliederfarbenen Krawatte. Den für ihn bereitgestellten Sessel verschmähte er und wollte lieber, wie er es gewohnt war, im Stehen vortragen.

Er begann mit etlichen seiner Dinggedichte. Dazu hielt er ein Buch in den Händen, aus dem Papierstreifen als Lesezeichen heraushingen, kleine weiße Zungen.

Manche seiner Verse wusste er auswendig. Seine Stimme war melodiös und hatte einen starken oberdeutschen Akzent.

Unter den Gedichten waren »Der Panther«, »In einem fremden Park« und »Die Fensterrose«. Der Park befand sich offensichtlich in Skandinavien, von einer Freiin Brite Sophie war die Rede, doch dieser Name hätte ganz gut Freiin Sidonie lauten können, eine gewisse Klangähnlichkeit war gegeben, und also war mit dem Park ebenso der von Janowitz gemeint.

Was stehst du oft? Was hören deine Ohren?
Und warum siehst du schließlich, wie verloren,
die Falter flimmern um den hohen Phlox.

Es blühte viel Phlox in Janowitz. Auch Schmetterlinge flatterten hier reichlich. Kraus drehte den Kopf zu der neben ihm sitzenden Sidonie, die ein dankbares Lächeln zeigte, offenbar hatte sie Rilkes Verse genau so verstanden wie von Kraus geargwöhnt und von Rilke wohl gemeint.

Draußen, hinter den Fenstern, breitete sich Dunkelheit aus. Sterne begannen zu flimmern. Sidonie winkte einem Diener, dass er die weißen Tüllgardinen vor die Scheiben zog, es machte den Raum intimer.

Kraus entdeckte, dass er sich der Eindringlichkeit von Rilkes Wortkunst nicht völlig entziehen konnte. Wieso war ihm niemals der Einfall gekommen, selbst derartige Verse zu verfassen? Hantierte er nicht gleichfalls mit Versmaß und Reim? Was er dann von sich selbst in »Die Fackel« setzte, klang durchweg kalt und spöttisch, in der Manier des von ihm geschätzten Frank Wedekind. Wieso schrieb er keine zärtlichen Verse über die Natur, über Landschaften, über Frauen, über die Liebe? Wieso probierte er dies nicht?

Rilke schien Sidonies dankbares Lächeln bemerkt zu haben. Sein Vortrag wurde sicherer. Er las weitere Park-Gedichte, er las ausführliche Strophen über eine Rosenschale und las »Archaischer Torso Apolls«. Hier lauteten die abschließenden Worte: *Denn da ist keine Stelle, die dich nicht sieht. Du musst dein Leben ändern.* Kraus bemerkte, wie Rilke ihn dabei ansah. Mit dem Menschen, der da sein Leben ändern sollte, sollte offenbar er, Karl Kraus, gemeint sein, was nichts anderes als eine sublime Frechheit war.

Rilke goss aus einer für ihn bereitstehenden Karaffe Wasser in ein Glas und trank. Dann sagte er, dass er seit Längerem an einer großen Arbeit sitze, eine Serie von Elegien, die zu vollenden ihm bislang nicht vergönnt gewesen sei. Drei habe er fertiggestellt und bereits aus der Hand gegeben, und es sei ihm ein Bedürfnis, die erste davon an diesem von ihm so geliebten Ort vorzutragen.

Er nahm ein paar hellblaue Papierbögen zur Hand und las ab:

Wer, wenn ich schriee, hörte mich denn aus der Engel
Ordnungen? und gesetzt selbst, es nähme
einer mich plötzlich ans Herz: ich verginge von seinem
stärkeren Dasein. Denn das Schöne ist nichts
als des Schrecklichen Anfang, den wir noch grade ertragen,
und wir bewundern es so, weil es gelassen verschmäht,
uns zu zerstören. Ein jeder Engel ist schrecklich.

Kraus war irritiert. Was wurde denn hier ausgesagt? Es ging um einen Engel, der einen menschlichen Aufschrei hörte. Möglicherweise würde er sich des Schreiers annehmen. Um welchen Engel handelte es sich? Bekannt waren Namen wie Michael, Gabriel und Raphael, alle drei Erzengel, was zu der vom Dichter behaupteten Ordnung passen würde. Engel waren himmlische Boten. Nach Lehre des Scholastikers Thomas von Aquin handelte es sich bei ihnen um wesenlose Geschöpfe, die, weil keinen Blutkreislauf, auch kein Herz hatten, an das sie jemanden hätten nehmen können. War hier das Herz bloß eine Metapher? Wie aber konnte einer Metapher ein so starkes Dasein haben, dass jemand daran verging, also sich auflöste? Alles erhabener Unsinn. Wie aber stand es um die Behauptung, das Schöne sei bloß des Schrecklichen Anfang? Sie widersprach aller normativen Ästhetik und aller allgemeinen Erfahrung. Dass dieses Schön-Schreckliche auf Zerstörung verzichtete, nun ja, man konnte es bewundern. Dass aber sämtliche Engel schrecklich seien, verstieß gegen alle christliche Theologie. War Rilke nicht römisch-katholisch getauft, so wie er, Karl Kraus?

Draußen, vor den Fenstern, wurde es Nacht. Hinter die transparenten Gardinen hatte sich ein abnehmender Mond gesetzt. Die Kerzen flackerten, in deren Widerschein der kleinwüchsige Rilke wie ein Priester wirkte.

Von sich selbst hingerissen, skandierte er weiter. Seine im Hölderlin-Ton abgefasste Klage über menschliche Unzulänglichkeiten erwähnte Getier, Bäume, Liebende, Jungverstorbene. Der wenig bekannte griechische Halbgott Linos kam vor, ebenso Gaspara Stampa, eine venezianische Hure und Dichterin aus der Renaissance. Die überquellende Flut aus dunklen Bildern und rätselhaften Anspielungen floss, hexametrisch gegliedert, aus Rilkes schnurrbärtigem Mund. Kraus entschloss sich, das aufwendige Wortgeklingel des Dichters endgültig nicht zu mögen. Er blickte auf die neben ihm sitzenden Sidonie. Diesmal lächelte sie nicht. Kraus vermutete, dass ihr die eben gehörte Elegie Verständnisprobleme bereitete. Wenn Rilke auf sie Eindruck machen wollte, hatte er sich hier vertan.

Der trank erneut aus dem Wasserglas. Er sagte dann, er wolle mit einem früheren Gedicht schließen. Es heiße »Der Dichter«, Kraus verstand dies so, dass Rilke damit sich selber meinte:

Du entfernst dich von mir, du Stunde.
Wunden schlägt mir dein Flügelschlag.
Allein: was soll ich mit meinem Munde?
mit meiner Nacht? mit meinem Tag?

Ich habe keine Geliebte, kein Haus,
keine Stelle auf der ich lebe.
Alle Dinge, an die ich mich gebe,
werden reich und geben mich aus.

Abermals erfolgte der Vortrag auswendig. Kraus sah, dass Sidonie tief beeindruckt war, ihm schien auch, als habe sie feuchte Augen. Rilke blickte zu ihr hin, während er sein Buch schloss, um es in seine Jackentasche zu tun. Er nickte, lächelte und verbeugte sich tief. Kraus hegte den Verdacht, Rilke habe mit seiner Textauswahl, seiner Lesung, seinen Inhalten seinen unbedingten Besitzanspruch auf Sidonie anmelden wollen.

Charlie wurde zu einem Unfall gerufen. Einer seiner Pächter hatte sich bei der Arbeit an einer Maschine verletzt. Es bestand die Anweisung, dass in solchen Situationen der Gutsherr umgehend zu benachrichtigen sei. Charlie ließ sein Pferd satteln und ritt ins Dorf.

Der Unfall erwies sich als nicht so schwer, wie zunächst angenommen. Der Pächter, ein junger Tscheche, hatte sich den linken Arm gebrochen, die Fraktur war offen, aus dem Ärmel tropfte Blut. Charlie veranlasste, dass ein provisorischer Verband angelegt und eine Kutsche gerufen wurde, die den Verletzten zur ärztlichen Behandlung nach Beneschau brachte.

Nach seiner Rückkehr ließ Charlie sich einen Tee servieren. Es war jetzt später Vormittag. Er griff nach der Neuen Freie Presse vom Tag und las:

Der österreichisch-ungarische Gesandte Freiherr v. Giesl hat der serbischen Regierung Donnerstag abends um sechs Uhr eine Note überreicht. Die Antwort muss binnen achtundvierzig Stunden gegeben werden, und die Frist zu einer friedlichen Auseinandersetzung wird am nächsten Samstag um sechs Uhr abends verflossen sein. Binnen achtundvierzig Stunden wird somit die Entscheidung über Krieg und Frieden fallen.

Bei der Note, von der die Rede war, handelte es sich erkennbar um jene politische Initiative, über die seit mehreren Tagen spekuliert wurde. Die Ermordung des Kronprinzen lag inzwischen fast einen Monat zurück. Dass die Serben sich zu keinerlei Maßnahme entschlossen hatten, war ebenso merkwürdig wie die vierwöchige Zurückhaltung Österreich-Ungarns. Der alte Kaiser weilte, wie um diese Jahreszeit üblich, in Bad Ischl, seinem Sommeraufenthalt. Dies ließ sich als ein Zeichen prinzipieller Friedfertigkeit deuten. Zugleich war zu lesen von auffälligem Kommen und Gehen höchstrangiger Regierungsleute bei Franz Joseph, der seinen Aufenthalt im Salzkammergut jederzeit abbrechen konnte.

Charlie legte die Zeitung beiseite. Er nahm seine Tabakspfeife und stopfte sie. Er dachte an das Gespräch, das er mit May-May über die politische Situation geführt hatte. Der Krieg war nun wahrscheinlicher geworden. Was, wenn er tatsächlich ausbrach? Aktiv würde er, Charlie, daran nicht teilnehmen können, da er keinerlei militärische Ausbildung besaß.

Musste er sich deswegen grämen? Er war eine friedfertige Natur. Seine Familie stand allem Soldatischen eher fern. Mit ihrem slawischen Herkommen hatte das wenig zu tun, der auf staatliche Eigenstaatlichkeit drängende Radikalismus der Jungtschechen war ihr fremd. Er selbst hatte in Graz studiert, Rechtswissenschaften, er war dort promoviert worden und hatte danach in einem Prager Amtsgericht gearbeitet, für einige Zeit, bis er der Bitte seines Bruders Johannes nachkam, an der Verwaltung von Janowitz mitzuwirken. Er war Jurist, und Juristen waren patriotische Gesellen.

Karl Kraus kam vorbei, sah die Zeitung und fragte, ob er sie lesen dürfe. Natürlich durfte er.

Ich hasse das Blatt, sagte Kraus. Um es hassen zu können, muss ich es ausführlich zur Kenntnis nehmen.

Sie reden von Hass?

Ja. Der muss produktiv machen. Sonst ist es gleich gescheiter, zu lieben.

Kraus griff nach der Zeitung und hielt sich die Titelseite nahe an die kurzsichtigen Augen.

Oh, sagte er. Ziemlich dramatisch, was ich lese. Schlampig formuliert, so wie immer.

Es könnte zum Krieg kommen, sagte Charlie. Oder sehen Sie das anders?

Ich sehe es nicht anders.

Vielleicht brauchen wir diesen Krieg?

Das ist nicht Ihr Ernst.

Ich denke darüber nach. Vielleicht brauchen wir so was wie einen Aufbruch.

Einen Aufbruch? So. Und was soll er uns bringen? Die Erlösung? Den Untergang?

Um das zu erfahren, müsste man ihn angehen.

Auch wenn es den Kopf kostet?

Krieg hat immer mit Tod zu tun hat.

Vorgefasstes Töten heißt Morden. Die Mörder sitzen an der Kassa der Weltgeschichte, sozusagen, sie nehmen Siege ein und notieren den Umsatz in Blut. Wenn dieser Krieg ausbricht, lieber Charlie, werden wir alle auf einem blutigen Schlachtfeld aufwachen.

Charlie hätte hier antworten können, dass der Krieg vielleicht eine nationale Prüfung sei. Alles Kranke, Überflüssige, Verderbte, das existiere, könne durch ihn beseitigt werden. Er stärke die Kräfte. Er setze neue Ziele. Er schaffe ein anderes Bewusstsein. Das alles sagte Charlie nicht. Im Disput war er Kraus unterlegen. Der war gegen diesen Krieg, und vielleicht war er gegen jeden Krieg. Wie in allen seinen Haltungen und Meiningen verhielt er sich auch hier wieder radikal.

Dora Pejačevič wollte bloß einen Tag in Janowitz bleiben. Sie würde dann weiterreisen nach Prag, wo irgendwelche Verhandlungen anstanden, Dora sagte nichts Näheres dazu, vermutlich ging es um Musik.

Sie und Sidonie waren fast gleich alt. Die Freundschaft zwischen ihnen reichte weit zurück, bis in beider Kindheit. Erstmals begegnet waren sie sich in Südtirol, in Meran, wo die Nádherný-Geschwister regelmäßig ihre Sommerferien verbrachten, bei einer Schwester ihrer Mutter. Auch später hatten sich Sidonie und Dora getroffen.

Die Pejačevič waren eine gräfliche Sippe aus dem kroatischen Slawonien. Ihr Stammschloss hieß Našice oder Naschitz und war ein prächtiger spätbarocker Bau mit schönbrunnergelben Außenmauern, die Nádherný-Geschwister waren ein paarmal dort zu Gast gewesen. Später entwickelte Johannes ein erotisches Interesse an Dora, das freilich nicht erwidert wurde, für Sidonie gleichwohl noch ein Grund war, Dora besonders zu mögen.

Sie fühlte sich Dora innerlich verwandt. Sie bewunderte Dora für ihren Entschluss, alle herkömmlichen, für Frauen vorgegebenen Grenzen zu missachten, um das zu tun, was sie tun wollte und wofür sie eine Begabung besaß: Dora war Komponistin.

Sie hatte bei verschiedenen Lehrern studiert, in verschiedenen Städten. Sie spielte Klavier und Violine, verfasste für beide Instrumente Sonaten, dazu Kompositionen für Singstimme und für großes Orchester. Sie wolle, sagte sie, nicht das traurige Schicksal von Fanny Mendelssohn und Clara Schumann erleiden, deren Eigenkompositionen unbekannt blieben, weil bleiben mussten, vielmehr wolle sie, dass komponierende Frauen so selbstverständlich seien wie Sängerinnen und Instrumentalsolistinnen. Dass sie einen solchen Plan verfolgen konnte, hing auch mit ihrer Herkunft zusammen: Sie trug einen bekannten Adelsnamen, und die Familie war vermögend.

Gelegentlich wurden Arbeiten von Dora öffentlich aufgeführt. Sidonie hatte zwei dieser Konzerte besucht. Zudem hatte Dora ihr Partituren von eigenen Arbeiten überlassen, die sie auf dem Flügel spielte, in Janowitz, vor kleinem Publikum, eindrucksvolle, äußerst melodische Stücke, entfernt erinnerten sie an Antonín Dvořák und den späten Johannes Brahms.

Dora war nach Janowitz mit dem eigenen Automobil gekommen. Jetzt parkten im Hof des Schlosses drei Motorwagen. Vor ihrer Weiterreise ging Dora mit Sidonie nochmals durch den Schlosspark, wo eben der Jasmin blühte und süßlichen Geruch entließ, die Luft war schwül, vor der Sonne hingen fette Wolken.

Dora sagte, die Gedichte von Rilke, die sie am Vorabend gehört habe, seien recht anmutig. Sie überlege, einiges davon zu vertonen. Ob es sinnvoll sei, den Dichter um Einverständnis zu bitten?

Sidonie sagte, sie wolle das übernehmen. Sie sei zuversichtlich, dass Rilke zustimmen werde.

Er mag dich, sagte Dora.

Er überschüttet mich mit Briefen.

Wie stehst du zu ihm?

Ich halte ihn für einen bedeutenden Dichter.

Mehr nicht?

Ich habe es gern, wenn er hierher nach Janowitz kommt. Das tut er häufig.

So wie Karl Kraus?

Ungefähr so. Was hältst du von Kraus?

Ich lese ihn gern. Ich mag seine Sottisen. Ich bin auf seine »Fackel« abonniert, seit zehn Jahren.

Sidonie zog aus der Rocktasche ihr Silberetui und entnahm eine Zigarette, die sie mit ihrem Taschenfeuerzeug anzündete. Sie atmete blauen Rauch ein und aus und sagte:

Mein Bruder Charlie will, dass ich heirate. Ich bin unentschlossen. Wenn ich heirate, könnte es Kraus sein.

Der Mann, das weißt du, ist Jude.

Spricht das gegen ihn?

Bei mir nicht. Ich habe nichts gegen Juden.

Würdest du selbst einen heiraten?

Ich denke nicht ans Heiraten.

Sidonie sagte nichts mehr. Sie warf ihre brennende Zigarette fort und trat sie aus. Inzwischen war die Zeit für Doras Abreise heran. Ein Diener brachte ihr Gepäck, die beiden Frauen umarmten sich. Dora stieg in ihren Wagen. Sidonie winkte ihr nach, bis sie hinter dem Schlosstor verschwand.

Dann ging sie ins Haus, wo ihr Charlie begegnete, in der Hand eine Zeitung. Die hielt er ihr entgegen, deutete auf eine bestimmte Stelle und sagte: Bitte lies das.

Also las sie:

Jetzt wird die Sanduhr des Friedens bald abgelaufen sein. Wir alle wissen, was bevorsteht, wenn Serbien die Note zurückweisen sollte.

Bitte, sagte sie, was soll das bedeuten?

Weißt du wirklich nicht, worauf es hinausläuft?

Nein.

Wir befinden uns in einer schweren politischen Krise.

Politik interessiert mich nicht.

Dann mach jetzt eine Ausnahme. Rede mit deinem Freund Karl Kraus darüber, er wird dich aufklären.

Wenn du meinst, Charlie, dass es für mich von Nutzen ist, will ich es tun.

Sie zog ihr Silberetui, entnahm eine neue Zigarette und zündete sie an. Ihre Gedanken waren bei ihrem letzten Gespräch mit Dora Pejačevič.

Rilke verzehrte Hummus, das war Kichererbsenbrei mit Sesamöl und Zitronensaft. Er hatte das Gericht während seiner Ägyptenreise entdeckt und schätzen gelernt. Dass es ihm hier in Janowitz vorgesetzt wurde, wo, wie anzunehmen, Kichererbsen und Sesamöl nicht zu den üblichen Küchenvorräten gehörte, verdankte er wohl Sidonie und nahm es als einen neuerlichen Beweis ihrer Zuneigung.

Es hob seine Stimmung. Das Gespräch am Mittagstisch ging um die aktuelle politische Lage. Rilke äußerte seine Meinung, Österreich habe entschieden viel auf dem Gewissen, von Beginn habe es seinen abhängigen Völkern deren Nationalität verdorben, weggenommen oder eingeschränkt, ohne dafür etwas zu liefern, das solche Opfer rechtfertigen könne. Österreich, sagte er emphatisch, sei nichts als eine chronisch gewordene Vorläufigkeit.

Er war dankbar erstaunt über sich selbst. Was er soeben gesagt hatte, war ihm erst im Augenblick des Sprechens in den Sinn gekommen. Zuvor war es Teil seines Unterbewusstseins gewesen, gespeist aus eher zufälligen Eindrücken, Lektüren und Gesprächen.

Karl Kraus nickte Zustimmung. Seine Miene war tiefernst, was sich ebenso auf den Inhalt von Rilkes Äußerungen beziehen mochte wie auf den Umstand, dass er Rilke zuzustimmen gezwungen war. In die Geräusche am Speisetisch hinein, Klirren von Silberbestecken auf porzellanenen Tellern, begann er eine längere Ausführung, mit der er Rilkes Äußerungen aufnahm, um sie zu übertreffen.

Österreich, sagte er, sei mehr als ein Provisorium. Es sei die aufs Scheitern ausgerichtete, von Phrasen garnierte Hilflosigkeit. Aktuellster Beweis sei das von Wien an Serbien gerichtete Ultimatum. Zwei Tage Bedenkzeit nach vier Wochen Schweigen. Ein passionierter Selbstmörder drohe seine Vernichtung an, wenn der andere Selbstmörder nicht binnen vierundzwanzig Stunden in die eigene Vernichtung einwillige. Wie es zu dem Mord in Sarajevo gekommen sei? Dort habe es zu wenige österreichische Sicherheitskräfte gegeben. Nun wolle man dies durch massiven Einsatz von österreichischen Sicherheitskräften in Belgrad ersetzen. Worum aber gehe es Österreich und Deutschland in Wahrheit? Es gehe um österreichische Hausmacht und Made in Germany. Um diese und jene Macht. Um Prestige und Export, serbische Schweine und Hohenzollern, hohe Zölle und gezogene Schwerter, Habsburg und Fertigware, Scheißgasse und Platz an der Sonne. Man befinde sich an jenem Punkt, wo Kräfte aufgespeichert seien, um zu explodieren.

Rilke sah, wie hingebungsvoll Sidonie an Kraus' Lippen hing, dessen Worte sie erkennbar bewegten. Dies seinerseits zu überbieten, wusste sich Rilke außerstande, weswegen er, um überhaupt mithalten zu können, nunmehr eine von Kraus abweichende Haltung einnehmen wollte.

Krieg, sagte er, sei vielleicht doch noch mehr und anderes als bloß eine Sache von Eigennutz und Handelsware. Es gehe vielmehr um Dinge wie Hingebung, Würde, Stolz, Selbsterhaltung. Kriege habe es seit jeher gegeben. Ob Kraus jeglichen Krieg ablehne?

Kraus lachte kurz durch die Nase und sagte: Krieg könne er dann befürworten, wenn ausschließlich jene, die nichts taugten, in ihn geschickt würden.

Sidonie kicherte. Rilke erkannte, dass er mit den Sottisen von Kraus nicht mithalten konnte. Dann dachte er daran, dass er als junger Mensch einige Zeit in einer Militärrealschule hatte zubringen müssen. Es war für ihn ein quälender Aufenthalt gewesen, den er in Unehren abgebrochen hatte. Gleichwohl, ein paar der damals vermittelten Ideen waren ihm geblieben. Er schreckte aus seinen Erinnerungen auf. Gerade hörte er Karl Kraus sagen:

Was bringt es, für ein Vaterland zu sterben, in welchem man nicht leben kann? Als Patriot würde ich den Selbstmord einer Niederlage vorziehen.

Wieder kicherte Sidonie. Ihr Bruder Charlie schüttelte missbilligend den Kopf. Rilke sagte nichts mehr. Es war sinnlos für ihn, Kraus zu widersprechen. Lieber würde er schreiben wollen, Verse, in seinen Versen fühlte er sich Kraus überlegen.

Das Mittagessen war zu Ende. Rilke ging auf sein Zimmer. Er dachte nach über das, was er soeben gehört und gesagt hatte. Seine populärste Arbeit, »Die Weise von Liebe und Tod des Cornets Christoph Rilke«, verklärte einen Krieg, den von 1663 gegen die Türken. Er hatte den Wortlaut fast vollständig im Kopf, da er ihn oft genug hatte vortragen müssen: Der Cornet marschiert mit seiner Kompanie nach Ungarn. Er darf, worauf er stolz ist, die Fahne tragen. In einem Schloss am Ufer der Raab quartiert er sich mit seinen Leuten ein und verbringt mit der Herrin des Hauses eine Liebesnacht. *Fast wie Kinder, die sich vor der Nacht ängstigen, drängen sie sich ineinander ein.* Dann schießen die Türken das Schloss in Brand, der halbnackte Cornet rennt hinaus. *Auf seinen Armen trägt er die Fahne wie eine weiße, bewusstlose Frau.* Er springt auf sein Pferd und reitet unter die Feinde, die ihn niedermetzeln. Sein Tod ist ein Tod nach der Liebe, ein Tod auch aus Liebe, Tod und Liebe sind hier eins.

Diese Erzählung, Band eins der von Rilkes gutem Freund Anton Kippenberg verlegten Insel-Bücherei, hatte sich inzwischen an die hundertfünfzigtausend Male verkauft und Rilke von allen seinen Arbeiten die weitaus höchsten Honorare eingetragen.

Er dachte an Sidonie. Die einander widerstrebenden Gefühle von Ohnmacht und Vergeblichkeit, von Zorn, Stolz und Begehren überschwemmten ihn. Er stellte sich an das Fenster. Er blickte hinab. Sidonie überquerte den Schlosshof, sie trug einen roten Mantel, neben ihr ging Karl Kraus. Rilke atmete hastiger. Er ging hin und her, immer eiliger, er spürte, wie das Blut in seinen Schläfen zu klopfen begann. Als habe er eine Droge geschluckt, steigerte er sich in vage Fantasien, die in einen förmlichen Rausch übergingen, es war ein Zustand, in dem ihm Verse gelangen wie von selbst, sie stürzten aus ihm heraus, dass er sie bloß noch notieren musste, seit Duino, seit der Arbeit an den Elegien kannte er diesen Zustand, liebte er diesen Zustand, brauchte ihn dringend und vermisste ihn schmerzlich, wenn er ausblieb, jetzt erlebte er ihn. Er stellte sich an das Stehpult, nahm einen Bogen hellblauen Papiers, dazu einen Stift zur Hand begann zu schreiben:

Zum ersten Mal seh ich dich aufstehn
hörengesagter fernster unglaublicher Krieger-Gott.
Wie so dicht zwischen die friedliche Frucht
furchtbares Handeln gesät war, plötzlich erwachsenes.
Gestern war es noch klein, bedurfte der Nahrung,
mannshoch
steht es schon da: morgen
überwächst es den Mann. Denn der glühende Gott
reißt mit Einem das Wachstum
aus dem wurzelnden Volk, und die Ernte beginnt.

Lassen wir die nahe Stunde, die über Krieg und Frieden entscheidet, heranrücken mit dem Ernste von Männern, die das Walten eines noch unbekannten Schicksals fühlen und den Eindruck haben, als würde die Geschichte zu ihnen sprechen.

So der Kommentar in einer jüngsten Ausgabe der Neuen Freien Presse. Kraus las es und las es wieder. Eine Stunde sollte den Ernst von Männern haben, die ihrerseits das Walten des Schicksals fühlten? Wie konnte man solch metaphorischen Blödsinn drucken lassen? Hier lachte die Sprache sich selber aus. Er meinte, es müsse endlich ein Landtag über die Sprache einberufen werden, der, wie für jede Kreuzotter, auch für jede erlegte Phrase eine Belohnung aussetzte.

Er spürte Kopfschmerz. Er legte die Zeitung beiseite und suchte nach seinen Tabletten. Der Kopfschmerz war ein altes, immer wiederkehrendes Übel, das er mit Medikamenten mildern, doch nicht beseitigen konnte. Für eine Weile hatte er angenommen, Janowitz sei ein Ort, an dem ihn der Schmerz verschone. Tatsächlich trat er hier seltener auf, aber auch hier trat er auf, so wie jetzt.

Er war allein in seinem Zimmer. Er nahm eine Tablette und schluckte sie. Er ging zum Fenster und blickte hinaus. Der Schlosshof war mittäglich leer. Am Himmel hingen schwärzliche Wolken. Vielleicht würde es ein Gewitter geben. Ob Rilke, der über alles Verse machte, auch Verse über Gewitter schrieb?

Dass dieser Mensch weiterhin Sidonies Zuneigung beanspruchte, beanspruchen durfte, war ihm ein fortwährendes Ärgernis. Er liebte Sidonie, er brauchte sie, er begehrte sie, er wollte sie mit niemandem teilen. Schon der Gedanke, dass sie vor ihm andere Männer geliebt habe, peinigte ihn. Er wusste, dass er damit gegen alle bisher von ihm vertretenen Urteile über Sexualität und Liebe verstieß. *Die Natur hat dem Weib die Sinnlichkeit als den Urquell verliehen*, hatte er geschrieben und: *Die Liebe ist dem Menschen zum eigensten Vermögen gegeben, das jedermann verwalten mag, wie ihm beliebt.*

Genau so war Sidonie verfahren. Genau so war auch er verfahren. Zwischen dem Zeitpunkt von Annie Kalmars Ableben und seiner ersten Begegnung mit Sidonie lagen zwölf Jahre. Er hatte sie nicht als Asket zugebracht.

Er verabscheute Sidonies frühere Liebhaber, ohne sie je gesehen zu haben. Jetzt ging er daran, Rilke zu verabscheuen, dessen literarische Leistung er bis vor Kurzem noch respektabel gefunden hatte. Dass der Dichter nunmehr alberne Phrasen über den Krieg von sich gab, kam ihm, Kraus, durchaus gelegen, da es einen weiteren Anlass bot, den Mann zu verabscheuen.

In der vergangenen Nacht hatte er nicht schlafen können, wieder einmal. Er wusste: Wer schlafen wollte und es nicht konnte, war ohnmächtiger als einer, der schlafen musste und dies nicht wollte. Die menschliche Natur wurde vom Schlaf überwältigt, und weil sie den Schlaf nicht überwältigen konnte, musste sie lernen, den Schlaf zu überlisten. Also überlistete er sich, indem er, lange vor Beginn der Morgendämmerung, aus Sidonies Zimmer schlich, um danach, in dem seinen, für ihn neuartige Verse zu probieren.

Stimme im Herbst, verzichtend über dem Grab
auf deine Welt, du blasse Schwester des Monds,
süße Verlobte des klagenden Windes,
schwebend unter fliehenden Sternen –

raffte der Ruf des Geists dich empor zu dir selbst?
nahm ein Wüstensturm dich in dein Leben zurück?
Siehe, so führt ein erstes Menschenpaar
wieder ein Gott auf die heilige Insel!

Den Zettel mit den zwei Strophen nahm er jetzt, am späten Vormittag, wieder zur Hand. Ob und wie er sie weiterverwenden würde, wusste er nicht. Jedenfalls wollte er sie Sidonie zeigen und verließ sein Zimmer.

Er fand sie im Garten. Er bat sie, das Geschriebene zu lesen. Seine Schrift, wusste er, war schwer zu entziffern, doch Sidonie verstand sich darauf. Sie las und sagte, die acht Zeilen seien eindrucksvoll, sie erinnerten an Rilke. Er zog die Stirn in Falten. Sie schien anzunehmen, ihr Urteil habe ihn in seiner Eitelkeit verletzt, sie lachte und legte ihm begütigend die Hand auf den Unterarm. Innerlich triumphierte er. Wenn er wollte, konnte er schreiben wie Rilke, hingegen würde Rilke niemals schreiben können, wie er, Kraus, üblicherweise schrieb.

Du bist mir, Sidi, sagte er dann, immer noch eine Antwort schuldig.

Ich weiß. Lass mir noch etwas Zeit.

Der Kriegsausbruch rückte näher. Charlie entnahm dies den Tageszeitungen, die er sich hielt. Er sah auch, dass Leute, mit denen er zu tun hatte, erkennbar bewegt und verändert auftraten.

Zu allgemeiner Überraschung hatte Serbien das Wiener Ultimatum nicht rundweg abgelehnt, sondern eine teilweise Zustimmung erkennen lassen. Lediglich die fünfte, freilich maßgebliche österreichische Forderung, sagte Serbien, der es um eine österreichische Mitwirkung bei Maßnahmen gegen die Verschwörer ging, könne unmöglich akzeptiert werden, da sie gegen die Integrität des Landes verstoße. Zudem hatte Belgrad, noch ehe es seine Antwort überstellte, bereits seine Armee mobilisiert.

Wie an jedem Tag würde Charlie über dies alles der besorgten May-May Mitteilung machen. Ihretwegen hatte er außerdem an einen alten Studienfreund depeschiert, der im k. u. k.-Außenministerium das Amt eines Sektionschefs innehatte.

In der Post fand er einen neuen Brief Carlo Guicciardinis. Darin wurde angefragt, wie es um die Aussichten auf eine Eheschließung mit Sidonie bestellt sei. Ein Besuch in Janowitz, sofern für die Angelegenheit hilfreich, lasse sich jederzeit ermöglichen. Bitte, man teile es nur mit, binnen vierundzwanzig Stunden sei eine Ankunft im Schlosse durchführbar. Von Serbien, dem österreichischen Ultimatum und der drohenden Kriegsgefahr war bei Guicciardini nicht die Rede.

Wie gewohnt erwähnte Charlie den Brief gegenüber Sidonie. Brennende Zigarette zwischen den Lippen zuckte seine Schwester gelangweilt mit den Schultern.

Wie soll ich antworten?, fragte Charlie. Soll ich schreiben, dass seine Bemühungen zwecklos sind?

Wenn ich mich entschieden habe, werde ich ihm selber schreiben.

Also denkst du weiter darüber nach?

Ja.

Das ist gut. Das ist sehr gut.

Was, wenn ich mich für einen anderen entschließe?

An wen denkst du?

An Karl Kraus.

Wie bitte?

Er liebt mich. Er hat mir einen Antrag gemacht.

Es wäre ein ungewöhnlicher Schritt. Er würde viel Aufsehen machen. Ich würde mich nicht in den Weg stellen wollen, sicher nicht, aber ich habe allergrößte Bedenken.

Jemand wie Rilke wäre dir lieber?

Mit dem würde es ebenso kompliziert wie mit Kraus. Beide sind bürgerlich. Beide sind Künstler. Du bist von Adel, Sidi, du hast Mitverantwortung für unseren Besitz.

Er hätte hinzufügen können, dass Kraus Jude sei. Möglicherweise hatte Sidonie dies erwartet, doch er sagte es nicht. Ihre Absichten freilich hatten ihn überrascht. Er wusste, dass die Beziehungen seiner Schwester zu Kraus herzlich waren, doch mehr schien da nicht zu sein, die beiden redeten einander nicht einmal mit Du an. War dies vielleicht eine Übernahme französischer Gewohnheiten? Wo Ehepaare aus der gesellschaftlichen Elite noch im Schlafzimmer per Sie verkehrten? In manchen Nächten meinte er Bewegung in Sidonies Zimmer wahrzunehmen. Es beschäftigte ihn nicht. Das Schloss war auch sonst voller Geräusch.

Später erzählte er May-May von den letzten politischen Veränderungen. Die Erzieherin stellte Fragen, ihre Stimme war belegt. Charlie erwähnte den Brief an seinen Studienfreund, May-May knetete ihre Hände. Um sie abzulenken, erwähnte er die Heiratsabsichten seiner Schwester. May-May breitete überrascht ihre Hände aus.

Ob das ernst sei? Oder vielleicht doch bloß ein Joke?

Er fürchte, es sei ziemlich ernst.

Wieso Sidi dann doch nicht lieber diesen italienischen Grafen eheliche?

Das frage er sich auch.

Sie verstehe das alles nicht, sagte May-May. Aber das Urteil ihrer Erzieherin sei nicht mehr gefragt. Sidi sei erwachsen und verantwortlich für sich selbst.

Bei ihrem vormittäglichen Ausritt dachte Sidonie nach über den Heiratsantrag ihres Geliebten Karl Kraus. Sie dachte nach über Heiraten und Ehe. Ein Vorzug ihres bisherigen Lebens waren die Freiheiten, die sie besaß, derentwegen ihr auch die unabhängige Existenz ihrer Freundin Dora Pejačevič gut gefiel, obschon sie deren künstlerische Ziele nicht teilte.

Wie Dora war sie selbst privilegiert infolge ihrer Herkunft. Dass ihr dabei weniger Rechte zufielen als ihren Brüdern, hatte man ihr bereits als Kind beigebracht, womit sie sich jedoch niemals hatte abfinden wollen. Es gab eine gesellschaftliche Bewegung, die für das Ende aller weiblichen Unterprivilegierungen eintrat, selbst Karl Kraus, dem sonst zu Frauen nur Erotisches einfiel (er sprach von deren habitueller Geschlechtlichkeit, auch den Begriff Unterleibeigenschaft benutzte er), hatte mehrfach seine Sympathien für Emmeline Pankhurst und die Suffragetten-Bewegung geäußert.

Yér, ihr Pferd, trabte durch herabgefallene, gelblich verdorrte Lindenblüten. Aus der feuchten Wiese, über die sie ritt, stiegen Schwärme von Mücken auf. Sie hielt inne, ließ das Pferd wenden und trabte zurück.

Karl Kraus wollte sie also heiraten. Dass noch andere Männer um sie warben, so wie Rilke, so wie Guicciardini, so wie Thun, war schmeichelhaft, und sie genoss das. Dessen ungeachtet wollte sie Kraus unbedingt halten, ihn behalten, wiewohl sie keineswegs befürchten musste, er könne ihr etwa verloren gehen. Er begehrte sie rückhaltlos, was ihr guttat, obschon, manchmal befürchtete sie auch, daran zu ersticken.

Ihr Bruder hatte Einwände gegen die bürgerliche Herkunft von Kraus. Sie selbst neigte dazu, ihren Adelsrang zu vernachlässigen. Kraus konnte quälend eifersüchtig sein, er sah darin die schrecklichste Erkrankung einer Mannesseele. Denn es genüge dem Eifersüchtigen nicht, dass seine Geliebte nicht untreu sei, außerdem peinige ihn der Gedanke, warum. Dies war mehr als eines seiner gewöhnlichen Bonmots, es war eine Selbstbeschreibung.

Als sie in den Schlosshof zurückkehrte, wartete Kraus auf sie. Er wollte wissen, wie ihr Ausritt gewesen sei.

Wie üblich, sagte sie. Nichts Ungewöhnliches.

Sie sprang ab und übergab das Pferd dem Stallknecht.

Lass uns ein paar Schritte gehen, sagte sie und nahm seinen Arm.

Der Parkgarten von Janowitz lag im Vormittagslicht. Schwacher Wind bewegte die Blätter von Pappeln und Buchen. Der Phlox blühte in unterschiedlichen Farben, Weiß, Violettrosa und Feuerrot, Rilke, der diese Pflanzen mochte, hatte Sidonie gesagt, der Name laute auch Flammenblume. Das Wort gefiel ihr. Rilke erklärte ihr, Flammenblumen, Schloss Janowitz und Sidonie seien für ihn eine einzige beglückende Entität.

Du willst mit mir sprechen?, fragte Kraus.

Ich denke immer noch nach über deinen Wunsch, mich zu heiraten.

Du hast dich entschieden?

Ich frage mich, wie jemand, der die Ehe so sehr verhöhnt wie du, plötzlich auf den Einfall kommt, sich zu verheiraten.

Das hast du schon einmal wissen wollen, und ich wiederhole meine Antwort: Manchmal gibt es für mich dringenden Anlass, meine Meinung zu ändern. Der Anlass hier trägt den Namen Sidonie.

Sie dachte nach. Vor ihnen flog eine Ringeltaube auf. Sie fragte:

Was war eigentlich der Anlass für dich, deine Religion zu ändern?

Was hat das mit meinen Heiratsabsichten zu tun?

Wir sind beide katholisch. Die Ehe ist ein Sakrament. Sollten wir uns trennen, würden wir ein Sakrileg begehen.

Ich bin sicher, dass wir uns niemals trennen werden. Sollte es dennoch dazu kommen, wären wir nicht die Einzigen und nicht die Ersten.

Sie blieben stehen. Sidonie nahm eine Zigarette aus ihrem Silberetui und zündete sie an. Sie gingen weiter. Sie fragte:

Hast du dich taufen lassen, damit du kein Jude mehr bist? Jemand hat gesagt, aus seiner Rasse könne man nicht austreten.

Der Satz stammt von einem Antisemiten.

Ist er deswegen falsch?

Ja. Ich kenne mich in der Sache aus. Mir werfen die Leute vor, ich würde bösartig über die Juden schreiben. Die Wahrheit ist: Ich attackiere Juden nicht, weil sie Juden sind, sondern weil sie sich so betragen, wie die Welt es von Juden erwartet. Das Ghetto ist aufgelassen. Seit hundert Jahren. Manche Juden benehmen sich, als kehrten sie jede Nacht ins Ghetto zurück.

Er hatte sich in Hitze geredet. Er ließ Sidonies Arm frei und lockerte seine Krawatte.

Übrigens, sagte er, habe ich nichts gegen das Ghetto. Es war eine historische Einrichtung. Erfunden haben es nicht die Juden, sondern die anderen. Das Ghetto hat seine Insassen geformt. Es war maßgeblich für ihre Gewohnheiten, ihr Aussehen, ihre Sprache. Übrigens ist mir ein alter Schnapsjude im Kaftan immer noch lieber, und er besitzt auch viel mehr Kultur, als sämtliche jüdischen Börsenmakler im Smoking.

Er schwieg. Er atmete schwer. Sidonie zog an ihrer Zigarette und schnipste die Asche beiseite. Kraus sagte:

Hat das alles mit Rasse zu tun? Was ist überhaupt Rasse? Woran erkenne ich sie? An der Haarfarbe? Neulich hat jemand von mir wissen wollen, wieso es blonde Juden gibt.

Sicher geht es dabei nicht um die Haarfarbe.

Sondern? Geht es ums Geld? Um die Gier nach Geld? Ich persönlich habe welches, gierig danach bin ich nicht. Gibt es andere jüdische Eigenschaften? Habe ich welche? Ich finde das Alte Testament lesenswert. Mich beeindruckt besonders das Buch Hiob. Ist es das?

Das Buch Hiob lesen andere auch. Ich zum Beispiel. Es geht nicht um das Buch Hiob. Ich frage mich, Karl, ich frage es mich ernsthaft, ob du an deiner jüdischen Herkunft leidest.

Sie blieben abermals stehen. Kraus nahm seine Brille ab und blinzelte ins Leere. Er hustete und sagt dann:

Ich leide nicht unter meiner jüdischen Geburt, und ich bin kein jüdischer Antisemit.

Sidonie sagte nichts darauf. Sie zog an ihrer Zigarette und schnipste die Asche beiseite. Sie wusste nicht, ob sie den letzten Worten von Karl Kraus glauben durfte.

Rilke verstand etwas Tschechisch. Es war hinreichend, dass er Gespräche des mehrheitlich tschechischen Personals im Schloss verstehen konnte. Zweimal hatte er gehört, dass über die Baronesse geredet wurde, was ihn aufmerken ließ. Er wusste, Klatsch über die Herrschaft war bei Domestiken das Übliche, es konnte Zutreffendes mitteilen oder nicht. Hier redete das Personal darüber, dass Sidonie offenbar heiraten werde. Neugierde und ein vages Gefühl von Eifersucht trieben ihn an, Genaueres erfahren zu wollen.

Bei den gemeinsamen Mahlzeiten beobachtete er Sidonie. Sie erschien ihm wie immer: gelassen, liebenswürdig, beredt und verführerisch. An ihrem Verhalten gegenüber Kraus hatte sich nichts geändert, weiterhin sprach sie ihn mit Herr Kraus an. Gab es noch einen anderen Bewerber? Einen, den Rilke nicht kannte? Konnte sein, dass der mögliche Partner für Sidonies Eheschließung Rainer Maria Rilke hieß?

Das wäre für ihn äußerst schmeichelhaft, doch wäre es auch beängstigend. Er sei eigentlich kein Liebender, hatte er einmal gesagt, ihn ergreife es immer bloß von außen, vielleicht, weil ihn noch nie jemand ganz und gar erschüttert habe, Liebe sei für ihn Anstrengung und Leistung. Hilflos stand er manchmal vor einem begehrenswerten Geschöpf, während ein anderer, weniger bekümmerter Mensch sich grenzenlos zu begeistern vermochte. Im Fall Sidonie hieße dieser Mensch Karl Kraus. Rilke wollte ihm diesen Sieg nicht gönnen.

Er begab sich in die Bibliothek, wo, wie er wusste, sich um diese Tageszeit Karl von Nádherný aufhielt. Er klopfte an die Tür. Auf Zuruf von innen trat er ein. Charlie saß in einem grünplüschenen Ohrensessel, in der Hand eine

Zeitung und im Mund eine rauchende Tabakspfeife, vor den bunten Buchrücken in den Wandregalen bewegten sich bläuliche Schwaden. Die Zwillingsgeschwister Nádherný waren erkennbar nikotinsüchtig.

Lieber Rilke, sagte Charlie, was kann ich für Sie tun?

Ich sehe, Sie lesen die Zeitung. Gibt es denn Neues?

Der Krieg ist erklärt.

Also doch?

Es war absehbar. Es war wohl auch unvermeidlich. Hören Sie zu.

Er legte die Pfeife beiseite, beugte sich über das Blatt und trug daraus vor, wobei er sich, ungeübt im Vorlesen, wiederholt versprach:

Militärisch einher marschierende Züge junger Männer sangen außer den in den letzten Tagen geradezu programmatisch gewordenen patriotischen Liedern auch Soldatenlieder, wie »Ich hatt' einen Kameraden« und »Muss i denn, muss i denn zum Städtele hinaus«. Als ein Zeichen der Stimmung verdient es immerhin erwähnt zu werden, dass man heute von der Volkshymne mehrmals nicht nur die Anfangsstrophe »Gott erhalte!«, sondern auch die den Waffen gewidmete Strophe zu hören bekam, mit dem mächtigen und dröhnend gesungenen Refrain: »Gut und Blut für unsern Kaiser, Gut und Blut fürs Vaterland!«

Charlie ließ das Blatt sinken und griff nach seiner Pfeife

Hm, sagte Rilke.

Erst einmal, sagte Charlie, geht es bloß gegen Serbien. Aber dann werden die Russen eingreifen, und da kommen die anderen ins Spiel. Auf unserer Seite Deutschland, bei den Serben Russland, England und Frankreich.

Rilke zuckte zusammen. Die Nachricht veränderte für ihn einiges. Seinen Wohnsitz hatte er in Paris, Rue

Campagne-Première. Dort befanden sich die meisten seiner Besitztümer und viele seiner Manuskripte. Dass er jetzt nach Paris würde fahren können, war ungewiss, versuchen wollte er es immerhin.

Ich fürchte, sagte er, dass ich meinen Aufenthalt in Janowitz abbrechen muss. Ich bedaure das unendlich. Gern würde ich viel länger bleiben.

Meine Schwester wird Ihre plötzliche Abreise bedauern.

Das Bedauern, Herr Baron, ist ganz bei mir.

Er drehte sich, ging zur Tür, hielt inne und sagte:

Trifft es denn zu, dass Sidonie heiraten wird?

Woher wollen Sie das wissen?

Vielleicht ist es bloß Geschwätz, man muss es nicht ernst nehmen. Ich weiß nicht mehr, wie ich davon gehört habe.

Charlie nahm die Pfeife aus dem Mund, hustete etwas und sagte:

Es ist mehr als bloß Geschwätz. Eine Heirat von Sidi ist an der Zeit, doch womöglich will sie diesen Kraus nehmen. Leider.

Rilke war es, als empfange er einen Hieb. Er sagte:

Die Sache geht mich nichts an, Herr Baron. Aber es klingt, als hätten Sie Einwände.

Die habe ich, in der Tat. Jemand anderes wäre mir lieber.

Gibt es diesen anderen denn?

Reden wir nicht davon. Ich möchte Sie nicht länger aufhalten, lieber Rilke, es ist wirklich schade, dass Sie uns jetzt schon verlassen.

Der Dichter nickte höflich, verbeugte sich etwas und verließ die Bibliothek.

Er stand im Treppenhaus. Er atmete tief ein und aus. Das Treppenhaus war hoch und geräumig, Bilder hingen darin, darunter jenes mit dem Porträt Sidonies. Wann würde er es wiedersehen? Würde er es überhaupt jemals wiedersehen? Ernste Zeiten standen bevor, bedeutende, heroische und schicksalhafte. Er würde sich ihnen zu stellen haben. Er würde sich ihnen beugen müssen. Er würde bereit sein müssen zu Verlusten, um einer großen Sache willen.

Langsam ging er die Stufen hinan. Das Schloss würde er, wie immer sein künftiges Leben verlief, sich immer wieder vergegenwärtigen können. Es war beruhigend, wie das Gebäude ihn, den Ruhelosen, umgab. Mit dem langen Speisesaal, darin Kredenzen standen und Kredenzgruppen, im Hintergrund. Dazu die Ornamente im Treppengestühl und die Geländeraufsätze. Bei denen stellte er sich unwillkürlich vor, er habe sie schon als Kind gekannt und sich eingebildet, ein bestimmter Gebrauch hänge an ihnen.

Er betrat das Zimmer, das er bewohnte. Er sah das Stehpult, er sah den Tisch, darauf die Bücher lagen, die er las, geliehen aus der Bibliothek von Schloss Janowitz. Er holte seinen Koffer und öffnete ihn, er begann zu packen und unterbrach sich. Er dachte weiter nach über Charlies Mitteilungen.

Der Kontinent war also im Aufbruch. Er selbst befand sich in einem Zustand, den er als verwirrt und kränkend ansah. Sein Geist und sein Wunsch trieben ihn hinein in die allgemeine Strömung, doch dann besann er sich auf sich selbst. Er war und blieb der unsäglich Einzelne, der es immer schwer hatte, zum Allgemeinen eine Haltung einzunehmen. Viel glücklicher waren jene, die sich in dem gegenwärtigen Aufbruch mittendrin bewegten und die das hinriss.

Er ging zu dem Stehpult und nahm einen Papierbogen auf. Wem wollte er jetzt schreiben? Der Prinzessin Marie von Thurn und Taxis? Die wartete auf seine nächste Elegie. Er würde eine andere Adressatin wählen und begann:

Wie oft, liebe Lou, in dieser ungeheuerlichen Zeit, wusste ich, dass es eine einzige Stelle gäbe, wo sie wirklich zu überstehen wäre: bei Dir, in Deinem Garten; denn wenn zwei Menschen denkbar sind, denen diese unvermutete Zeit genau das gleiche Leid bereitet, das gleiche tägliche Entsetzen: so sind wir's, – wie sollten wir nicht?

Aber wollte er denn nach Berlin reisen? Sollte es nicht besser Paris sein? Er legte den Brief beiseite, ein andermal würde er ihn vielleicht fortsetzen. Vernünftiger war, Auskünfte über eine mögliche Reiseverbindung einzuholen und entsprechende Vorbereitungen zu treffen.

Er stellte sich ans Fenster und blickte hinab auf den Hof. Sidonies Hund lag dort, er kratzte sich mit der rechten Hinterpfote den Kopf. Rilke spürte einen plötzlichen Schmerz in der Brust, der aufkam, eine Weile anhielt und wieder verging. Es war nicht das erste Mal, dass er ihn spürte. Er war nicht der erste Schmerz, der ihn in Janowitz überfiel, das Schloss war für ihn zum Ort des Schmerzes geworden. In einem seiner Gedichte an die Nacht stand: *Ist Schmerz, sobald an eine neue Schicht die Pflugschar reicht, die sicher eingesetzte, ist Schmerz nicht gut? Und welches ist der letzte, der uns in allen Schmerzen unterbricht?*

Charlie hatte es übernommen, für Rilke eine passende Reiseroute zu suchen. Er telefonierte mit dem Außenministerium in Wien, wo er den Bescheid erhielt, von einer Reise nach Frankreich sei dringend abzuraten, da es an der Grenze zu erheblichen Problemen kommen werde. Rilke entschied sich, nach München zu fahren. Den Kontakt mit Lou wollte er, wie gewohnt, lieber über Briefe unterhalten. Charlie schlug ihm eine Bahnverbindung vor, die von Beneschau zunächst nach Prag und dann, nach einem Zugwechsel, von Prag nach München führte.

Rilke suchte und fand Sidonie. Sie saß neben dem erloschenen Kamin, in einer Hand die brennende Zigarette, in der anderen ein offenes Buch. Zu ihren Füßen lag Bobby, der Leonberger, der den Kopf hob, als Rilke sich näherte, zweimal leckte er sich die schwarze Nase, dann legte er seine Schnauze wieder zwischen seine Vorderpfoten.

Rilke sagte:

Ich muss mich verabschieden, Sidie. Es war sehr schön bei Ihnen, wie immer. Ich bedanke mich von Herzen. Auch dieser Aufenthalt in Janowitz wird mir unvergesslich bleiben.

Sie sind hier allzeit willkommen.

Darf ich mir erlauben, Sie noch etwas zu fragen?

Nur zu.

Es ist mein Eindruck, und der meine ist es nicht allein, dass Sie vorhaben, mit dem Journalisten Karl Kraus die Ehe einzugehen.

Sagen Sie bitte nicht Journalist. Er verabscheut diesen Begriff.

Er redigiert eine Zeitschrift.

Er sieht sie als Geschütz gegen den üblichen Journalismus, und das ist sie auch.

Nochmals, Sidie. Werden Sie den Karl Kraus heiraten?

Wenn es so käme?

Liebste Freundin. Ich verehre Sie aufrichtig. Ich bin überglücklich, dass ich Sie kenne und dies schon seit langer Zeit. Jetzt mache ich mir ernsthafte Sorgen um Sie. Als Ihr langjähriger Bewunderer und Freund möchte ich Sie warnen. Es ist mir allein um Ihr Wohl zu tun.

Was ist? Wollen Sie mich von Karl Kraus abbringen?

Das steht mir nicht zu.

Wieso reden Sie dann so?

Ich halte, wenn Sie mir dies zu sagen gestatten, eine engere Verbindung mit Kraus für hochproblematisch. Denken Sie an Ihre Familie.

Sidonie drückte ihre Zigarette aus in der Jakobsmuschelschale, die ihr als Aschenbecher diente. Überall im Haus standen Jakobsmuschelschalen, die als Aschenbecher dienten. Das Personal leerte und säuberte die Dinger mehrmals am Tag oder wechselte sie aus.

Lieber Rainer, sagte Sidonie. Bitte überlassen Sie es mir, welche Entscheidungen ich für mich treffe. Ich kenne alle Regeln, die mir zugedacht sind. Ich war stets bereit, diese Regeln zu brechen, wenn ich sie für falsch, für überholt, für ungerecht hielt. Über den Mann, den ich heirate, will ich allein entscheiden. Ich brauche dazu keinerlei Ratschläge und keine Warnung, wie gut sie gemeint sind.

Mit einer solchen Antwort hatte Rilke rechnen müssen. Sie traf ihn gleichwohl, wie ein kleiner Schmerz. Er stand hier, um Abschied zu nehmen, und es sollte nicht sein, dass dies im Unfrieden geschah, schon da sonst künftige Besuche gefährdet waren. Doch wollte er auch auf seinem

Standpunkt beharren, in aller Bescheidenheit, und fühlte sich mit dem, was er nun sagte, völlig im Recht:

Ich handle allein aus Sorge, Sidie. Bitte, glauben Sie mir das. Die Art, wie Sie hier sprechen und wie Sie entscheiden wollen, die beeindruckt mich sehr. Aber sind Sie sich Ihrer Risiken bewusst? Sind Sie gewiss, dass Sie mit Ihrer Haltung und Ihren Überzeugungen nicht auch scheitern könnten? Ich will Sie nicht scheitern sehen, Sidie. Ich will Sie nicht blindlings in Ihr Unglück rennen lassen.

Von welchem Unglück sprechen Sie?

Karl Kraus entstammt völlig anderen Umständen als Sie.

Das ist mir bekannt.

Sein Vater, weiß ich es recht, hat sein Vermögen mit dem Kleben von Papiersäcken gemacht.

Meine Vorfahren haben ihr Vermögen mit dem Mahlen von Getreide gemacht.

Als Kind einer böhmischen Adelsfamilie sind Sie katholisch getauft.

Kraus ist gleichfalls Katholik.

Zuvor war er Israelit.

Von seinem früheren Glauben hat er gelassen.

Ich vermute: aus reinem Kalkül.

Er hat es aus innerer Überzeugung getan.

Wie auch immer, er hat sich von seiner früheren Religion verabschiedet. Sein Blut aber ist ihm geblieben. Es fließt unverändert in seinen Adern und lässt sich nicht auswechseln. Man kann seine Rasse nicht hinter sich lassen. Man hat sie lebenslang. Sie gehört zur Natur. Die Natur von Herrn Kraus, sie ist nicht die Ihre, wie sie auch nicht die meine ist. Sie ist ganz anders. Sie ist uns fremd und bleibt uns fremd. Sie schafft eine Entfernung, die sich durch nichts überwinden lässt. Wollen Sie sich das zumuten? Und wenn Sie es tun, wie wollen Sie es aushalten?

Rilke hatte sich in Erregung geredet. Ein wenig ähnelte das jener Stimmung, in der ihm mühelos die besten Verse gelangen. Er sagte:

Es ist das Jüdische an Karl Kraus, Sidie, was sein Stil ist und was allein seine Wirkung macht und seinen Erfolg. Das Ätzende, das immerfort Verletzende in seinen Schriften, das Überquellende und Rastlose, es kommt aus seiner jüdischen Natur. Vielleicht hasst er sich dafür. Viele Juden hassen sich für ihre Herkunft. Wollen Sie sich an einen Selbstquäler binden? An einen Flagellanten? Wollen Sie das wirklich? Denken Sie über alles nach, Sidie. Handeln Sie nicht übereilt. Beherzigen Sie meine Warnung, Sidie, ich beschwöre Sie.

Sidonie entgegnete nichts. Sie blickte ihn nicht an. Ihre Miene wirkte verdrossen, Rilke hoffte sehr, dass sie über seine Worte gründlich nachdenken würde, er hatte alles vorgetragen, was er hatte vortragen wollen, er fühlte sich erleichtert darüber, wenn auch etwas erschöpft. Sidonie reichte ihm wortlos ihre Rechte, die er ergriff und küsste. Die Hand war zierlich, schmal, mit sehr zarter Haut, sie roch nach Tabak und Rosenöl, die Mischung behagte ihm.

Er trat zurück und verbeugte sich wortlos. Er ging hinaus auf den Hof. Das Personal brachte seinen Koffer und hob ihn in den Landauer. Charlie war gekommen und drückte Rilke die Hand. Der Dichter kletterte in den Wagen.

Es war das sechste Mal während dieses Aufenthalts, dass er die Strecke zwischen Janowitz und Beneschau fuhr. Zuvor hatte er mehrfach den Zahnarzt Václav Poláček aufsuchen müssen, um sich einen Backenzahn bohren und eine Goldplombe einsetzen zu lassen. Mit seiner Zunge berührte er zufrieden das glatte Metall in seinem Kiefer. Er blickte auf die vertraute Landschaft und fühlte tiefe Wehmut. In der Ferne erkannte er einen Schäfer mit seinen Tieren, weißen beweglichen Flecken vor grünem Hintergrund und blassblauem Himmel.

Die Kutsche hielt am Bahnhof von Beneschau. Bis zur Abfahrt des Zuges war noch reichlich Zeit. Der Kutscher trug Rilkes schweren Koffer auf den Bahnsteig und würde ihn später auch in den Waggon heben. Rilke sah, in einiger Entfernung, eine Gruppe von uniformierten jungen Männern, Rekruten offenbar, für die nun die soldatische Tätigkeit begann.

An der Bahnhofswand klebte unübersehbar ein Plakat mit der in großen Lettern gedruckten Aufschrift *An Meine Völker!* Es handelte sich um das aktuelle Manifest des alten Kaisers Franz Joseph. Rilke las:

Die Umtriebe eines hasserfüllten Gegners zwingen Mich, zur Wahrung der Ehre Meiner Monarchie, zum Schutze ihres Ansehens und ihrer Machtstellung, zur Sicherung ihres Besitzstandes nach langen Jahren des Friedens zum Schwerte zu greifen.

Er las:

Ich vertraue auf Österreich-Ungarns tapfere und von hingebungsvoller Begeisterung erfüllte Wehrmacht. Und Ich vertraue auf den Allmächtigen, dass Er Meinen Waffen den Sieg verleihen werde.

Rilke las es zweimal. Der stolze Ton des Kaisers erfüllte ihn mit Ehrfurcht. Er versuchte sich vorzustellen, was Karl Kraus zum Wortlaut des kaiserlichen Manifestes sagen würde. Er dachte an Janowitz, an seinen Aufenthalt dort, an die Begegnungen dort, an die Gespräche, an Charlie, an Sidonie, immer wieder an Sidonie. Er hoffte inständig, Sidonie werde seine Warnungen befolgen. Dessen gewiss sein konnte er zu seinem Bedauern nicht.

II

Amtlich wird verlautbart: Im Waldgebirge kam es gestern auch in den Abschnitten östlich des Uzsoker Passes zu heftigen Kämpfen. Deutsche Truppen eroberten nördlich Tucholka eine seit 5. Februar vielumstrittene und von den Russen hartnäckig verteidigte Höhenstellung; ein Oberst, über 1000 Mann wurden bei diesem Angriff gefangen und den Russen auch 15 Maschinengewehre entrissen.

Karl von Nádherný, Familienangehörige und Freunde nannten ihn Charlie, saß, brennende Tabakspfeife zwischen den Zähnen, in seiner Bibliothek und las die letzte Meldung des österreichisch-ungarischen Generalstabs, abgedruckt auf der Frontseite der Neuen Freien Presse:

Im Oportale und im Quellgebiet des Stryj scheiterten gleichzeitig heftige feindliche Angriffe an unseren und an deutschen Stellungen unter schweren Verlusten des Gegners. Der gestrige Tag brachte in Summe 2150 Gefangene ein. Die sonstige Lage ist unverändert.

Charlie legte das Blatt beiseite. An der Wand der Bibliothek hatte er eine Landkarte befestigt, auf der er das Kriegsgeschehen nachvollziehen konnte. Die Frontverläufe hatte er mit farbigen Stecknadeln markiert. Manche Namen in den Generalstabsmeldungen kannte er nicht. Der Fluss Stryj, sah er, entsprang den Waldkarpaten, wo sich auch der Uzsoker Pass befand. Bei Tucholka handelte es sich um ein Gebirgsdorf südlich von Lemberg. Das gesamte Gelände gehörte zum Kronland Galizien und Ludomerien und war damit Territorium der österreichisch-ungarischen Monarchie. Der Krieg, der inzwischen mehr als ein halbes Jahr dauerte, hatte jedenfalls an dieser Front bislang keinerlei nennenswerten Geländegewinn erbracht. Ohne die Teilnahme von Truppen des kaiserlichen Deutschland wäre die Situation dort vermutlich noch prekärer.

Der Wortlaut der Generalstabsmeldung beschwor eine Zuversicht, die sich mit dem bisherigen Verlauf des Krieges nicht rechtfertigen ließ. Die anfängliche Begeisterung der Leute hatte spürbar nachgelassen. Die Erwartung, es würde allenfalls einen Zeitraum von drei, vier Monaten brauchen, um einen glänzenden Sieg einzufahren, hatte sich nicht erfüllt. War das ursprüngliche Kriegsziel nicht eigentlich eine Strafaktion gegen das Königreich Serbien gewesen? Österreich hatte Belgrad militärisch eingenommen und wieder verloren, ungleich wichtiger war längst der Krieg gegen das zaristische Russland geworden. Charlie hatte den allgemeinen Enthusiasmus im August 1914 geteilt. Inzwischen musste er erkennen, dass Komplikationen und Rückschläge sich häuften.

Die wirtschaftliche Lage des Gutsbesitzes Janowitz gestaltete sich zusehends schwieriger. Viele Landarbeiter waren einberufen worden und standen jetzt an den Fronten. Ihre Aufgaben mussten von den Zurückgebliebenen übernommen werden, das waren Frauen, Halbwüchsige und Alte, durchweg Tschechen. Deren Begeisterung für das militärische Geschehen war von Beginn an gering gewesen. Viele tschechische Soldaten, erfuhr Charlie, liefen über zum Feind, immer wieder, zu ihnen zählten Männer aus Janowitz. Wenn Charlie, was regelmäßig geschah, sich auf längere Zeit in Wien oder Prag aufhielt, wo er sich mit Bekannten traf, hörte er von den Strafaktionen österreichischer Militärs gegen die Zivilbevölkerung in Galizien und Bosnien. Bereits kurz nach Kriegsbeginn hatte es in einem kleinen serbischen Städtchen ein brutales Massaker gegeben: Weit über hundert Einwohner, meist Frauen, Kinder und alte Männer, waren zusammengetrieben und auf dem Kirchhof erschossen worden. In den Zeitungen, die Charlie las, kamen solche Ereignisse nicht vor.

Das Leben im Schloss war eintöniger geworden, was nicht bloß mit der allgemeinen politischen Stimmung zu tun hatte, sondern auch mit dem Verhalten seiner Schwester Sidonie. Überwiegend war sie unterwegs. Ihr Hund Bobby durchstreifte schnüffelnd die Räume, auf vergeblicher Suche nach seiner Herrin. Ohne sie und ihre Besucher wirkte das Haus entleert: Der Flügel wurde nicht gespielt, manche Zimmer blieben unbenutzt und wurden bloß noch vom Personal betreten, um dort zu säubern.

Sidonie war eben wieder unterwegs, zusammen mit ihrer Gesellschafterin May-May. Die beiden bereisten Italien, sie hielten sich lange in Rom auf, in Neapel, in Florenz, in Venedig. Nahe Florenz lag der Landsitz Usella von Carlo Guicciardini, den Sidonie wohl treffen würde. Guicciardini hielt unentwegt weiter um Sidonies Hand an, bei ihr wie bei ihrem Bruder, Charlie hoffte, dass diese Bemühungen endlich Erfolg hätten, die Verbindung wäre standesgemäß, im Unterschied zu einer Ehe etwa mit Karl Kraus, die Sidonie, zufolge manchen Äußerungen gegenüber ihrem Bruder, offenbar lange erwogen hatte. Sie schien davon wieder abgekommen, glücklicherweise.

Mit Kraus verkehrte sie dennoch weiter. Der Wiener Journalist war immer wieder Gast auf Schloss Janowitz, und dass er Sidonie jetzt in Italien treffen würde, ließ sich nicht ausschließen. Sidonies Reisen gestalteten sich aufwendig, üblicherweise nächtigte sie in teuren Hotels, zusammen mit May-May, überhaupt war sie in Gelddingen leichtfertig, ihre Ausgaben finanzierte Charlie über eine Schweizer Bank.

Hier wurde an die Tür geklopft. Ludvik trat ein. Der weißhaarige Diener war bereits von Charlies Eltern eingestellt worden. Er trug in der Hand ein Tablett mit Teekanne und Tasse, er brachte es zu Charlies Schreibtisch und goss ein.

Danke, sagte Charlie. Ich denke, es geht Ihnen gut, Ludvik?

Wenn ich ehrlich sein darf, Herr Baron –

Bitte seien Sie das.

Es geht um Josef, meinen Sohn.

O ja, ich kenne ihn. Ein ganz reizender Kerl.

Er war Gefreiter beim Landwehr-Infanterie-Regiment »Eger«. Bei den Kämpfen in den Karpaten ist er schwer verwundet worden, Auf dem Transport in ein Lazarett ist er qualvoll gestorben. Gestern Abend habe ich die Nachricht bekommen. Er war erst dreiundzwanzig.

Rilke wohnte jetzt in einer vornehmen Münchner Pension namens Pfanner. Mit ihm eingezogen war Loulou Albert-Lazard, die eine gesamte Etage gemietet und dort auch ihr Malatelier untergebracht hatte. Von ihrem Ehemann lebte sie getrennt, ließ sich von ihm aber weiterhin finanzieren. Sie war es auch, die diese Pension ausgesucht hatte, ihr wohlvertraut: Hier hatte sie als Studentin gelebt, hier hatte sie die ersten Liebesnächte mit ihrem späteren Gatten verbracht.

Rilke war ihr im bayerischen Irschenhausen begegnet. Dort hatte er sich zur Kur aufgehalten, nach Anraten seines Arztes, dem an seiner Lunge ein problematischer Schatten aufgefallen war. Eigentlich ging Rilkes Aufenthalt gerade zu Ende. Bei seiner letzten Mittagsmahlzeit (für ihn: Auflauf aus herbstlichen Wurzelgemüsen) setzte sich an seinen Tisch eine soeben eingetroffene und äußerst reizvolle junge Frau. Rilke kam mit ihr ins Gespräch. Die Rede war von Russland und von Paris. Hernach ließ der Dichter sein bereits verladenes Gepäck zurückholen, denn er würde seinen Aufenthalt in Irschenhausen verlängern.

Loulou kannte Rilkes Gedichte. Manche wusste sie auswendig. Sie erzählten einander aus ihrem Leben, Rilke sprach von Prag und seiner Kindheit, Loulou berichtete von ihrer Zeit in dem südbretonischen Künstlerdorf Pont-Aven, das Berühmtheiten wie Paul Gauguin, Maurice Denis und Paul Sérusier beherbergt hatte. Bei Nennung dieser Namen schnalzte Rilke genüsslich mit der Zunge. In avantgardistischer Bildkunst kannte er sich aus.

Es begann eine von großen Leidenschaften erfüllte Zeit. Rilke verfasste Liebesverse und trug sie auf Knien vor. *Ausgesetzt auf den Bergen des Herzens. Siehe, wie klein dort, siehe: die letzte Ortschaft der Worte, und höher, aber wie klein auch, ein letztes Gehöft von Gefühl. Erkennst du's?*

Loulou arbeitete an ihren Bildern. Der Krieg war weit fort. Rilkes finanzielle Nöte waren es nicht, weswegen er sich entschloss, einen Brief an Loulous Ehemann Eugen Albert zu schreiben, in dem er sein intimes Verhältnis mit dessen Frau eingestand und um eine zusätzliche wirtschaftliche Unterstützung ersuchte. *Wir legen darum voller Vertrauen alle Entscheidungen in Ihre Hände.* Als ob der Ehebruch für den Betrogenen eine herausragende Gefälligkeit sei. Eugen Albert wusste Besseres zu tun, als darauf einzugehen.

Rilkes Wirtschaftsprobleme lösten sich dann, als er, durch Vermittlung eines österreichischen Gönners, von der Wiener Industriellendynastie Wittgenstein eine umfängliche Geldzuwendung erhielt. Die Wittgensteins waren bürgerlich, zudem waren sie Juden, welche Eigenart sie mit Karl Kraus, Eugen Albert und dessen Ehefrau Loulou teilten.

Rilke schrieb Briefe, auch an Sidonie. *Ich vermute, dass Sie in Janowitz und darüber hinaus Hilfseinrichtungen getroffen haben: sehen Sie eine Stelle, wo ich meine geringe Kraft als Schreiber oder sonst irgendwie zu verwenden vermöchte?* Sidonie antwortete, Rilke sei jederzeit in Janowitz willkommen, sicher nicht als Hilfskraft, derer man nicht bedürfe, dafür als ein allzeit gern gesehener Gast. Daraufhin überlegte er ernsthaft, ob er fahren sollte, vielleicht gemeinsam mit Loulou, aber dann würde der Eindruck entstehen, dass er auf Sidonie verzichtet habe, was er ihr und Karl Kraus und sich selber nicht eingestehen mochte. Überlegungen solcher Art beschäftigten ihn so ausführlich, dass es die Idee einer möglichen Reise nach Janowitz verdrängte, er also in München blieb. Zudem hatte er wieder Schmerzen, derentwegen er seinen Arzt aufsuchen musste, Wilhelm Schenk von Stauffenberg, kein Jude, dazu von Adel.

Er schrieb Verse. Mit seinen Elegien kam er, trotz Drängens der Gönnerin Marie von Thurn und Taxis, auch jetzt nicht voran. Er wusste, dass er nicht gesund war, es gab da nicht bloß den Schatten an seiner Lunge, wiederholt fühlte er sich niedergeschlagen und kraftlos. Die Schmerzen, die ihn gelegentlich heimsuchten, konnten ihm selbst die Genüsse der Liebe verderben.

Manchmal ging er von der Finkenstraße, an der die Pension lag, bis zum Odeonsplatz und weiter bis zum Englischen Garten. Es war Vorfrühling. Über den Rasen wehte trockenes Laub vom vergangenen Herbst, entfernt erinnerte ihn das an den Parkgarten von Janowitz. Er verspürte eine unbestimmte Sehnsucht, die ebenso dem Schloss in Mittelböhmen galt wie dessen Herrin. Vielleicht sollte er doch dorthin fahren, vielleicht würden die Schmerzen dann fortgehen, und er würde arbeiten können, an den Elegien, er würde an Sidonies Tisch sitzen, ihrem Klavierspiel lauschen, Beethoven vielleicht oder Chopin, er würde ihre Hand halten, die nach Tabak und Rosenöl roch.

Er schrieb ihr, er habe sich im Englischen Garten aufgehalten, schon manche Stunde, und sich, *unter geschlossenen Augen, eingebildet, ich säße im Sidonien-Zelt, – aber es duftet kein Phlox – und auch sonst fehlt das Entscheidende, die Imagination hat kein gutes Gewissen, und dann hat selbst sie das Ungeheure zum Hintergrund, das einem in die Seele gedrungen ist.*

Sie antwortete ihm, dass sie demnächst unterwegs sein werde, zusammen mit ihrer Gesellschafterin wolle sie nach Italien fahren.

Er trug ihr Grüße auf an italienische Freunde, die sie vielleicht treffen möchte. Er empfahl ihr die Begegnung mit ihnen, nämlich, es handelte sich um Personen von Adel. Die Reise nach Janowitz, inzwischen hätte er dorthin sogar allein kommen wollen, erübrigte sich also. *Aber zu meinen vertrautesten Hoffnungen gehörts, dass ich früher oder später zu Ihnen kann. Schonen Sie sich sorgfältig, nehmen Sie nichts auf sich, es drängen ja ohnehin viel zu viele zu den Anwendungen, die sie nie gelernt haben, – und dabei wird doch für die übernächste Zeit auch dieses von der äußersten Wichtigkeit sein: dass einige Menschen das bisherige Leben, das bisherige Herz erhalten und fortsetzen: woran sollen sonst die, die wiederkommen, sich finden und Dasein und Heimat erkennen?*

Damit meinte er den Krieg. Den hatte er begrüßt und gefeiert, jetzt freilich griff der Krieg brutal und unmittelbar nach ihm: Er war, geboren in Prag, ein Staatsbürger Österreich-Ungarns, er war im wehrfähigen Alter von vierzig Jahren, also erhielt er seine Einberufung zum Militär. Die Nachricht ließ ihn erstarren. Kalte Schauer liefen ihm den Rücken hinab. Er schloss die Augen und öffnete sie wieder, er erhob sich und lief in seinem Zimmer auf und ab. Er dachte nach. Sollte er sich stellen? Sollte er dem in seinem Gedicht beschworenen Kriegsgott folgen und das Los seines Cornet Christoph Rilke auf sich nehmen, indem er in die Feldschlacht zog? Ein Pferd würde er freilich nicht haben, schon auch da er sich nicht aufs Reiten verstand. Hier ging es nicht wider die Türken, die jetzt vielmehr militärische Verbündete waren, sondern es ging gegen Serben, Russen, Franzosen und Engländer. Statt Krummsäbeln drohten Bajonette und Mitrailleusen. Sollte er sich im Schlamm der Schützengräben wälzen, bedroht von feindlichen Geschossen, neben ihm zerfetzte es den Kameraden die Gliedmaßen, dass sie verreckten? Wollte er so was erleben? Die bloße Vorstellung war schrecklich.

Also musste er zusehen, dass er davon loskam. Er überlegte, ob er Sidonies Bruder bemühen könne, der, wie er wusste, Beziehung zu Wiener Regierungsinstanzen unterhielt. Aber war Charlies Einfluss dort groß genug, eine Freistellung Rilkes vom Wehrdienst zu erlangen? Er dachte auch an Karl Kraus, der, wie allseits bekannt, ein radikaler Gegner dieses Krieges war. Rilke konnte ihn über Sidonie erreichen, aber damit hätte er zugleich seinen Verzicht auf Sidonie erklärt, welchen Triumph er dem jüdischen Journalisten aus Wien ungern gönnen mochte.

Am besten war, er wandte sich an seine langjährige mütterliche Gönnerin Prinzessin Marie von Thurn und Taxis. Er würde ihr schreiben und vielleicht seinem Brief inzwischen entstandene Teile einer weiteren Elegie beilegen. Er konnte sie beschwören, es stehe allein bei ihr, der Prinzessin, dass er seine wichtigste Dichtung, die sie so schätze, vollenden könne, sonst sei er gezwungen, sein Leben für das Vaterland einzusetzen und vielleicht zu verlieren. Freilich, die Prinzessin war mit diesem Krieg völlig einverstanden. Zwei ihrer Söhne standen an der Front, und die Mutter war stolz darauf. Würde sie überhaupt jemanden, mit dem sie gerade bloß befreundet war, da sie seine Dichtungen schätzte und förderte, von dem drohenden Wehrdienste befreien wollen?

Der Zug verließ Bozen. Am Bahnhof, hatte Mary Cooney gesehen, standen auf einem anderen Bahnsteig uniformierte Angehörige der österreichischen Armee, wohl in Erwartung ihres Abtransports. Sidonie hatte ihr erklärt, dass es sich bei ihnen um Kaiserjäger handle. Der Name sagte ihr nichts.

Das gesamte militärische Geschehen in Kontinentaleuropa irritierte sie. Der Krieg war ihr unheimlich. In Italien, woher sie kamen, hatte sie britische Zeitungen lesen können, in denen über die Kämpfe aus englischer Sicht berichtet wurde, dies betraf Ereignisse in Belgien und Frankreich, an denen Streitkräfte des Vereinigten Königreichs beteiligt waren. Beide Länder kannte sie nicht.

Gemeinsam mit Sidonie würde sie jetzt bis Wien fahren und anschließend weiter nach Janowitz. Sie war froh darüber. Die langen Reisen strengten sie an, im Unterschied zu Sidonie, die deren bedurfte und die das genoss. Sidonie war eine Generation jünger als Mary Cooney.

Draußen, vor dem Zugfenster, stand dichter Nebel, der die Konturen des Gebirges verhüllte. In dem sonst leeren Abteil saß auf der Bank ihr gegenüber Sidonie, die eingeschlafen war, ihr Kopf hing über ihrer linken Schulter.

Aufgebrochen waren sie beide am Morgen in Florenz. Der Graf Carlo Guicciardini hatte sie an die Bahn gebracht und zum Abschied Sidonie lange und innig beide Hände geküsst. Mary kam das übertrieben vor, Sidonie nahm es lächelnd hin. Ihr Lächeln, schien es Mary, war spöttisch. Hernach, zu Beginn der Zugfahrt, hatte Sidonie wissen wollen, was May-May von dem Grafen halte.

Eine solche Frage, sagte Mary, stelle ihr Sidonie nicht das erste Mal.

Das wisse sie, sagte Sidonie. Trotzdem. Sie erbitte sich jetzt eine ehrliche Antwort.

Mary sagte, der Graf sei ein sehr freundlicher, sehr höflicher Mensch. An diesem Urteil habe sich nichts geändert. Ein wenig zu alt sei er vielleicht für Sidonie, sofern es darum gehe, eine eheliche Verbindung zu knüpfen. Von der sei früher in Janowitz manchmal die Rede gewesen.

Ja, sagte Sidonie. Eben darum gehe es. Immer noch.

Damit endete das Gespräch. Heimlich fand Mary den Grafen eher anstrengend, und sein vornehmes Benehmen stand für sie in auffälligem Gegensatz zu seiner offenbar prekären wirtschaftlichen Situation. Gemeinsam mit Sidonie hatte sie einen Tag auf dem Landsitz des Grafen zugebracht, auf dessen Einladung hin. Die Landschaft bei Usella war anmutig, doch die Felder wirkten vernachlässigt und das Gutsgebäude war ungepflegt. Der Graf hatte die kritischen Blicke der Besucherinnen bemerkt und sprach ausführlich von sehr schwierigen personellen Problemen auf seinem Gut. Ein Verwalter trat auf, der mit dem Grafen ein heftiges Streitgespräch begann, beide fuchtelten heftig mit den Händen, Mary verstand kein Wort, doch offenbar ging es um irgendwelche Interna. Mary war froh, dass sie rechtzeitig zurück nach Florenz in ihr Hotel hatten fahren können.

Dies alles war jetzt drei Tage her. Italien lag hinter ihnen. Beim Grenzübertritt war Mary eingehend kontrolliert worden, was mit ihrer Nationalität zu tun hatte, England war Kriegspartei. Ihre Papiere, von Charlie besorgt, erregten das Misstrauen zumal der italienischen Grenzbeamten. Carlo Guicciardini hatte ihnen erzählt, in seinem Land gebe es Bestrebungen, die bislang geübte Neutralität aufzugeben und in den Krieg gegen Österreich einzutreten. Er selbst war zuversichtlich, dass sich dies nicht durchsetzen werde.

Dass die italienischen Behörden gegenüber Österreichern voller Misstrauen waren, ließ sich nicht übersehen, was etwa ihr Umgang mit aus Österreich eintreffender Post bewies. Briefe wurden kontrolliert und zensiert, wobei eine Briefzensur auch in Österreich stattfand. Die Post, die Karl Kraus an Sidonie geschickt hatte, wurde, um Kontrolleure zu verwirren, gerne an Mary adressiert, er selber trat darin in der dritten Person auf und manchmal mit dem Namen von Sidonies Leonberger. *Bobbys Befinden: Glückstaumel mit Kopfschmerz als Nachwirkung der Nervenkrise.* Oder: *Aber, nicht wahr, Tangy weiß und wird es immer wissen, dass eine Fülle von Freundschaft, wie sie sicher noch nie ein Herz bereit hielt, nicht unbedingt Nervenschmerzen nach sich ziehen muss.*

Enigmatische Sätze. Tangy stand für Sidonie, der Name stammte von einem anderen Hund in Janowitz. Mary reichte die Briefe von Karl Kraus, von ihr überwiegend ungelesen, an Sidonie weiter.

Kraus und Sidonie hatten sich jetzt auch in Italien gesehen. Dabei nächtigte Kraus nicht immer in denselben Hotels wie Sidonie. Die leidenschaftliche Beziehung zwischen ihnen bestand fort, auch in Marys Gegenwart redeten sie einander mit Du an und wechselten ins Sie erst bei der Anwesenheit vierter. Dass Sidonie für Kraus eine entschieden andere Zuneigung empfand als etwa für den Grafen Guicciardini, war für Mary offensichtlich.

Draußen blieben die Nebel zurück. Der Zug durchfuhr eine Waldung. Sidonie war aufgewacht, lächelte verschlafen und gähnte. Ihrer Handtasche entnahm sie ein

Spitzentüchlein und rieb sich Kölnisch Wasser auf Stirn, Schläfen und Oberlippe.

Übrigens, sagte sie, habe sie lange über die Sache nachgedacht und für sich selbst nun eine Entscheidung getroffen, die May-May bitte vorerst für sich behalten wolle: I'll marry, May-May. I decided to marry Guicciardini.

Really?

Yes.

Sidonie wollte also Carlo Guicciardini heiraten.

Die letzten Monate waren für Karl Kraus anstrengend gewesen. Der Krieg, dessen Ausbruch er mit eisigem Spott begleitet hatte, verlief genauso, wie insgeheim befürchtet und gegenüber Gesprächspartnern geäußert. Öffentlich kundtun und drucken durfte er das nicht. Es herrschte Zensur. Seine Artikel wollten nicht verboten, sondern gelesen werden. Entsprechend formulierte er sie so, dass der Zensor sie passieren lassen musste und die Leser dennoch erfuhren, was der Verfasser von den Ereignissen hielt.

Es hatte viel Zeit gebraucht, und er hatte etliches an Mühe aufbringen müssen, um einen Text fertigzustellen, der solchen Ansprüchen genügte. Die letzte Ausgabe der »Fackel« vor Kriegsausbruch war im Juli 1914 erschienen. Das nächste Heft, Nummer 404, kam erst im Dezember 1914 heraus und bestand ausschließlich aus einem langen Essay des Herausgebers:

In dieser großen Zeit, die ich noch gekannt habe, wie sie so klein war; die wieder klein werden wird, wenn ihr dazu noch Zeit bleibt; und die wir, weil im Bereich organischen Wachstums derlei Verwandlung nicht möglich ist, lieber als eine dicke Zeit und wahrlich auch schwere Zeit ansprechen wollen … So fing das an. Die Satzperiode ging weiter und würde fast die gesamte erste Druckseite füllen.

Zwei Dinge waren ihrem Verfasser vor allen anderen wichtig: Der Umstand, dass es in dem gegenwärtigen Krieg, so wie in allen Kriegen, um wirtschaftliche Begehrlichkeiten ging. *Ich weiß genau, dass es zu Zeiten notwendig ist, Absatzgebiete in Schlachtfelder zu verwandeln, damit aus diesen wieder Absatzgebiete werden.* Dann war da noch die Unterstützung des Krieges durch das gedruckte Wort. Der Zeitungsreporter habe *den Abglanz heroischer Eigenschaften zur Verfügung, und seine missbrauchte Sprache verschönt ein missbrauchtes Leben.* Hier kehrte sein alter Hass auf die Presse zurück, auf ihre Sprache, ihre Verlogenheit, auf das Unheil, das sie stifte. *Die Depesche ist ein Kriegsmittel wie die Granate, die auch auf keinen Sachverhalt Rücksicht nimmt.*

Die schöne Literatur nahm an solcher Praxis teil. Die freiwillige Kriegsdienstleistung der Dichter sei ihr Eintritt in den Journalismus, befand er, dies betrieb nun Gerhart Hauptmann ebenso wie Hugo von Hofmannsthal. Beide Schriftsteller hatte er einst geschätzt und öffentlich propagiert, jetzt veränderte er, und dies nicht zum ersten Mal, seine Haltung radikal. Diese Leute stünden in der vordersten Front, um dafür dekoriert zu werden, dieweil hinter ihnen der losgelassene Dilettantismus kämpfe.

Rainer Maria Rilke kam in dem Text nicht vor. Im Manuskript hatte sein Name noch gestanden. Die unerträglichen Kriegsverse, in Janowitz begonnen (Kraus wusste davon durch Sidonie), hatte der Dichter fortgesetzt und auf insgesamt fünf lange Gesänge im hymnischen Hölderlin-Ton ausgeweitet. Inzwischen waren sie gedruckt worden, in München, als Beiträge für einen von mehreren Autoren belieferten Sammelband, der das kriegerische Bewusstsein der Leute befördern wollte. Es hätte keinerlei Mühe gemacht, das mythenschwere Pathos der Gedichte zu verhöhnen.

Kraus hatte Rilkes Namen gestrichen. Er hatte es getan, da er Sidonie nicht verletzen wollte, deren Sympathien für den Dichter, wie er wusste, immer noch ungebrochen waren. Er wollte ihr und vor allem sich selbst nicht eingestehen müssen, dass es vielleicht Eifersucht war, die ihn zu seinen Schmähungen trieb.

Vor der Drucklegung hatte er den Essay »In dieser großen Zeit« bei einer Lesung vorgetragen, im Wiener Konzerthaus, einer seiner bevorzugten Bühnen. Die Reaktionen der Zuhörer waren beifällig gewesen, Ablehnung hatte niemand geäußert, und von staatlicher Seite hatte es keinen Einwand gegeben.

Jetzt hielt er die nächste Ausgabe der »Fackel« in den Händen. Er saß in an seinem Arbeitsplatz. Vor den Fenstern war blasses Vorfrühlingslicht. Er befühlte das rote Papier des Umschlags. Er durchblätterte die Seiten. Er schnüffelte an dem Heft. Der schwache Geruch von Druckerschwärze tat ihm gut.

Der Inhalt bestand zum größeren Teil aus den Äußerungen anderer über Krieg und Frieden, Zitate von Schopenhauer, Jean Paul und Bismarck waren darunter. Er selbst schrieb, den gegenwärtigen Krieg betreffend: *Als dieses umfangreiche Ereignis über die Menschheit hereinbrach und es allgemein hieß, dass die Maschine von einer Seele bedient werde und letzten Endes auch der Seele dienen werde, da war mein Scherflein der Zweifel, meine Bereitschaft das Schweigen und mein Mut, diesem Schweigen Ausdruck zu geben, damit man wisse, wie es gemeint sei.*

Derart war alles gesagt. War derart alles gesagt? Er sammelte emsig und wie bisher schon sprachliche Fehlleistungen auf bedrucktem Papier. Auf seinem Schreibtisch stapelten sich die Ausrisse aus Zeitungen. Vorrangig sammelte er jetzt Äußerungen zum Krieg und überlegte, ob er sie für eine dramatische Arbeit verwenden könne, womit er außerdem seine unstillbare Sehnsucht nach dem Theater bedienen würde, Erfahrungen genügend besaß er, auch durch seinen fortwährenden Umgang mit Stücken

Shakespeares, Nestroys und Wedekinds. Hatte sich nicht auch Rilke mehrfach als Dramatiker probiert? Er war sogar gespielt worden, doch ohne besondere Resonanz.

Zwischendurch suchte ihn Max von Thun heim. Er mochte den verrückten Mediziner, wie er auch sonst eine Schwäche für skurrile Naturen hatte, aber die immer häufiger werdenden Besuche Thuns begannen ihn zu quälen. Er sei auf dem Weg, eine völlig neue und die gesamte Biologie umstürzende Idee über die Entstehung des Lebens zu verfolgen, sagte Thun, weswegen er sich derzeit ausführlich mit der Existenz, den Erscheinungsformen und der Fortpflanzung von Amöben abgebe. Er legte Papiere vor, auf denen er sorgfältig die wechselnden Gestalten der Einzeller samt Scheinfüßchen oder Pseudopodien nachgezeichnet hatte.

Ob Karl Kraus in seine Ordination kommen und dort die Amöben durch ein Mikroskop betrachten wolle? Kraus wollte nicht. Von Biologie verstand er nichts, anders als Sidonie, und das Ansinnen Thuns, einen Text über Amöben in der »Fackel« zu veröffentlichen, musste er ablehnen, da sich seine Zeitschrift ausschließlich mit Dichtung, Sprache und Politik befasste. Thun nahm es zur Kenntnis. Er war erkennbar betrübt.

Nach ein paar Tagen erschien er neuerlich bei Kraus und trug sein Ansinnen vor. Bei keinem seiner Besuche vergaß er, sich eingehend nach Sidonie zu erkundigen. Wie ihr Befinden sei? Was sie gegenwärtig unternehme? Seine Worte klangen äußerst schwärmerisch, Sidonie sei eine sehr schöne Frau. Offenbar war er ihr heftig zugetan, wie andere Männer auch, Rainer Maria Rilke etwa. Kraus gab geduldig die erwünschten Antworten und komplimentierte seinen Besucher höflich hinaus. Immerhin war es Thun gewesen, durch den er Sidonie überhaupt kennengelernt hatte.

Seit dem Spätsommer hatte Rilke Janowitz und Sidonie nicht wieder besucht, der Dichter und Sidonie verkehrten über Briefe. Für Kraus war das alles kein Anlass, etwa beruhigt zu sein: Rilke konnte von München, wo er jetzt lebte, jederzeit nach Böhmen reisen. Entsprechend gab es für Kraus keinen Grund, seine heimlich ausgetragene Rivalität mit Rilke als beendet und für ihn entschieden zu sehen, schon da Sidonie sich geweigert hatte, mit ihm die Ehe einzugehen.

Das Gespräch darüber hatten sie in Janowitz geführt, in Sidonies Schlafzimmer, gegen Mitternacht. Sie lagen nebeneinander, Sidonie steckte sich eine Zigarette an und sagte:

Ich bin dir noch eine Antwort schuldig. Ich will sie dir jetzt geben. Ich habe lange darüber nachgedacht, und ich habe mich entschieden, deinen Heiratsantrag nicht anzunehmen. Das ändert gar nichts an unserer Beziehung. Sie wird bleiben wie bisher. Ich liebe dich. Ich liebe dich sehr, aber ich will nicht deine Ehefrau werden. Meine Gründe dafür sind dieselben, die Karl Kraus gegen das Heiraten und gegen das Eheleben immer wieder vorgetragen hat.

Sie atmete Tabakrauch ein und aus. Sie streifte Zigarettenasche ab in die Jakobsmuschelschale, die neben ihr auf dem Nachttisch stand.

Kraus schwieg. Es war nicht so, dass Sidonies Entscheidung ihn völlig überrascht hätte. Ihr langes Zögern war Hinweis genug gewesen, doch seine Hoffnung war stärker geblieben. Nun, da er die Ablehnung wusste, war ihm, als sei er gezüchtigt worden, wie einst, als er noch ein Kind war, ein schwächliches Kind, das sich gegen die

Übermacht Gleichaltriger nicht wehren konnte. Er nahm seine Brille ab und blinzelte ins Leere. Er hustete. Er spürte, wie Sidonie ihm sanft über Haar, Stirn und Wangen strich. Die Berührung erregte ihn nicht, fast war sie ihm lästig. Schließlich fragte er:

Willst du lebenslang unverheiratet bleiben?

Darüber denke ich nicht nach. Vielleicht bleibe ich es, vielleicht nicht.

Deine Absage an mich ist endgültig?

Ja.

Danach brauchte er lange, ehe er sich mit Sidonies Entscheidung abfinden konnte. Vollständig gelungen war es ihm immer noch nicht. Damals reiste er vorzeitig aus Janowitz ab, er kehrte zurück nach Wien, er stürzte sich in seine Arbeit. Sidonie reiste nach Italien, sie schrieben sich Briefe, er vermisste sie, die körperliche Sehnsucht nach ihr befiel ihn wie eine Krankheit. Er fuhr ihr hinterher, er traf sie, er schlief mit ihr, er reiste vorzeitig wieder ab, er schrieb ihr:

Besteht Liebe hier nicht eine Höllenprobe, wenn sie auf sich selbst angewiesen, monologisch, nur die Entstehung eines Bildes niederzuringen hat, um den alten Besitzstand zu kämpfen, Tag und Nacht, in Erwartung und Deutung der Worte, im Hinaushorchen ins Schweigen!

Er fuhr nach Janowitz, wenn Sidonie sich dort aufhielt. Es war so wie früher. Es war wie immer und war es doch nicht. Er argwöhnte, dass es einen Nebenbuhler gebe, von dem er nichts wisse, von dem ihm Sidonie nichts sagte, der konnte Rilke sein oder ein anderer. Er erlebte den Spätherbst in Janowitz, er ging neben Sidonie durch den laublosen Park, vor ihnen rannten die Hunde. Er hielt sich im Winter dort auf, stapfte durch den Schnee, in den er manchmal bis zu den Knöcheln versank, er prüfte mit der Schuhspitze das Eis, das den Teich überzog. Er war süchtig nach Janowitz, wie er süchtig nach Sidonie war und weil er süchtig nach Sidonie war.

Rilke wurde von Loulou überrascht mit der Nachricht, ihr Mann wolle sich von ihr scheiden lassen. Dies würde bedeuten, dass die finanzielle Unterstützung, die sie bisher erhalten hatte, sich möglicherweise verringern oder gänzlich ausbleiben konnte, was für sie wie für Rilke eine erhebliche wirtschaftliche Einschränkung wäre. Rilke redete ihr zu, sie solle ihren Mann bewegen, die Scheidung, wenn er schon nicht darauf verzichtete, wenigstens bis zum Ende des Krieges aufzuschieben. Er las und verbesserte den Brief, den Loulou in dieser Angelegenheit aufsetzte.

Seinerseits hatte er seiner Einberufung wegen an Marie von Thurn und Taxis geschrieben, von ihr freilich noch keine Antwort erhalten. Die Prinzessin war vermutlich unterwegs. So begab er sich zu seinem Arzt Schenk von Stauffenberg, der ihm wegen seiner angegriffenen Gesundheit ein ausführliches Attest ausstellte. Mit diesem Papier begab sich Rilke zu seiner Musterung.

Er stand dort in einer trostlosen Reihe vieler nackter Männer, von denen er der kleinste war. Der Raum roch nach kaltem Staub, scharfem Schweiß und abgestandenem Zigarrenrauch. Als er dann, nachdem seine Körpergröße gemessen und sein Körpergewicht bestimmt worden war, die Ordination betrat und dort mit seinem Attest argumentieren wollte, erfuhr er aus schnauzbärtigem Mund ein gekrächztes Nein. Er wurde abgehorcht, musste seinen Mund öffnen und die Zunge herausstrecken, woraufhin er erfuhr, dass er vollauf wehrdiensttauglich sei. Sein Einwand wurde verworfen.

Heimgekehrt legte er bei der zuständigen Generalität schriftlichen Widerspruch ein. Nach einigen Tagen unruhigen Wartens wurde ihm beschieden, sein Protest sei abgewiesen. Die Armee der Doppelmonarchie Österreich-Ungarn, so stand es in den Zeitungen, kannte bei Drückebergern und Wehrdienstverweigerern keinerlei Nachsicht.

Rilkes Grundausbildung sollte im nordböhmischen Turnau an der Iser erfolgen. Der Dichter kannte den Ort nicht. Er wusste bloß, dass es von dort nicht weit war bis nach Janowitz, welcher Umstand für ihn kaum einen Vorteil brachte.

Loulou hatte sich inzwischen aufgemacht, ihren Mann zu treffen und mit ihm zu reden. Rilke wollte bei einem möglicherweise mit schmutzigen Mitteln ausgetragenen Ehekonflikt nicht zugegen sein. Ohnehin war es zwischen ihm und Loulou neuerdings zu Spannungen gekommen.

In der Pension stand plötzlich Lou Andreas-Salomé, herrisch, etwas ungepflegt und mit einem jungen Hund an der Leine. Ihr Verhalten Rilke gegenüber ließ die einst intime Beziehung zwischen beiden deutlich werden, was Loulou beträchtlich ärgerte. Außerdem trat noch eine neue Verehrerin auf, eine angehende Dichterin, die Rilke stotternd eigene Verse vortrug. Er hörte aufmerksam zu. Die Dichterin war nicht hübsch, schielte leicht, hatte zwei uneheliche Kinder von verschiedenen Vätern und war überaus schüchtern. Sie verhielt sich so demütig und ergeben, wie Loulou es niemals in den Sinn gekommen wäre. Loulou sah, wie Rilke das Verhalten der neuen Bekanntschaft sichtlich genoss.

Die Spannungen zwischen Loulou und Rilke wurden drängender. Loulou erhob lautstark Vorwürfe. Der Dichter widersprach ihnen, mit leiser Stimme, meistens blieb er stumm und senkte leidend den Kopf.

Jeden Vormittag eilte er zum Briefkasten, um zu sehen, ob ihm Marie von Thurn und Taxis eine Nachricht gesandt hatte. Er wurde enttäuscht. Offenbar war die Prinzessin immer noch unterwegs, und die Post wurde ihr nicht nachgeschickt.

Rilke gab seine Zimmer in der Pension Pfanner auf. Eine andere seiner Verehrerinnen, Hertha Koenig, schwerreiche Gutsbesitzerin und Kunstsammlerin aus dem Westfälischen, hatte ihm ihre geräumige Münchner Wohnung überlassen, in der Widmayerstraße, am linken Isarufer. Mit etlichem Gepäck zog er dort ein und widmete sich fortan der Betrachtung des Gemäldes »Les Saltimbanques« von Pablo Picasso, dessen Kauf er zuvor selber angeregt hatte. Es blieb dabei: In avantgardistischer Bildkunst kannte er sich aus.

Manchmal verließ er frühmorgens die Wohnung. In vielen Häusern brannten noch Lichter. Über dem Pflaster hing Dunst. Er ging die Straße hinab bis zur Luitpoldbrücke und blieb dort stehen. Am anderen Flussufer drängten sich laublose Bäume zu einer spröden leblosen Kulisse. Das Wasser war grau und schäumte, auf den Bergen mochte gerade der Schnee schmelzen. Im schütteren Grün des Flussrandes hockten zwei Enten. Das enge Beieinander von Natur und Zivilisation ließ ihn an Paris denken. *Der Tagwind hatte sich gelegt, die Gassen waren lang und befriedigt; an ihrem Ausgang schimmerten Häuser, neu wie frische Bruchstellen eines weißen Metalls.* So stand es in seinem Roman. Alles von ihm Gesehene, alles von ihm Erlebte wurde umgehend in Worte verwandelt und verwandelte sich umgehend in Worte. Das war seine Bestimmung. Die Worte quollen aus ihm heraus, sie überschwemmten ihn, dass er manchmal daran zu ersticken meinte. Er tat einen letzten Blick ins Wasser, trat von der steinernen Brückeneinfassung zurück und ging davon. Ihm war tieftraurig zumute.

Statt des erhofften Briefes der Prinzessin Marie erreichte ihn, nachgeschickt von der Pension Pfanner, eine eng beschriebene Briefkarte Sidonies, die ihn wissen ließ, sie werde sich demnächst verloben: mit Carl Graf Guicciardini, Patrizier von Florenz, kgl. italienischer Leutnant im nichtaktiven Stande des Kavallerieregimentes Monferrato Nr. 13. Zu der Feier, die sie zu jenem Ereignis auf Schloss Janowitz auszurichten gedenke, lud sie den Dichter herzlichst ein. Zusätzlich erbat sie sich von ihm einen lyrischen Text, den ihre Freundin Dora Pejačevič vertonen werde, um das Ergebnis anlässlich des Verlöbnisses vorzustellen.

Rilke las die Karte. Er las sie zweimal, da ihr Inhalt, so empfand er es, für ihn so etwas wie ein kleiner Triumph war. Sidonie würde Karl Kraus nicht heiraten. Sie hatte auch ihn, Rainer Maria Rilke, nicht erkoren, aber das hätte ihn ohnehin in große Verlegenheit versetzt. Jedenfalls hatte sie seine Einwände beherzigt, und also war sein versteckter Zweikampf mit dem jüdischen Journalisten aus Wien endlich zu seinen Gunsten entschieden.

Er setzte sich hin, nahm sein hellblaues Briefpapier zur Hand und begann zu schreiben:

Sie können sich denken, liebste Sidie, wie sehr ich diese neue schöne weite Wendung Ihres Lebens fühle und feiere; gestern war ich im deutlichsten Geiste den ganzen Tag mit Ihnen und gegen den Druck der Zeit geschützt, der sonst auf allen Stellen meines Daseins liegt. Das will schon etwas sagen, wenn man das abwirft und ein Anderes, Frohes empfindet, unbedingt empfindet: daran ermessen Sie die Stärke Ihrer guten Nachricht.

An den Verlöbnisfeierlichkeiten in Janowitz werde er leider nicht teilnehmen können, was er sehr bedaure. Aber er sei zum Kriegsdienst einberufen worden. Er müsse seinen soldatischen Pflichten nachkommen.

Dann nahm er ein anderes Blatt und schrieb darauf: *Strophen zu einer Fest-Musik (für Sidie Nádherný).* Die Verse dazu kamen ihm mühelos. Da es sich hier nicht um die Fortsetzung seiner ehrgeizigen Elegien handelte, konnte er auf den reichhaltigen Vorrat aus edlen Bildern und kostbaren Assonanzen zurückgreifen, den der Verlauf von nahezu zwei Jahrzehnten ausgeübter Dichtkunst in seiner Seele angehäuft hatte.

Wohin reicht, wohin, die Stimme der Menschen
wenn sie emporklingt? Schwingen
schwingen die Himmel von ihr? / Oder verbringt sie
immer ein schwindender Wind?
Heute steh ich, steh auf den Türmen der Freude,
heut heut ficht michs nicht an, dass ich vergehe.

Dann endlich erhielt er die lang erwartete Post. Seine Gönnerin Marie von Thurn und Taxis war für ihn tätig geworden. Da sie höchst angesehen und einflussreich war, auch da sie einen großen Namen trug, hatte sie es vermocht, für ihn eine Lösung auszuhandeln. Zwar, die Einberufung zur k. u. k.-Armee konnte nicht zurückgenommen werden, sah aber nunmehr keine militärische Ausbildung mehr vor, sondern eine Bürotätigkeit, im Kriegsarchiv zu Wien. Rilke würde dort ausreichend Zeit für seine literarischen Arbeiten haben.

Er würde also nach Wien gehen. Insgesamt war er es zufrieden. Seine Geliebte Loulou gedachte er mitzunehmen.

Sidonie saß im mittleren Saal des Wiener Konzerthauses, wo eine abendliche Vorlesung von Karl Kraus stattfinden würde. Ihr Sitz befand sich in einer der hinteren Parkettreihen: Sie wollte vermeiden, dass Kraus ihre Anwesenheit wahrnahm.

Überhaupt erlebte sie eine solche Veranstaltung zum ersten Mal, wiewohl sie Kraus schon seit mehr als einem halben Jahr kannte. Verschiedentlich hatte er ihr von seinen Auftritten berichtet. Sie wusste, dass die Veranstaltungen immer gut besucht waren, sie erfuhr deren Ankündigungen und Programme aus Heften der »Fackel«, in denen sie sich schon vertieft hatte, ehe sie deren Herausgeber persönlich kennenlernte.

Neben ihr saß ihr alter Freund Max von Thun, dem sie zufällig im Foyer begegnet war. Er zeigte sich freudig überrascht und küsste ihr stürmisch die Hand, die er dann kaum mehr freigeben mochte.

Ich bin glücklich, Sie zu sehen, flüsterte er. Ich habe mich immer wieder nach Ihnen erkundigt. Mir liegt sehr viel an Ihnen, müssen Sie wissen.

Ja, ich weiß es.

Der Saal war voll besetzt. Sidonie sah einzelne Militäruniformen. Waren das Leute, die sich gegen die Friedenspropaganda von Kraus empören wollten? Waren es heimliche Anhänger pazifistischer Überzeugungen, die ihren soldatischen Dienst bloß widerwillig versahen? Thun neben ihr griff vorsichtig nach ihrer Hand, die sie ihm sofort entzog.

Karl Kraus trat auf. Es gab höflichen Applaus. Er ging bis zur Rampe, verbeugte sich etwas, ein kleiner Mann in schwarzem Anzug und mit blitzenden Brillengläsern. Er sagte, er freue sich, vor einem ausverkauften Haus zu stehen, er wolle mitteilen, dass der Reinertrag des Abends, 587 Kronen und 85 Heller, in voller Höhe der Fürsorge für erblindete und invalide Soldaten zukommen werde. Darauf gab es vereinzelt Applaus. Kraus nickte und begab sich zur Bühnenmitte, wo ein mit Stoff verhängtes Stehpult auf ihn wartete.

Er stellte sich dahinter. Er räusperte sich und ergriff ein Papier. Wie dem Programmzettel zu entnehmen, begann er mit beziehungsvollen Äußerungen des früheren deutschen Reichskanzlers Otto von Bismarck:

Ich begreife nicht wie ein Mensch, der über sich nachdenkt und doch von Gott nichts weiß oder wissen will, sein Leben vor Verachtung und Langeweile tragen kann, ein Leben, das dahinfährt, wie ein Strom, wie ein Schlaf, gleichwie ein Gras, das bald welk wird; wir bringen unsere Jahre zu wie ein Geschwätz.

Die Stimme war baritonal und laut. Der österreichische Akzent war unüberhörbar. Die Hände des Vortragenden blieben ruhig, was sich bald ändern sollte. Da würde er Szenen aus einer wenig bekannten Posse von Johann Nepomuk Nestroy lesen, »Die beiden Nachtwandler«.

Er habe das mit Bedacht ausgesucht, sagte er. Der ewige Witz der Lebensweisheit habe es nämlich nicht nötig, dem Ernst der Zeit auszuweichen. Also wolle man das Lachen bei Nestroy herausfordern, das Publikum erhole schließlich sich auch sonst noch von den traurigsten Dingen mit viehischen Witzblättern und anderen viehischen Scherzen. Dann begann er mit dem Vortrag.

Nestroys Stück handelte von zwei somnambulen Handwerkern, Strich und Faden. Nächtens unterwegs, vertrieben sie fünf Gauner, deren Opfer Lord Wathfield werden sollte, ein großherziger englischer Aristokrat.

Außerdem traten noch weitere vier Briten auf. England war derzeit Österreichs Kriegsgegner. Hatte Kraus den Text eben deswegen ausgesucht? Mit schneidender Stimme trug er aus dem ersten Akt vor: *Ich glaube von allen Menschen das Schlechteste, selbst von mir, und ich habe mich noch selten getäuscht.* Im Publikum war freundliches Gelächter.

Sidonie erkannte: Kraus hatte als Darsteller bemerkenswertes Talent. Er konnte sich ins Pathetische steigern, was häufig geschah und immer überzeugte. Sein Sprachmelos ähnelte dem bekannter Schauspieler am Burgtheater.

Während der beiden Pausen stand Sidonie im Foyer mit Thun zusammen. Er redete von den naturwissenschaftlichen Erkenntnissen, die er gegenwärtig machte, sie hörte ihm schweigend zu, verstand wenig und war mit ihren Gedanken anderswo.

Kraus schloss die Veranstaltung mit zwei Gedichten von Georg Trakl. Zuvor sagte er, der Dichter, einer von Österreichs größten, sei im vergangenen Jahr, kurz nach Kriegsanbruch, an der galizischen Front verwundet worden und habe dann, aus Verzweiflung über das menschliche Elend, das er erleben musste, sich mittels einer Überdosis Kokain das Leben genommen. Das zweite Gedicht endete mit diesen Versen:

Wieder kehrt die Nacht und klagt ein Sterbliches,
Und es leidet ein anderes mit.
Schaudernd unter herbstlichen Sternen
Neigt sich jährlich tiefer das Haupt.

Die Zuhörer zeigten sich beeindruckt. Der Applaus setzte zögernd ein, war dann aber lang und herzlich. Kraus trat abermals an die Bühnenrampe und verbeugte sich, ein kleiner Mann im schwarzen Anzug und mit blitzenden Brillengläsern.

Thun begleitete Sidonie bis zu ihrem Hotel. Seine Einladung zu einem Glas Champagner lehnte sie ab, sie sei erst heute aus Janowitz angekommen, sie sei sehr müde.

In ihrem Hotelzimmer dachte sie nach. Sie dachte lange nach. Sie hatte einen Karl Kraus erlebt, den sie bislang nicht kannte. Kraus war eine außerordentliche Begabung, jemand, der ein paar hundert Menschen unmittelbar zu beeindrucken und zu beeinflussen vermochte. Sie liebte ihn. In einer Woche wollte sie sich mit einem anderen Manne verloben, einen, den sie nicht liebte. Warum tat sie das?

Sie hockte auf der Kante ihres Hotelbetts und zündete eine Zigarette an. Sie atmete grauen Tabakrauch aus und sah zu, wie er sich auflöste.

Warum also wollte sie eine eheliche Verbindung anstreben mit einem Menschen, der ihr eher gleichgültig war und dessen wichtigste Eigenschaft darin bestand, dass er einer alten Adelsfamilie entstammte? Sie hatte seinen Antrag endlich angenommen. Sie war damit dem ständigen Zureden ihres Bruders gefolgt. Sie wusste, dass sie nunmehr in einem Alter war, wo es, jedenfalls in jenen gesellschaftlichen Kreisen, denen sie zugehörte, für eine eheliche Verbindung an der Zeit war. Den Heiratsantrag von Karl Kraus hatte sie abgelehnt. Wieso? Die Ablehnung erfolgte aus Gründen, die ihr Rainer Maria Rilke vorgetragen hatte. Dabei war sie fest entschlossen, ihre Liebesbeziehung zu Karl Kraus keinesfalls zu beenden. Dieses Moment einer unkonventionellen Lebensart wollte sie jedenfalls beibehalten.

Kraus hatte sich über die Ablehnung seines Antrags tief erschüttert gezeigt. *Ewige Freundschaft gelobt bei allen fliehenden Sternen ein an Unglück Maßloser,* schrieb er. *Nacht ist vor ihm. Möchte doch ein Strahl des dortigen Glücks fallen in dieses Dunkel tiefster Verlassenheit unentrinnbaren Wahnsinns.* Das seelische Elend, das sie wahrnahm, rührte sie an. Es tat ihr auch gut. Sie genoss das Gefühl ihrer Überlegenheit. *Meine Braut vor Gott,* schrieb er, *auf die ich warten werde bis zum letzten Atemzug – ewiger Knabe durch Dich.*

Inzwischen hatte sie ihren Geliebten wissen lassen, dass sie einen anderen Mann zu ehelichen gedenke. Zudem hatte sie ihn, für die Feier des Verlöbnisses, um einen lyrischen Text gebeten, den ihre Freundin Dora Pejačevič vertonen würde. Eine ähnliche Bitte hatte sie an Rilke gestellt. Tatsächlich schickten ihr beide einen Text.

Ich will mein künftiges Leben daran wenden, schrieb ihr Kraus, *Dein Bild zu retuschieren – zu unserer Wahrheit zurück.* Er schrieb: *Du bist über mein Herz geschritten, Du wolltest mein Gehirn zertreten und damit diese unsere Welt von Herrlichkeit, die es allein bewahrt hat.*

Er hatte wohl recht damit. Sie hatte ihre gemeinsame Welt zertreten. Sie hatte es aus Mutwillen getan, aus Langeweile, aus Überdruss, aus Leichtsinn. Mittlerweile war es, dass sie ihre Entscheidung zu bereuen begann. Sie begriff sich selbst nicht mehr.

Am nächsten Vormittag stand Sidonie in der Wohnung von Karl Kraus. Sie trug einen langen marineblauen Mantel und einen breiten Hut, den sie vorsichtig abnahm.

Es war nicht das erste Mal, dass sie die Räume in der Lothringer Straße aufsuchte. Alles war so wie immer: Auf dem Schreibtisch des Arbeitszimmers häuften sich Bücher, an den Wänden hingen dicht an dicht die Bilder. Es war nur das erste Mal, dass sie unangemeldet kam. Zur Erklärung sagte sie, dass sie am Abend zuvor im Publikum gesessen und daraufhin das dringende Bedürfnis verspürt habe, dem Vorleser gegenüberzutreten.

Kraus wollte wissen, wieso sie ihm von ihrem Wien-Besuch nicht vorher Mitteilung gemacht habe. Er hätte ihr gerne eine Eintrittskarte geschenkt.

Ein plötzlicher Einfall, sagte sie. Ich wusste nicht, ob dir meine Anwesenheit recht gewesen wäre.

Sie ist mir allzeit recht. Weißt du das nicht? Sie ist mir recht, wo und wann immer.

Sie blickte ihn an. Er war erschöpft. Er war übernächtigt und litt unter Kopfschmerzen. Sein Wunsch, dass sie sich vor ihn stellen und ihn berühren würde, war fast übermächtig, doch er hielt sich zurück.

Ich bin gekommen, sagte sie, um dich mitzunehmen.

Wohin?

Nach Janowitz. Ich fahre heute zurück. Ich bitte dich, dass du mich begleitest.

In drei Tagen habe ich meine nächste Veranstaltung.

Drei Tage sind viel Zeit. Du kannst rechtzeitig zurückfahren. Vielleicht begleite ich dich.

Ich muss arbeiten, Sidi. Ich muss mich auf meine Lesung vorbereiten.

Nirgendwo kannst du so gut und so problemlos arbeiten wie in Janowitz.

Drei Stunden später saßen sie in einem Zug, der sie von Wien nach Prag brachte, wo sie umstiegen und weiterfuhren bis Beneschau. Am Bahnhof dort nahmen sie eine Droschke.

Es war schon später Abend. In den meisten Räumen des Schlosses brannte kein Licht. Sie saßen allein an dem großen Esstisch, der alte Diener Ludvik servierte ihnen ein Nachtmahl. Bis zu Sidonies Verlobung mit Carlo Guicciardini waren es jetzt noch acht Tage.

Sie fragte: Soll ich meine Verlobung vielleicht absagen?

Wie willst du das tun?

Ich schreibe ein paar Briefe. Ich führe ein paar Telefonate.

Und warum willst du das tun?

Ganz einfach: Ich liebe diesen Mann nicht. Ich liebe dich.

Wieso hast du ihn dann überhaupt heiraten wollen?

Weil mir langweilig war. Um der Konvention zu genügen.

Gegen die verstößt du, wenn du mit mir zusammen bist.

Das weiß ich, und ich brauche das.

Sie gingen in den Oberstock. Sie gingen in Sidonies Zimmer. Ihre Umarmungen waren zärtlicher, stürmischer, inniger, leidenschaftlicher, verzweifelter als jemals zuvor.

Kraus reiste schon den folgenden Vormittag nach Wien zurück. Von dort schrieb er ihr: *Liebe, süße mir und Dir Verlorene!* Er schrieb: *Ich werde meine ganze, nur Dir aufbewahrte Seelenkraft zusammennehmen, dass Du mich dann noch vorfindest. Ich verspreche es Dir bei der Wahrheit von irgendetwas, das wir je gemeinsam erlebt haben. So wahr die Glockenblumen auf unserer Wiese noch blühen, nein klingen werden, wenn Du wieder in Janowitz, in Dir selbst Einzug hältst.*

Die Verlobung zwischen Freifrau Sidonie Nádherný von Borutín und Carlo Graf Guicciardini sollte am 21. Mai 1915 im Schloss Janowitz erfolgen.

Der Tag würde sonnig werden. Im Park blühten Bäume und Sträucher, der Himmel war blank. Ein Teil der Feierlichkeiten würde im Freien stattfinden.

Mary Cooney, Sidonies Vertraute, sah dem Ereignis mit widerstrebenden Gefühlen entgegen. Sidonie war für sie wie ein eigenes Kind. Sie wusste, die Verbindung, die Sidonie einging, folgte vornehmlich dynastischen Motiven. Sidonie liebte einen anderen Mann, was, jedenfalls für Mary, unverkennbar war, da Sidonie sich immer weniger bemühte, ihre Neigung zu verbergen.

Sidonies Bruder Charlie fand an dem bevorstehenden Familienereignis ein sichtliches Vergnügen. Den Großteil der Bestellungen, Arrangements und Einladungen hatte er veranlasst und betreut. Tabakspfeife im Mund wanderte er im Schloss umher, suchte die Küche auf, verhandelte mit der Dienerschaft und begrüßte eintreffende Gäste. Im Treppenhaus des Schlosses vermengten sich die Gerüche von Tabakrauch, Kuchen und gebratenem Fleisch.

Graf Guicciardini war bereits zwei Tage vor dem Verlobungsdatum angereist. Er nächtigte in jenem Zimmer, das bei früheren Anlässen der Dichter Rilke bewohnt hatte. Sidonies Freundin Dora Pejačević traf einen Tag später ein. Aus Prag würde sie einen ihr gut bekannten Opernsänger kommen lassen, um mit ihm zwei Lieder einzuüben, die, von ihr komponiert, im Verlauf der Verlobungsfeierlichkeiten vorgetragen werden sollten. Mary bewunderte Dora Pejačevičs Weltläufigkeit, Selbstbewusstsein, Liebenswürdigkeit und Eleganz.

Bei einer Unterhaltung der beiden Freundinnen war sie zugegen. Dora wollte wissen, wie Sidonie sich fühle. Sidonies Antwort: Sie fühle sich nicht besonders gut, am liebsten hätte sie die Verlobung abgesagt.

Warum sie es dann nicht getan habe?

Ach, aus Trägheit. Dann noch, weil die Vorbereitungen schon zu weit gediehen waren.

Ich glaube, sagte Dora, du bist nicht besonders für die Ehe geschaffen. So wenig wie ich. Vermutlich sind wir deswegen befreundet.

Dora lachte dazu und tätschelte ihrer Freundin die Wange.

Charlie hatte seine tägliche Zeitungslektüre hinter sich gebracht. Mary begegnete ihm, als er die Bibliothek verließ. Er zeigte sich erkennbar beunruhigt, weswegen Mary fragte, ob es vielleicht Probleme gebe.

Die gebe es. In der Tat. Sofern die Vorzeichen nicht täuschten, werde Italien zur Entente stoßen und demnächst in den Krieg gegen Österreich und Deutschland eintreten.

Mary erschrak. Italien war bislang neutral geblieben, wie sie von den gemeinsam mit Sidonie unternommenen Reisen nach Rom, Florenz und in die Toskana wusste. Carlo Guicciardini war Italiener. Was also würde jetzt geschehen? Sie fragte es Charlie, der keine Antwort wusste. Er bat sie, mit Guicciardini über die Sache nicht zu reden, was eine überflüssige Bitte war: Sie sprach kaum mit Guicciardini, schon da er kein Englisch verstand.

Die Gäste der Feierlichkeit waren sämtlich eingetroffen. An der Mittagstafel saßen fünfunddreißig Personen, Nachbarn, Freunde der Familie, Verwandte aus Wien und Tirol. Mary kannte manche von ihnen, andere nicht.

Das Essen fiel üppig aus. Neben jedem Gedeck (weißes Porzellan, darauf Nádhernýs Familienwappen) lag ein Papier mit der Speisenfolge. Getrunken wurden Veltliner aus Niederösterreich und Spätburgunder von der Côte de Beaune. Önologisch war die Welt noch in Ordnung.

Sidonie, die wenig aß, hatte ihren Platz an der Tafelmitte. Sie saß zwischen ihrem Bruder Charlie und Guicciardini. Der trug seine italienische Offiziersuniform, was Mary als ziemlich unpassend empfand, aber ihr Geschmacksurteil war hier nicht gefragt. Sie sah, wie Guicciardini hastig und ungewöhnlich viel von den Speisen nahm, was ihr missfiel.

An der Tafel saß außerdem der Pfarrer von Janowitz, ein kahlköpfiger Mensch in schwarzem Anzug mit Kollar. Mary kannte ihn von ihren Besuchen der sonntäglichen Messe. Nach der Mahlzeit bat der Geistliche um Aufmerksamkeit, räusperte sich und begann eine Ansprache. Seine Redeweise war weinerlich, obschon es hier um angenehme Dinge ging. Zudem musste er sich weiterhin räuspern. Auch das war Mary von den sonntäglichen Gottesdiensten bekannt.

Er sei dankbar, sagte er, dass man ihn zu diesem feierlichen Anlass eingeladen habe. Er kenne die Nádhernýs schon lange, und er kenne sie gut. Die verstorbene Mutter der Braut, Baronin Amélie, sei eine fromme selbstlose Förderin der Kirche gewesen, und Sidonie, die Tochter, habe er einst gefirmt. Nunmehr also gedenke sie, sich zu binden.

Hier musste er sich räuspern, ehe er fortfuhr:

Verlöbnis also. Dies sei ein freiwilliger, gleichwohl wichtiger Schritt auf dem Weg zur Heirat. Es sei eine Vorentscheidung, keine Vorwegnahme des Sakraments der

Ehe, Verlobungszeit bedeute Einüben und Hineinwachsen in die eheliche Verbindlichkeit. Abermals räusperte er sich, ehe er, in besonders weinerlichem Tonfall, Verse aus der Heiligen Schrift vortrug:

Spruch des Herrn: Ich traue dich mir an auf ewig; ich traue dich mir an um den Brautpreis von Gerechtigkeit und Recht, von Liebe und Erbarmen, ich traue dich mir an um den Brautpreis meiner Treue: Dann wirst du den Herrn erkennen.

Die Zuhörer nickten höflich. Das eigentliche Verlobungszeremoniell fand im Park statt. Auf einem kleinen Tisch lagen zwei goldene Ringe, von denen Sidonie und Guicciardini je einen nahmen, um ihn dem jeweils anderen zu überreichen, der ihn sich dann selbst an den Finger steckte. Guicciardini zeigte ein breites Lächeln, Sidonie wirkte gelangweilt. Die Besucher applaudierten höflich.

Die von Dora Pejačevič komponierten Lieder wurden am späten Nachmittag vorgetragen. Dora saß am Flügel. Der Sänger war ein etwas feminin wirkender blondschöpfiger Tenor mit tschechischem Namen, er trug ein weißes Spitzenjabot und hielt den gesamten Auftritt über ein weißes Batisttüchlein in der Hand, mit dem er sich gelegentlich die Stirn abtupfte. Wie nachzulesen auf dem gedruckten Programm für den Tag, das jeder Besucher bei seinem Eintreffen erhalten hatte, sang er zunächst ein Lied, dessen Text von Rainer Maria Rilke stammte.

Mary verstand nicht viel von Musik. Sie sah, dass Sidonie sehr aufmerksam zuhörte und zweimal einverständig nickte. *Ich weiß nicht,* sang der Blondschopf. *Aber ich weiß, dass du oben Gewölbe empfängst.* Was immer das bedeuten mochte, jedenfalls endete damit das Lied. Die Zuhörer applaudierten höflich. Im Gegensatz zu seiner

Verlobten, neben der er saß, schien Guicciardini an der Sache wenig interessiert.

Das nächste Lied war auf einen Text von Karl Kraus komponiert. Es schien die Zuhörer etwas stärker zu beeindrucken als jenes mit dem Rilke-Text. Kraus hatte die Niederschrift der Verse in Janowitz begonnen, wusste Mary, sie hatte es gehört, als Sidonie Dora davon erzählte.

Das Lied schloss:

Heute ist Frühling. Zitternder Bote des Glücks,
kam durch den Winter der Welt der goldene Falter.
O knieet, segnet, hört, wie die Erde schweigt.
Sie allein weiß um Opfer und Träne.

Mary befürchtete, Sidonie könne jetzt vielleicht schluchzen oder weinen müssen, aber nichts davon geschah. Sidonie stand auf, dankte dem Sänger mit ausführlichem Händedruck und umarmte Dora. Die Zuhörer applaudierten höflich.

Während sie anschließend, Gläser in der Hand, gruppenweise beieinanderstanden und plauderten, dachte Mary an die einzige Hochzeit, an der sie je teilgenommen hatte.

Das war in Irland gewesen. Sie selber war damals noch ein Kind. Geheiratet hatte eine jüngere Schwester ihrer Mutter, alles war ziemlich armselig gewesen, die Zeit war ein kalter Spätherbsttag mit Wind und ständigem Regen. Getraut wurde in einer ungeheizten Kirche, an deren Holz und Wänden Feuchtigkeit hing. Die Braut war im dritten Monat schwanger, was nicht zu erkennen war und was der Priester, der sie traute, nicht wusste. In der Kirche roch es nach Weihrauch, verbranntem Wachs und Moder.

Gefeiert wurde in einer dunklen, verräucherten Schänke. Zu essen gab es Stew und Black Pudding. Danach wurde herzzerreißend gesungen, *but the sea is wide and I cannot swim over and neither have I the wings to fly*, ausgeschenkt wurden schwarzes Bier und Whiskey. Am Ende waren manche der Männer volltrunken. Beim Hinausgehen stolperte Marys Vater, fiel hin und schlug sich an einem Feldstein die Stirn blutig.

Das alles war lange her. Es war vergangen. Es war anrührend gewesen, Mary erinnerte sich gern daran, und es war ganz anders gewesen als hier: Es gab keinerlei Ähnlichkeit mit Sidonies Verlobung und dem zu diesem Anlass aufgebotenen Reichtum.

Mary würde dann erkennen, wie Sidonie im Verlauf des Abends immer heiterer und ausgelassener wurde. Sie trank und rauchte, sie plauderte mit Gästen und lachte viel. Sie schien mit ihrer neuen Situation völlig einverstanden.

Kraus bemühte sich, nicht an Janowitz zu denken. Es war vergeblich. Fortwährend suchten ihn Vorstellungen heim, wie in den Räumen und im Park des Schlosses sich eine festliche Versammlung traf, um Sidonies Verlobung zu feiern. Wie viele Personen waren erschienen? Waren es dreißig, vierzig, fünfzig? Die Zahl war gleichgültig. Dora Pejačevič würde mit Sicherheit gekommen sein, Sidonies enge Freundin, sie hatte einen Karl-Kraus-Text vertont, die Sache sollte aus Anlass des Verlöbnisses zur Aufführung gelangen. Erst später hatte er erfahren, dass Dora Pejačevič noch eine weitere Komposition liefern würde, auf einen Text Rainer Maria Rilkes. Hätte er, Kraus, vorher davon gewusst, hätte er die Herausgabe seines eigenen Textes möglicherweise verweigert.

Er hätte auch selber in Janowitz sein können. Sidonie hatte ihm eine Einladung geschickt, er war ihr nicht gefolgt. Immerhin hatte er Sidonie zum Anlass ein kleines Geschenk gemacht, einen silbernen Handspiegel. Die Frau brauche in Freud und Leid, außen und innen, also in jeder Lage einen Spiegel, hatte er einmal geschrieben. Selbstbespiegelung sei erlaubt, wenn das Selbst schön sei, doch werde sie geradezu zur Pflicht, wenn es sich um einen besonders guten Spiegel handle.

Sein Geschenk hatte er zur Post gegeben, nachdem er von seinem letzten Besuch in Janowitz zurückgekehrt war. Sidonie hatte auf die Sendung bislang nicht reagiert. Vielleicht würde sie es nie tun.

Er versuchte sich abzulenken. Auf seinem Schreibtisch sammelten sich weiterhin Ausrisse aus Tageszeitungen und eigene Notizen über seine Lektüren. In der Neuen Freien Presse fand er einen Artikel des Alpenkitschiers Ludwig Ganghofer über die Front im Osten: *Sieg! Sieg!*

Überall dieses herrliche Wort. Auf allen Lippen ist es, leuchtet in allen Augen und schimmert in jedem Herzen! Im Glanz der Sonne lacht es, duftet von allen blühenden Bäumen und flattert im reinen Blau der Lüfte. Wie ein einzelner Begriff gleichermaßen leuchten, lachen, duften, flattern und schimmern könne, Letzteres im Herzen, sollte gar nicht gefragt werden. Die missratenen Metaphern denunzierten sich selbst: als Lüge.

Eine andere Mitarbeiterin der Neuen Freien Presse war die Vielschreiberin Alice Schalek. Bisher hatte sie sich damit begnügt, stilistisch verschlampte Reiseberichte zu veröffentlichen. Eben noch hatte sie behauptet, Krieg sei eigentlich eine Schande, nunmehr fiel ihr ein, Mitglied zu werden im Kriegspressequartier, abgekürzt KPQ, der Propaganda-Zentrale von Österreichs Oberster Heeresleitung. Als einzige Frau. Sie wollte patriotische und vermutlich bluttriefende Schlachtreportagen liefern.

Kraus hatte sich endgültig entschieden, die widerwärtigen Mitteilungen, Ereignisse, Verhaltensweisen und Stimmungen, die der Krieg hervorbrachte, in eine theatralische Form zu überführen. Dies würde mit den Ereignissen rund um Sarajevo beginnen, vermutlich fände sich darin auch ein Platz für den Kriegshymniker Rainer Maria Rilke. Freilich ließe sich dabei nicht vermeiden, die große Adria-Ausstellung zu erwähnen, die im Sommer 1914 die Wiener Öffentlichkeit sehr beschäftigt hatte. Er war damals unter den Besuchern gewesen, gemeinsam mit Sidonie, am allerersten Tag ihrer Bekanntschaft. Die Gedanken an Sidonie und Janowitz suchten ihn weiterhin heim.

Er kritzelte Entwürfe, die er Helene Kann zum Kopieren geben würde. Helene gehörte zu den wenigen

Personen, die seine Handschrift entziffern konnten, sie und Sidonie.

Hier wurde er unterbrochen. Im Zimmer stand einer seiner ältesten Freunde, der Dichter Peter Altenberg. Der sich rieb die Nase und sagte:

Du siehst, Karl, dass ich zurück bin. Ich atme vertraute Luft. Dessen bin ich zufrieden. Meine erste menschliche Begegnung bist du.

War es denn schlimm?

Das war es. Aber ich habe es gewollt. Es liegt nun hinter mir, erst einmal.

Ich hoffe für immer.

Wer weiß das schon?

Altenberg hatte eine Entziehungskur hinter sich, nicht seine erste. Er war ein bekennender Säufer. Einst hatte er geschrieben, gleichsam zur Rechtfertigung: *Alkohol füllt die schreckliche Kluft aus zwischen dem, was wir sind, und dem, was wir sein möchten, sein sollten! Werden müssen!* Dass er seine Gesundheit damit gründlich ruinierte, spürte und bedachte er von Zeit zu Zeit. Er unternahm dann einiges, dass er davon loskam.

Kraus kannte ihn seit einem Vierteljahrhundert. Begegnet waren sie einander im Café Central am Ende der Herrengasse, wo die meisten Schriftsteller Wiens verkehrten, seit das von Karl Kraus mit einem berühmten Nachruf bedachte Café Griensteidl demoliert worden war. Das Central, ein riesiger Raum mit bunten Säulen und pompösen Kronleuchtern, war untergebracht in einem verschnörkelten Gründerzeitpalais. Es beherbergte ein paar finstere russische Revolutionäre neben den vielen Literaten, die hier beieinandersaßen, Zeitungen lasen, sich stritten, sich betranken und miteinander Schach spielten. Altenberg verbrachte ganze Tage und halbe Nächte im Central, das Café diente ihm außerdem als Postadresse. Ein normalübliches Domizil besaß er nicht mehr, sondern bewohnte, wenn er nicht im Central saß oder anderswo soff, ein kleines Zimmer im Grabenhotel, am Anfang der Dorotheergasse.

Geld besaß er fast nie. In der »Fackel« erschienen häufig Texte von ihm, die Kraus ihm fürstlich honorierte, unabhängig davon half er dem Freund finanziell auch sonst. Er mochte ihn. Er liebte dessen Texte, kleine luftige Prosaskizzen, selten länger als zwei, drei Druckseiten.

Altenberg entstammte, ähnlich Karl Kraus, einer jüdischen Kaufmannsfamilie. Er hatte ein paar abgebrochene Universitätsstudien hinter sich und eine abgebrochene Buchhändlerlehre. Ein Arzt hatte ihm eine hirnbedingte Berufsunfähigkeit bestätigt, was er zum Anlass nahm, fortan als Exzentriker zu leben. Wie Karl Kraus hatte er sich frühzeitig vom mosaischen Glauben losgesagt und sich schließlich katholisch taufen lassen.

Problematisch verhielt es sich mit seinem Liebesleben. Die Nachrede, dass er pädophil sei, verfolgte ihn, solange Kraus ihn kannte und druckte. Wie weit das ging, war schwer auszumachen, einmal, als er wieder volltrunken war, zeigte er Kraus seine nicht unbeträchtliche Sammlung von Abbildern unbekleideter minderjähriger Mädchen. Kraus sah ihm alles nach. Einen wie auch immer gearteten Vorwurf mochte Kraus dem Freund nicht machen, wie er auch sonst, üblicherweise, in Sachen Sexualität und Verbrechen aufseiten der Beschuldigten stand.

Nun also saß Altenberg hier bei ihm in der Wohnung. Er saß auf dem Sofa gleich neben dem Schreibtisch, ein kleiner alter Mann in etwas nachlässiger Kleidung, kahlköpfig und mit fettem schwarzem Nietzscheschnurrbart. Nervös rieb er sich die altersfleckigen Hände. Er hatte offenbar, wie gewohnt, kein Geld. Er sprach nicht darüber. Kraus verstand auch so. Er zog seine Brieftasche, entnahm ein paar Banknoten und legte die dem Besucher in den Schoß.

Danke, alter Freund, sagte Altenberg. Du bist zu mir gütig, so wie immer.

Kraus winkte ab. Altenberg erhob sich, Kraus brachte ihn zur Tür.

Lass das Trinken, sagte Kraus, ich bitte dich.

Altenberg nickte. Er drückte lange und dankbar mit seinen beiden Händen die Rechte von Kraus. Mitten im Abgehen blieb er stehen, drehte sich zurück und sagte einen jener Sprüche, derentwegen Kraus ihn liebte:

Weißt du, als der Affe erkannt hat, dass er ein Mensch werden kann, da hat er angefangen zu saufen. Nämlich, das war, weil er den Schmerz seines Noch-Affe-Seins hat hinwegschwemmen müssen.

Dazu kicherte er etwas und ging endgültig die Stiege hinab. Kraus blickte ihm nach. Unter den vielen, die ihre Stoffe aus der Literatur holten und Migräne bekamen, wenn es an die Prüfung durchs Leben ging, war Altenberg einer, der im schmutzigsten Winkel des Lebens Literatur geschaffen hatte, unbekümmert um alle Regeln von Literatur und Leben.

Kraus kehrte zurück an seinen Schreibtisch und zu seinem Manuskript. Janowitz hatte er für die Dauer des Besuchs von Peter Altenberg vergessen.

Er überlegte, wie er in seiner Szenenfolge die Stimme der Vernunft hörbar machen könne. Der Dreck der

Kriegsenthusiasten sollte nicht alles beherrschen. Könnte er sich vielleicht selber auftreten lassen, als Fackel-Kraus? Da viele namentlich erwähnte reale Figuren vorkamen, wäre das vertretbar.

Er notierte:

Du großer Gott der Großen und der Kleinen!
Du prüfst die Großen, weil es Kleine gibt.
Du prüftest einmal Kleine durch den Großen.
Und riefst ihn weg.

Warum sollte er hier, wenn es sich denn ergab, nicht manchmal gebundene Sprache verwenden?

Er nahm die Morgenpost zur Hand. Ein Brief aus Janowitz war nicht darunter. Abermals wurde ihm bewusst, wie sehr er Sidonies Handschrift vermisste. Die Handschrift nicht allein, er vermisste ihre Stimme, er vermisste ihre Gegenwart.

Bei der Szenenfolge war es so, dass die Äußerungen der Vernunft nach einem unmittelbaren Widerpart verlangten. Monologe waren weniger effektvoll als Dialoge. Die Auftritte von zwei gegensätzlichen Räsoneuren entsprachen einer alten Übung des Wiener Vorstadttheaters, eingeführt hatte sie spätestens der von ihm so geschätzte und immer wieder gepriesene Johann Nepomuk Nestroy, der, lang und dürr, auf der Bühne selbst einen der Protagonisten gegeben hatte, während der andere immer mit dem kleinen dicken Wenzel Scholz besetzt wurde.

Kraus probierte einen Dialog zwischen Befürworter und Skeptiker:

Der Mensch lebt nicht vom Brote allein.

Sondern er muss auch Krieg führen, um es nicht zu haben.

In diesem Stil könnte man vielleicht fortfahren.

Die Lektüre der Morgenzeitungen hatte er, wie üblich, schon bei seinem Frühstück im Kaffeehaus vorgenommen. *Die Völker der Monarchie,* las er da, *haben jetzt genaue Kenntnis von dem in Rom geplanten Raube an unseren von den ältesten Zeiten überlieferten Besitzständen.* Er las: *Wir haben die innere Gewissheit, dass eine Regierung, der in solchem Maße jede Sittlichkeit in der Politik fehlt und die so hässlich vor Freund und Feind sich bloßstellt, nirgends mehr wirklich Vertrauen findet, auch nicht zum Siege bestimmt sein kann. Bozen, Görz, Triest und die dalmatinischen Inseln werden österreichisch bleiben.*

Das klang nach Ausweitung des Kriegs. Sollte es fortan Schützengräben, Aufmärsche, Mitrailleusen, Artillerieeinschläge, Verwundete, Verstümmelte, Tote auch auf der Apenninhalbinsel geben? Und war Sidonies Verlobter nicht Italiener? Stand auf der gedruckten Einladung zu seinem Verlöbnis nicht außerdem, er sei Offizier bei einem Kavallerieregiment? Was würde er jetzt tun und, viel entscheidender, wie würde Sidonie sich verhalten?

Er verbot sich, weiter darüber nachzudenken. Er verließ das Haus, um sich mit Adolf Loos zu treffen. Die Begegnung mit Freunden, so wusste er spätestens seit dem Besuch Peter Altenbergs, war am ehesten geeignet, ihn von seiner Beschäftigung mit Janowitz etwas abzubringen.

Verabredet war er im Café Museum am Karlsplatz. In der durch Fischer von Erlach entworfenen Kirche schräg gegenüber, deren Kuppelbau und deren zwei riesige freistehende Säulen ein wenig an islamische Gotteshäuser erinnerten, hatten sich Kraus und Altenberg einst taufen lassen, in beiden Fällen mit Adolf Loos als Paten.

Kraus war etwas zu früh gekommen. Er saß allein an einem Tisch, vor sich einen kleinen Mokka. Die Innenausstattung des Cafés hatte Loos entworfen, einschließlich der Bugholzstühle, die es in dieser besonderen Ausführung bloß hier gab. Wie lange kannte er eigentlich Loos?

Der war jedenfalls ein Exzentriker, so wie Altenberg, aber er war es auf völlig andere Art. Der Dichter war sanft und verbummelt, Loos war hellwach und streitlustig. Die Skandale, an denen er sich beteiligt oder die er ausgelöst hatte, waren zahlreich, Kraus hatte ihn, wenn möglich, immer und gerne unterstützt.

Auch Loos stammte, wie er, aus Böhmen. Loos hatte mehrere mit Abbrüchen endende Gymnasialbesuche hinter sich, bestand schließlich doch noch die Matura und fing zu studieren an. Mit fünfzig Dollar in der Tasche begab er sich in die USA, da war er dreiundzwanzig. Er blieb drei Jahre und brachte sich mit allerlei Hilfsarbeiten durch, zuletzt verfertigte er Möbelentwürfe. Er kehrte zurück, schrieb für Zeitungen und erhielt Aufträge als Architekt. Den zeitgenössischen Jugendstil, der in Wien immer noch als avantgardistisch galt und in der Secession seinen Tempel unterhielt, lehnte er ab. Mit seinem aufsehenerregenden Vortrag »Ornament und Verbrechen« sagte er sich von seinem früheren Vorbild Otto Wagner und seinem erfolgreichen Konkurrenten Josef Hoffmann los. Sein eigener Stil war eine auf Funktionalität ausgerichtete Schmucklosigkeit, eine Mischung aus Klassizismus, Biedermeier und amerikanischer Moderne.

Besonders umstritten war sein für den Herrenausstatter Goldman & Salatsch (»Tailors and Outfitters«)

entworfenes Geschäftshaus. Es stand am Michaelerplatz, gegenüber der Hofburg und gegenüber jener Straßenecke, an der sich bis zum Abriss das Café Griensteidl befunden hatte. 1909 vollendet, wurde die von Loos entworfene Architektur sofort aufs Übelste kritisiert. Karl Kraus verteidigte sie, indem er die *selbstlosen Hüter der Vergangenheit* beschimpfte, *die sich lieber unter dem Schutt baufälliger Häuser begraben* sähen. Damit war, ohne dass es ausdrücklich formuliert wurde, Seine Majestät Kaiser Franz Joseph gemeint, der an dem Haus vorüberfahren musste, wenn er die Hofburg Richtung Innere Stadt verließ. Majestät bemängelten an dem Bau, die Fenster dort hätten keine Augenbrauen.

Von Skandalen begleitet war auch das private Leben von Adolf Loos. Geheiratet hatte er 1902, seine Frau Caroline oder Lina, eine auch literarisch begabte Schauspielerin, war eine allseits bewunderte Schönheit. Der verfiel Heinz Lang, ein achtzehnjähriger Schüler und Sohn einer stadtbekannten Frauenrechtlerin. Lina begann mit ihm eine stürmische Affäre, die erst endete, als Adolf Loos die Liebesbriefe des Jungen entdeckte und seine Frau dazu zwang, die Sache zu beenden. Der unglückliche Heinz erbat sich Rat bei Peter Altenberg, den er von Begegnungen in seinem Elternhaus kannte. Der Dichter sagte, und seine Antwort wurde in Wiens Künstler- und Intellektuellenkreisen alsbald dankbar kolportiert:

Was Sie tun sollten? Sich erschießen. Was Sie tun werden? Weiterleben. Weil Sie so feig sind wie ich, so feig wie die ganze Generation, innerlich ausgehöhlt, ein Lügner wie ich.

Nun geschah es, dass Heinz Lang den Ratschlag des Dichters befolgte. In England, wohin er sich begeben hatte, da er dort verabredet war mit Lina Loos, die aber nicht erschien, nahm er sich mittels eines Revolvers das junge Leben. Bald darauf wurde ein Sohn geboren, den er gezeugt hatte, freilich nicht mit Lina Loos, sondern mit einem Dienstmädchen namens Ida Oberndorfer. Lina nahm das Kind auf und erzog es an Sohnes statt. Ihre Ehe mit Adolf Loos ging im Jahr darauf auseinander.

Das waren so Dinge, die das bürgerliche Klatschbedürfnis Wiens speisten, im Frieden ebenso wie im Krieg. Sie erreichten auch Kraus, gewöhnlich im Kaffeehaus, und er reagierte darauf, manchmal mit Empathie, meistens mit Hohn.

Ins Café Museum trat Adolf Loos. Er entschuldigte sich, da er etwas zu spät war, er habe Schach gespielt und darüber die Zeit vergessen. Seine Stimme war auffällig laut. Er litt unter Schwerhörigkeit, als Folge einer ererbten und angeborenen Erkrankung. Gekleidet war er mit fast geckenhafter Eleganz. Vermutlich bezog er seine Anzüge von Goldman & Salatsch.

Er sagte:

Du siehst überarbeitet aus, Karl.

Ich bin überarbeitet.

Darf ich fragen, wie es deiner Freundin Sidonie geht?

Vor ein paar Tagen hat sie sich verlobt. Mit einem Italiener.

Tut mir leid. Tut mir leid für dich. Die Weiber sind völlig unberechenbar, denke an die Geschichte mit meiner Lina.

Ich denke an Italien. Es scheint, dort werden wir bald Krieg haben.

Noch einen?

Es sieht danach aus.

Klingt ziemlich spannend.

Ich denke, spannend ist kein angemessener Begriff.

Ich weiß, Karl, du bist gegen jeden Krieg. Man kann es nachlesen. Du redest öffentlich darüber. Üblicherweise teile ich deine Meinung, doch in diesem Falle teile ich sie nicht.

Du bist für diesen Krieg?

Er ist ein Abenteuer.

Er ist ein Verbrechen.

Ich finde ihn aufregend und denke darüber nach, wie ich mich an ihm beteiligen kann.

Als Soldat?

Ich bin Einjährig-Freiwilliger.

Du bist schwerhörig und hast keine Chance, dass man dich einzieht.

Leider.

Glücklicherweise. Denk darüber nach, Adolf, was du eben gesagt hast, ich bitte dich. Ich sehe dich ungern in der Nachbarschaft von Leuten wie dem kaiserlichen Generalstabschef Conrad von Hötzendorf.

Dort gehöre ich auch nicht hin.

Wenigstens hier stimmen wir überein. Manchmal, das muss ich dir so sagen, benimmst du dich völlig meschugge.

Genau deswegen, Karl, sind wir befreundet.

Hatte Loos damit recht? Kraus fragte es sich. Wieso stand er jetzt nicht auf und ließ diesen leichtfertigen Schwätzer allein? Der leichtfertige Schwätzer war sein Freund. Er brauchte seine Freunde, sie beanspruchten ihn, sie gehörten zu seinem Leben. Immerhin wollte er fortan alles tun, dass Adolf Loos zu einer anderen Überzeugung kam. Vielleicht konnte er ihn sogar in seine Szenenfolge aufnehmen, unter dem realen Namen oder verfremdet.

Der Kellner kam und servierte ein kleines Nachtmahl: Würstel, ein Gebäck, dazu gespritzten Weißen. Am Nebentisch saßen vor ihren Weingläsern zwei ältere, offenbar etwas angetrunkene Männer, einer sagte triumphierend zu dem anderen:

Wiar ein Phönix stema da, den s' nicht durchbrechen wern, dementsprechend – mir san mir und Österreich wird auferstehn wie ein Phallanx ausm Weltbrand sag ich!

Kraus notierte, was er soeben gehört hatte, auf die Rückseite eines Bierdeckels. Vielleicht würde er es in seiner Szenenfolge unterbringen.

Am nächsten Morgen, als er auf die Straße trat, erfuhr er aus einem von Zeitungsjungen ausgebrüllten Extrablatt, Italien habe Österreich den Krieg erklärt. Er las es, faltete das Papier und steckte es in seine Manteltasche. Angestrengt versuchte er, nicht an Janowitz zu denken.

III

Mary Cooney hatte sich erkältet. Sie lag mit hohem Fieber im Bett, ihr Zimmer befand sich, wie das ihres Zöglings Sidonie und wie die Räume der wechselnden Gäste, im Oberstock von Schloss Janowitz. Es war ein trüber Vormittag. Mary blickte zum Fenster, hinter dem dichter weißgrauer Nebel hing.

Sidonie war unterwegs. Sie war nach Wien gefahren und würde danach weiterreisen in die Schweiz, ins Engadin. Mary hätte sie eigentlich dorthin begleiten sollen und hätte das gerne getan, ihre Erkältung hatte es verhindert. Gegenwärtig hielt sich in Janowitz bloß noch ihr anderer Zögling Charlie auf, Sidonies Zwillingsbruder, abgesehen von dem immer noch zahlreichen Dienstpersonal.

Marys Erkrankung wurde behandelt von dem Hausarzt der Nádhernýs, Dr. Clemens Brettschneider aus Beneschau. Nach Janowitz kam er in einem kleinen Automobil der deutschen Marke Opel. Mary hatte er Bettruhe verordnet, dazu ein Medikament in Tablettenform, einzunehmen dreimal täglich.

Mary war besorgt um Sidonie. Die schöne, junge, hochgebildete und wohlhabende Baronesse zeigte einen unguten Hang zu falschen Entscheidungen. Dies betraf vornehmlich die Männer, mit denen sie näheren Umgang pflegte, Mary wusste von der leidenschaftlichen Beziehung, die sie mit dem Wiener Journalisten Karl Kraus eingegangen war und wohl immer noch unterhielt. Sidonie hatte sich offenbar eine Zeit lang sogar mit dem Gedanken getragen, diesen Mann zu heiraten. Sie hatte es nicht getan, unter anderem da sich Charlie dagegen wehrte, der in solchen familiären Dingen ein Art Mitentscheidungsrecht besaß. Sidonie hatte sich dann mit dem italienischen Grafen Carlo Guicciardini verlobt, den sie wohl auch geehelicht hätte, wäre nicht plötzlich der Krieg zwischen Italien und Österreich ausgebrochen. Guicciardini, der Offizier war, hatte umgehend zum heimischen Militär einrücken müssen, Sidonie hatte daraufhin das Verlöbnis mit ihm gelöst, was Marys heimliche Zustimmung fand. Sie hatte diesem italienischen Mitgiftjäger von Beginn an misstraut.

In Janowitz fand sich jetzt häufig ein alter Bekannter der Familie ein. Max Thun hieß eigentlich Maximilian Graf von Thun und Hohenstein und war, wenn Mary das richtig begriff, ein Facharzt für Orthopädie. Er kümmerte sich außerdem um Sportertüchtigung und das Befinden von Turnern, und er unternahm allerlei sonderbare Versuche mit Tieren. Er war ein gut gewachsener und ansehnlicher junger Mensch, der unentwegt redete, schnell und mit viel Händegefuchtel konnte er sich in allerlei Theorien verlieren, von denen Mary wenig verstand. Thun machte Sidonie den Hof. Die nahm das lächelnd hin, und auch Charlie schien eine engere Verbindung zwischen den beiden gern zu sehen. Sidonies unerschütterliche Zuneigung aber galt weiterhin dem Journalisten Karl Kraus, der regelmäßig nach Janowitz zu Besuch kam, wenn Sidonie sich hier aufhielt.

Dora Pejačević hatte sich, nach der Verlobungsfeier Sidonies, noch zweimal im Schloss aufgehalten. Die Verbindung der beiden Freundinnen war eng, einen Arm um die Schultern der anderen gelegt, gingen sie lange im Park umher, um sie herum tollten die Hunde. Für Mary war es ein irritierendes Bild. Er erinnerte sie an die verbotene Liebesbeziehung zweier Mitschülerinnen in dem Kloster, das sie besucht hatte, die Sache war dann entdeckt worden und hatte außer allgemeiner Verachtung und Schande zu kirchlichen Bußpredigten und einer brutalen Bestrafungsaktion geführt.

Am sympathischsten war Mary von den Bekanntschaften Sidonies der Journalist Karl Kraus, der sich ihr gegenüber immer liebenswürdig und aufmerksam verhielt. Sie wusste, dass er den großen William Shakespeare verehrte. Bei einem seiner Vorlesungsabende, der in Prag stattfand, saß sie neben Sidonie im Publikum, er sprach Szenen aus »Love's Labour's lost«, das auf Deutsch »Vergebliche Liebesmüh« hieß, Mary verstand nicht alles, weshalb sie sich daheim in Janowitz den englischen Text heraussuchte. Neben dieser Komödie hatte Kraus noch das dreiundzwanzigste der Shakespeare-Sonette gelesen, in einer eigenen Nachdichtung:

Drum soll mein Lied für meine Liebe zeugen
und leise künden meinen lauten Drang,
den schüchtern meine Lippe muss verschweigen,
der mancher kühne Ausdruck doch gelang.
O lass, was stumme Liebe schrieb, gewähren:
sie wird dich lehren, mit dem Aug zu hören.

Auch da hatte Mary, um alles zu verstehen, den originalen Text nachgeschlagen:

O let my books be then the eloquence,
And dumb presagers of my speaking breast;
Who plead for love, and look for recompense,
More than that tongue that more hath more express'd.
O, learn to read what silent love hath writ;
To hear with eyes belongs to love's fine wit.

Während seines Vortrags, erinnerte sie sich, hatte Kraus verstohlen zu der in der ersten Reihe sitzenden Sidonie hingeblickt. Anhand des Shakespeare-Originals wurde Mary offenbar, dass es sich um eine fast unverstellte Liebeserklärung gehandelt hatte.

Unten im Haus war Geschirrklappern, die Zeit für den Nachmittagstee rückte heran. Mary griff nach dem neben ihr auf dem Nachttisch liegenden Fieberthermometer, sie steckte es in den Mund und nahm es nach ein paar Minuten wieder heraus. Es war ein Gerät mit Angaben in Celsius, sie las 37,6 Grad. Obschon noch schlaff in den Gliedern, verließ sie das Bett, wusch sich das Gesicht im Lavoir und legte ein Hauskleid an.

Sie fand Charlie, umwölkt von Tabakrauch, in der Bibliothek. Als sie eintrat, ließ er ein weiteres Teegedeck für sie kommen. Sie fragte ihn nach Neuigkeiten, politischen vor allem, er sagte, mittlerweile kenne er sich kaum noch aus. Die Zeitungen berichteten täglich von neuen militärischen Fortschritten Österreichs und Deutschlands, danach müsste der Krieg längst siegreich beendet sein, wenn er dann aber die Landkarte betrachte, die er aufgehängt habe, um darauf Veränderungen zu markieren, müsse er feststellen, dass sich die Fronten kaum verschoben hätten. Mary sagte nichts darauf. Ähnliche Äußerungen war sie von Charlie gewohnt. Sie erinnerte sich anderer Shakespeare-Verse: *This thought is as a death which cannot choose / But weep to have that which it fears to lose.* Dies Denken ist wie willenloser Tod. Doch weinst du auch, da es zu schwinden droht.

Er saß über den nächsten zwei Heften der »Fackel«. Die Arbeiten an der Zeitschrift waren komplizierter geworden, seit es den Krieg gab: Sämtliche Beiträge mussten vor der Drucklegung die Zensur durchlaufen. In dem anstehenden Heft hatte er ein eigenes Gedicht abdrucken wollen, »Gebet während der Schlacht«, es wurde ihm verboten. Er würde eine kurze Notiz darüber einrücken und die restliche Druckseite leer lassen. Unter etwas verändertem Titel wollte er den Text für eine folgende Ausgabe nochmals einreichen. Vielleicht fand sich dann ein Zensor, der großzügig genug oder auch bloß ein Dummkopf war.

Die Entscheidungen dieser Aufsichtsbehörde blieben unberechenbar. Das konfiszierte Gedicht war nicht der einzige zensurale Eingriff in der nächsten Ausgabe. Andere betrafen fremde Texte. In einem früheren Heft hatte er von sich selbst dies drucken dürfen:

Wir wissen unter dem vielen, was wir nicht wissen können, nicht wissen dürfen und nicht wissen wollen, nur eines: dass jetzt Krieg ist, nämlich jener, den die Politiker gemacht haben, und dass es human wäre, alle jene, die die Menschheit zur Schlachtbank geführt haben, zur Schlachtbank zu führen, damit wenigstens die Tiere sich wieder satt essen können.

Dagegen war der Wortlaut des konfiszierten Gedichtes entschieden harmloser. Auf die leerbleibende Seite folgend wollte er diesen Vierzeiler setzen:

Nie wird bis auf den Grund meiner Erscheinung
der kühnste Rotstift eines Zensors dringen.
Verzichtend auf die Freiheit einer Meinung,
will ich die Dinge nur zur Sprache bringen.

Der Krieg war allgegenwärtig. Er war es auch abseits der Fronten. In der Druckerei erfuhr er, dass man Schwierigkeiten mit den Papierlieferungen habe. In großen Städten, voran in Wien, gab es Probleme bei der Lebensmittelversorgung. Wie es hieß, werde man demnächst möglicherweise einen Laib Brot mitbringen müssen, um im Restaurant überhaupt speisen zu können.

Anderswo im Land kannte man dergleichen nicht. In Janowitz, so erlebte er es bei seinen Besuchen, herrschte der gewohnte Wohlstand. Wenn er jetzt seltener dorthin fuhr, hatte dies auch mit dem Mehr an Arbeit zu tun, das er auf sich nahm.

Die Szenenfolge über den laufenden Krieg beschäftigte ihn nachdrücklich. Inzwischen war er entschlossen, sich selber auftreten zu lassen, in der Figur eines namenlosen Nörglers. *Ich stehe auf meinem Standpunkt. Aber das Vaterland steht nicht auf meinem Standpunkt, und jene, die ausgenommen sein wollen, bekennen sich zum Standpunkt des Vaterlands und nicht zu dem meinigen.* Dies drucken lassen konnte er derzeit nicht, und auf eine Schauspielbühne gelangen würde es nie.

Die Dialoge des Stücks wiederholten durchweg Gespräche österreichischer Zeitgenossen und Texte aus österreichischen Journalen. Wiederholt kam die kriegslüsterne Alice Schalek vor, ebenso wie Alexander Roda Roda, ein anderer ihm verhasster Front-Propagandist. Roda war das kroatische Wort für Storch. In Wahrheit hieß der Mann Sándor Rosenfeld und war aufgewachsen in Našice, woher Dora Pejačevič stammte, Sidonies Freundin.

Bei einem seiner letzten Besuche in Janowitz war er der begegnet. Sie begrüßte ihn flüchtig. Sie und Sidonie, sah er, unterhielten eine Beziehung, deren fast körperliche Intimität ihn beunruhigte. Er sagte das Sidonie, die daraufhin lachte und erwiderte, nunmehr sei er also nicht mehr bloß eifersüchtig auf Rilke, sondern außerdem auf Dora. War er eifersüchtig? Auf Dora? Auf Rilke? Vielleicht war er es.

Einmal, sagte sie, hast du geschrieben, Eifersucht sei ein Hundegebell, das Diebe anlockt.

Das ist ungefähr zehn Jahre her.

Ist es deswegen falsch?

Darüber will ich nachdenken. Hast du ein Verhältnis mit Dora?

Sie ist meine gute Freundin. Ich mag sie sehr.

Mehr ist da nicht?

Ich habe dir alles gesagt.

Das durfte er verstehen, wie er wollte. Frauen legten kein besonderes Gewicht darauf, ob das, was sie lustvoll in den Armen hielten, unbedingt ein Mann sein müsse. Ebenso gern umfingen sie eine Frau. Oft sogar lieber, wegen des Seltenheitswertes. Es handelte sich dabei um keine verruchte Abirrung und Krankheit. Dass Liebe allein der Fortpflanzung dienen müsse, war kein Naturgesetz, sondern reine Metaphysik.

Sidonie und er kannten sich inzwischen seit mehr als zwei Jahren. Es hatte Höhen und Tiefen gegeben in ihrer Beziehung, Sidonies Verlöbnis mit dem Florentiner Carlo Guicciardini gehörte zu seinen schwersten Enttäuschungen. Der Krieg hatte den Grafen an die Front am Isonzo befohlen, wo er, wenn er nicht gefallen war, vermutlich jetzt noch stand. Wäre Sidonie seine Frau geworden, wenn Italien nicht in den Krieg eingetreten wäre? Mehrmals hatte er Sidonie danach gefragt. Ihre Antwort darauf war ein gleichgültiges Schulterzucken. Das Verlöbnis sei aufgelöst, sagte sie, und zwar durch sie, womit die Sache entschieden sei.

Wieso sie sich überhaupt auf den Italiener eingelassen hatte, begriff er nicht. Ihm gegenüber hatte sie es einen albernen Irrtum genannt. Gleichwohl, es schmerzte ihn, immer noch, dass sie seinen eigenen Heiratsantrag abgelehnt, dagegen den jenes anderen angenommen hatte. Ihre Beziehung war nicht mehr die gleiche wie vor anderthalb oder zwei Jahren.

Manchmal stritten sie sich und vertrugen sich wieder. Einmal schrieb er ihr:

Dieses scheinbare Sich-Fügen rückt Dich für mich in eine solche Herrlichkeit, dass ich Dir ganz unterworfen bin. Wenn aber Deine Meinung neben meiner einhergeht, als ob diese nichts anderes wäre als Meinung und eben Gegenmeinung, habe ich ja gar kein Verlangen, Dich zu bekehren. Wir disputieren ja nicht, sondern ich liebe Dich, das heißt: ich diene Dir mit meinem Denken, Du musst davon nehmen, und dann bin ich so fanatisch unter Dich gestellt, dass Du mit Deinem Fuß den Kopf, der für Dich denkt, misshandeln magst – sein Mund wird ihn küssen.

Das schrieb er ihr. Überhaupt schrieb er ihr viel. Dies geschah nicht mehr so häufig wie früher, als er ihr manchmal zwei, drei Briefe an einem Tag geschickt hatte selbst an Orten, an denen sie sich gleichzeitig aufhielten. Sie trafen sich. Sie liebten sich. Sie redeten. Sie trafen sich in Wien und trafen sich in Janowitz. Auch ihr Bruder Charlie schien ihn nunmehr akzeptiert zu haben. Charlie besuchte ihn bei jedem seiner Wien-Aufenthalte, manchmal sah er Charlie häufiger als Sidonie. Es gab Tage, da ihn der Gedanke an Janowitz trübselig stimmte, während ihn an anderen Tagen eine rasende Sehnsucht nach dem Schloss, nach dem Park, nach Sidonie ergriff.

Auf dem Rückweg von der Druckerei, den er zu Fuß zurücklegte und, da es ein sonniger Vormittag war, einen Umweg über die Ringstraße nahm, sah er, wie Rainer Maria Rilke auf ihn zukam. Er blieb stehen. Die Begegnung war überraschend. Der Dichter, erkannte er, trug eine maßgeschneiderte Militäruniform, in der er sich sehr wohlzufühlen schien. Kraus fand den Anblick höchst albern.

Oh, sagte er widerwillig, Sie hier in Wien?

Ich arbeite, entgegnete der Dichter, im hiesigen Kriegsarchiv. Eigentlich hätte ich das Privilegium, dass ich auch Zivil anlegen darf. Aber ich verzichte darauf. Ich möchte niemanden mit meinem Äußeren täuschen. Wollen wir, Herr Kraus, vielleicht ein wenig reden?

Kraus nickte. Er wusste nicht, warum er nickte. Er hatte gute Gründe, Rilke nicht zu mögen, dennoch ging er jetzt mit Rilke in das nahe Café Imperial, das zu dieser vergleichsweise frühen Stunde überraschend gut besucht war.

Kraus bestellte sich einen doppelten Mokka, Rilke einen Kräutertee. Etwas entfernt, sah Kraus, saßen seine Freunde Peter Altenberg und Adolf Loos. Kraus nickte dem Architekten zu, der den Gruß erwiderte, durch Aufheben der rechten Hand. Der stark gekrümmte Rücken Loos gegenüber gehörte Peter Altenberg, der offensichtlich schwer alkoholisiert war.

Rilke wirkte sehr ausgeglichen. Seine Rede war höflich, umständlich, manchmal fast devot. Ausführlich berichtete er von seiner Arbeit im Kriegsarchiv, die er, wie er hervorhob, seiner guten Freundin, der Prinzessin Marie von Thurn und Taxis verdankte, die ihn damit vor einem möglichen Fronteinsatz bewahrt habe. Auch die Baronesse Sidonie und ihr Bruder Charlie hätten sich nachdrücklich für ihn eingesetzt. Die Prinzessin habe ihm als Wiener Wohnung ihr schönes Palais in der Victorgasse überlassen, das er aber aufgeben möchte. In Hietzing habe er eine neue Unterkunft gefunden, die allerdings recht teuer sei, weswegen er sich nun bemühe, das dafür erforderliche Geld aufzubringen. Ob Karl Kraus da einen Einfall habe?

Kraus hatte keinen. Er fragte sich, wieso er sich immer noch auf diesen uniformtragenden Neurastheniker einließ, den er weiterhin als einen Rivalen um Sidonies Gunst ansehen musste. Wie auch immer, es geschah, wieder aus Rücksicht auf Sidonie, und also nahm er sich weiterhin zurück.

Wie steht es denn in Janowitz?, fragte ihn Rilke. Seit wir uns dort begegnet sind, habe ich unsere Freundin nicht mehr aufsuchen können. Die Korrespondenz mit ihr ist mir ein inniges Bedürfnis.

Sie schreiben sich?

Die Briefe der Baronesse gehören zu den kostbarsten Gaben, die ich erhalte.

Dazu lächelte Rilke. Es war ein melancholisches Lächeln. Der Kellner servierte die bestellten Getränke. Kraus sagte:

Unsere letzte Begegnung war, meine ich, unmittelbar bei Kriegsbeginn.

Ach ja. Der Krieg. Ich hatte ihn anfangs als ein aufwühlendes Ereignis begriffen, wie so viele andere.

Ich erinnere mich genau an Ihren begeisterten Hymnus.

Die fünf Gesänge. Ach ja. Sie waren wohl ein Irrtum. Kürzlich erhielt ich die Anfrage von einem Herausgeber, der meine Gesänge in einen Sammelband aufnehmen wollte. Ich habe es ihm untersagt. Ich weiß genau, lieber Freund Kraus, wie Sie über den Krieg denken. Ich lese alle Ihre Texte. Ich darf Ihnen sagen, dass ich Ihnen vorbehaltlos zustimme. Bitte, lassen Sie sich durch meine Uniform nicht täuschen. Gewiss kennen Sie den französischen Schriftsteller Romain Rolland?

Ich kenne ihn.

Er ist ein Kriegsgegner. Wie Sie und wie ich. Wegen seiner Haltung habe ich ihm soeben ein Glückwunsch-Telegramm geschickt.

In die Schweiz?

Dort hält er sich auf.

Er gehört zu den Autoren, die es von der Schweiz aus mit der Menschheit gut meinen.

Sie missbilligen das?

Auch ich halte mich gelegentlich in der Schweiz auf. Dort schweige ich. Wenn ich etwas gar nicht mehr bei mir behalten kann, fahre ich nach Berlin. Schon hier in Österreich habe ich mehr gesagt als alle diese Hohepriester am Genfer See.

Sie sind wieder sehr gestreng, lieber Freund Kraus.

Das ist mein Geschäft.

In diesem Augenblick trat an ihren Tisch eine junge Frau. Rilke sprang auf und küsste ihr eilig die Hand, ehe er Kraus mit ihr bekannt machte. Die Frau hieß Loulou Albert-Lazard. In barschem Ton wollte sie wissen, wieso Rilke sie versetzt habe, sie seien verabredet gewesen, in der Halle des Hotels Imperial, sie, Loulou, habe dort vergeblich gewartet. Hätte sie nicht zufällig das Café betreten, hätten sie einander verfehlt. So was sei sie nicht gewohnt.

Rilke entschuldigte sich demütig. Kraus beschied er, leider müsse er unverzüglich aufbrechen, Kraus wolle es ihm bitte nachsehen. Es sei sehr angenehm gewesen, dass man einander begegnet sei, vielleicht, dass sich bald eine andere Gelegenheit biete, womöglich im Redaktionsbüro der »Fackel«?

Rilke und seine Loulou gingen davon. Kraus blickte ihnen nach. Frau Albert-Lazard war elegant gekleidet und eine schöne Frau, vielleicht nicht so schön wie Sidonie, außerdem Jüdin und jedenfalls bürgerlich. Beides widersprach dem Stil des Dichters, der, zu vermuten, ein heimlicher Antisemit war und eine Vorliebe für reiche Aristokratinnen hegte. Genau deshalb würde er sich auch weiterhin um Sidonie bemühen.

Dann dachte er an Romain Rolland. Seinen Einwand gegen den hatte er vorgetragen, da er argwöhnte, Rilke wolle sich damit einschmeicheln. Kraus kannte die Bücher des Franzosen, die er allesamt nicht mochte. Rolland war ein Schmuser der europäischen Kultur, nicht anders als Rollands guter Freund Stefan Zweig, den er, Kraus, gleichfalls nicht mochte. Im Gegensatz zu diesen beiden zog er selbst es vor, gegen die Verbrechen der Zeit dort anzutreten, wo sie geschahen. Leute wie Rilke saßen derweil im Kriegsarchiv, quälten sich nicht, passten sich dem Lauf der Geschichte an und warteten in aller Ruhe auf den Ausgang.

Inzwischen war Peter Altenberg auf seinem Stuhl völlig zusammengesunken, seine Stirn lag auf der Tischplatte. Hinblickend zu Kraus hob Loos hilflos beide Hände. Kraus rief nach dem Kellner, um zu bezahlen, seinen Mokka und Rilkes Kräutertee.

Gestern früh setzte das heftigste Artilleriefeuer an der Isonzofront vom Tolmeiner Brückenkopf bis zum Meere von neuem ein. Nach vielstündiger, äußerst heftiger Beschießung griffen die Italiener um 4 Uhr nachmittags an zahlreichen Stellen des Görzer Brückenkopfes und der Hochfläche von Doberdo an.

Charlie las, wie an jedem Tag, in der Neuen Freien Presse die Meldungen des österreichisch-ungarischen Generalstabs. Der Krieg gegen Italien dauerte jetzt länger als ein Jahr. Am Isonzo wurde von Beginn an gekämpft, die gegenwärtige Schlacht mochte die sechste oder siebte sein, Charlie hatte nicht gezählt.

Wesentliche Veränderungen an der Frontlinie waren in dieser Zeit kaum erfolgt, was Charlie an seiner Europakarte nachvollziehen konnte. Das für ihn erheblichste Resultat waren die italienischen Kriegsgefangenen, die in Janowitz zur Feldarbeit eingesetzt wurden. Sie mussten die heimischen Männer ersetzen, Tschechen, Deutsche, Juden, an die verschiedenen Fronten abkommandiert, überwiegend die im Osten. Viele von ihnen waren gefallen.

Die italienischen Gefangenen zeigten sich ungeübt, vielleicht waren sie unwillig, jedenfalls erbrachten sie nicht die erforderlichen Leistungen. Janowitz musste materiellen Nachschub für das Militär liefern, dies zu überwachen gehörte zu Charlies Pflichten. Seine Schwester Sidonie war derweilen unterwegs, wieder einmal. Sie hatte ein geräumiges Ferienhaus in der Schweiz gemietet, nahe St. Moritz, wo sie gern den Winter verbrachte. Auch Charlie hatte sich zum Jahreswechsel dort aufgehalten, zusammen mit Karl Kraus. Seine Schwester war eine begeisterte und ziemlich gute Skiläuferin.

Charlie ging im Schloss umher, das ihm entleert erschien. May-May war, nachdem sie eine Erkältung hinter sich gebracht hatte, an diesem Morgen aufgebrochen, um Sidonie zu treffen. Draußen regnete es. Dicke Tropfen klatschten gegen die Fensterscheiben. Im Oberstock fand er die Tür zu Sidonies Zimmern geöffnet. Er wollte sie schließen, als er, auf Sidonies Schreibtisch, ein Schreibheft liegen sah, Sidonies Tagebuch. Er ging hin, nahm das Heft und schlug es auf.

Eigentlich war ungehörig, was er da tat. Das Tagebuch war Sidonies persönlichste Angelegenheit, die ihn nichts anging. Allenfalls konnte er sich einreden, er halte das Heft in Händen, da er es fortschließen müsse, um es vor neugierigen Blicken des Personals zu schützen, beim Reinigen des Zimmers. Er sah, dass Sidonie ihr Tagebuch auf Englisch führte. Das Personal verstand kein Englisch, im Gegensatz zu ihm, der diese Sprache gemeinsam mit Sidonie gelernt hatte, von May-May.

I remain mistress & lady of the house & all. Ch. is so good, las er. Ch. stand für ihn, Charlie. Dass er in den Augen der Schwester gut oder gütig war, schmeichelte ihn. Er las: *K. K. so kind, so good.* Nun, sie liebte K. K., also Karl Kraus. Für Charlie war das keine überraschende Mitteilung. Er blätterte in dem Heft und las: *I think, if I'd be countess Guicciardini, then I have fulfilled my duty towards Papa, Johannes & Charlie, then I could die.* Der Eintrag war älter als ein Jahr. Sie habe Guicciardini heiraten wollen, um damit ihre familiären Pflichten zu erfüllen? Danach könne sie sterben? Ein äußerst merkwürdiger Einfall. *What shall become of me? Shall I marry? Or even stay here? Or die soon?* Heiraten oder dableiben oder in Bälde sterben? Charlie schüttelte den Kopf. Er zwang sich, das Heft zu schließen und in die Schreibtischschublade zu tun.

Sidonie war keine Countess Guicciardini geworden. Der Krieg hatte sie daran gehindert. Sie war weiterhin ehelos, ungeachtet alles Zuredens von Charlie. Dass sie K. K. heiraten könne, ließ sich endgültig ausschließen. Es war gegen alle Norm. Charlie hätte nunmehr vielleicht seine Einwilligung gegeben, da er inzwischen Kraus als seinen Freund betrachtete, doch Sidonie hatte gleich mehrfach ihren Verzicht erklärt. Vorerst wolle sie unabhängig bleiben. Dabei war sie jetzt einunddreißig, nach herkömmlichen Vorstellungen nicht mehr ganz jung und, wie Charlie befand, nicht mehr ganz taufrisch.

K. K. so kind, so good. Kraus kam weiterhin nach Janowitz. Er saß dann stundenlang im Garten, vor sich einen Berg von Zetteln, die er, damit der Wind sie nicht forttrug, mit einem Stein beschwerte. Stundenlang saß er und schrieb er, um danach Sidonie vorzulesen, wozu er aufgeregt mit den Händen fuchtelte. Manchmal stand er auf, um allerlei wechselnde Haltungen einzunehmen. Sidonie hörte ihm aufmerksam zu und rauchte dabei viele Zigaretten.

Kraus, wusste Charlie, saß an theatralischen Texten, in denen es um den gegenwärtigen Krieg ging. Dass er dessen entschiedener Gegner war, ließ sich durch die Artikel erfahren, die er in seiner »Fackel« abdruckte. Charlie war einmal zugegen, als Kraus aus soeben verfertigten Szenen vortrug. Die Nachmittagssonne im Nacken, stand er neben dem steinernen Gartentisch und deklamierte in schnarrendem Ton die Rede eines ordensgeschmückten Offiziers:

Mein Jahr in Russland zählt dreifach gegen alle eure lummrigen Friedensjahre! Gut Gejaid alle Zeit gab's in

Feindesland. Herrliche Tage waren's, wenn man als Sieger dem geschlagenen Feind auf den Fersen saß, ihn zustande hetzte, bis er, zu Tode erschöpft, sich dem Sieger ergab. Krieg ist doch wohl die natürlichste Beschäftigung des Mannes.

Rilke lebte wieder in München. Seine Tätigkeit im österreichischen Kriegsarchiv hatte gerade nur ein halbes Jahr gedauert, auch sein Militärdienst ging damit zu Ende.

Es war dies keine gute Zeit gewesen. Ohne die unerschütterliche Fürsorge seiner mütterlichen Freundin Marie von Thurn und Taxis wäre sie noch unerträglicher ausgefallen. Er hatte bei der Prinzessin wohnen dürfen, ihr Palais in der Victorgasse, vierter Stadtbezirk, war eine angemessen edle Bleibe. Freilich gab es dort immer wieder Besucher, mit denen er reden musste, dabei hatte er, nach dem anstrengenden Aufenthalt im Kriegsarchiv, ein dringendes Bedürfnis nach Alleinsein und Ruhe. Dann gab es da noch die Anwesenheit seiner Geliebten Loulou, die ihn nach Wien begleitet hatte und dringend nach Zuwendungen verlangte. Immer wieder hatte er sich mit ihr auseinandersetzen müssen, bis sie die Nerven verlor und Wien verließ. Zuvor hatte sie ein Porträt von ihm angefertigt, das er als ziemlich misslungen empfand. Ihre Beziehung war wohl gescheitert, was er als eine Befreiung ansah, in Trennungen dieser Art hatte er Übung.

Er war dann nach Hietzing gezogen, in ein Viertel mit vielen vornehmen Villen, die meisten im Besitz jüdischer Geschäftsleute. Die Hotelsuite, die er bewohnte, war teuer. Die Prinzessin Marie konnte er, nachdem er ihre Wohnung verschmähte, nicht gut um finanzielle Unterstützung angehen, die eintreffenden Honorare seines Leipziger Buchverlages reichten längst nicht aus, und die Zuwendung der Wiener Unternehmersippe Wittgenstein hatte sich inzwischen verbraucht. Bei einem zufälligen Treffen bedeutete er dem wohlhabenden Journalisten Karl Kraus seine missliche Lage, was dieser geflissentlich überhörte. Es war: Kraus stand zu ihm in fortwährender Rivalität um die Zuneigung der Baronesse Sidonie von Nádherný, die er noch in den stürmischsten Zeiten mit Loulou nicht vergessen und nicht vernachlässigt hatte und der er weiterhin ausführliche Briefe schrieb. Sie war es, die sich schließlich seiner Geldnöte erbarmte.

Liebe Sidie, schrieb er ihr darauf, *danke zum Schluss, dass Sie wirklich für Januar und Februar gesorgt haben, den März werd ich schon irgendwie aufbringen und allmählich wird man ja sehen, ob's einen Sinn hat, die Wohnung weiter zu erhalten.*

Wien war nicht die Stadt, in der er sich wohlfühlte, und Militär war ohnehin keine angenehme Umgebung. Uniformen, Kasernen, Befehlstöne erinnerten ihn qualvoll an die Zeit, die er als Heranwachsender in der Kadettenanstalt von St. Pölten hatte zubringen müssen. Auf Wunsch seiner Mutter hatte er ursprünglich Offizier werden sollen, was an seiner Konstitution und seinen Zukunftsabsichten gescheitert war.

Vor seiner Abreise aus Wien hatte er sich noch einige Zeit in Rodaun aufgehalten. Dort, vor den Toren der Stadt, lebte der mit ihm fast gleich alte Dichter Hugo von Hofmannsthal, der sehr viel früher berühmt gewesen war als er, Rilke. Finanzielle Sorgen kannte Hofmannsthal offensichtlich nicht. Als Librettist häufig gespielter Richard-Strauss-Opern verdiente er außerordentlich viel Geld. Der Adel seiner Familie war kaum älter als jener der Nádhernýs, zu verdanken einem Urgroßvater, der ein wohlhabender jüdischer Seidenfabrikant aus Böhmen gewesen war. In Rodaun bewohnte Hofmannsthal ein barockes Schloss, Rilke neidete ihm ein wenig den schönen Wohnsitz, das üppige Vermögen und, vor allem, das Adelsprädikat.

Auf der Fahrt von Wien nach München hätte er in Janowitz Station machen können, schon um sich bei Sidonie zu bedanken. Die freilich war unterwegs, wohl in der Schweiz, womöglich zusammen mit Karl Kraus, und was hatte er in dem Schloss ohne dessen Herrin verloren? Er würde Sidonie neue werbende Briefe schreiben, vielleicht ergab sich später die Gelegenheit zu einem Besuch in Janowitz.

In Rodaun führte er mit Hofmannsthal lange Gespräche, in denen er seine körperlichen Unpässlichkeiten erwähnte und sein Dasein als Soldat beklagte. Hofmannsthal hörte geduldig zu und redete über nötige Opfer fürs Vaterland und den düsteren Glanz des Krieges. Dergleichen hatte Hofmannsthal auch öffentlich vertreten und, wie Rilke wusste, damit den höhnischen Zorn von Karl Kraus erregt. Herr Hofmannsthal erwarte vom Vaterland, dass es ihn nicht rufe, wenn er von Schlachtenruhm träume, und an den Isonzoschlachten störe ihn lediglich, dass er Goethes dritte italienische Reise nicht antreten könne. Die publizistischen Angriffe des »Fackel«-Herausgebers trafen die Attackierten sehr hart. Hierin stimmten beide Dichter überein.

Rilkes Münchner Wohnung befand sich in der Keferstraße, nahe dem Englischen Garten. Er ging viel spazieren. Der Sommer war mild und warm, Krieg und Militär waren weit entfernt. *Liebe Sidie, zurückgekehrt! Und dass ich mich nun wirklich am verhältnismäßig eigenen Schreibtisch finde und in den vor sieben Monaten so dringend verlassenen Umgebungen –: wie sehr dank ich das Ihnen. Und wie gerne.*

Er hatte eine neue Freundin, Marianne Mitford, eine schöne und äußerst wohlhabende Frau, die ihren

Nachnamen der kurzen Ehe mit einem englischen Aristokraten verdankte. Geboren war sie als Marie-Anne von Friedlaender-Fuld und also eine der zahlreichen Jüdinnen in Rilkes Leben. Den jungen Adel hatte sie mit Sidonie ebenso gemeinsam wie auch eine aus Großbritannien stammende Gouvernante und eine modern-unbekümmerte Lebensart. Ihre Eltern besaßen ein repräsentatives Palais am Pariser Platz in Berlin. Es war dies nicht ihr einziger Immobilienbesitz.

Für einige Zeit litt Rilke an einer schmerzhaften Sehnenentzündung der rechten Hand. Er musste einen Verband tragen, und, was schwerer wog, er konnte nicht schreiben. Er hatte nichts mehr zu geben. Seine Natur war Dürre. Manchmal träumte er davon, er könne sich einschließen in einen geschützten Garten, ähnlich jenem von Janowitz, vielleicht würde er dann wieder lernen, aus sich selbst heraus zu leben und seine Arbeit für ein harmonisches Wachstum zu halten, nicht für eine unerbittliche Pflicht.

Wie aber stand es denn um diese Arbeit? Die Elegien waren weiterhin Fragment. Die Prinzessin Marie drängte ihn zur Fortsetzung, aber dies half ihm nicht. Um sich abzulenken, verließ er München und fuhr aufs Land. Ein paar Tage verbrachte er in Herrenchiemsee, ging dort umher und betrachtete kopfschüttelnd die vom früheren Bayernkönig errichtete Imitation des Schlosses von Versailles. In München besuchte er Veranstaltungen, Lesungen, er fand neue Bekanntschaften und gab dem Bedürfnis nach Menschen mehr nach als früher. Er lieferte sich ihnen aus, zugleich beklagte er sich über ihre Zudringlichkeit. Wo das Alleinsein, dessen er bedurfte, bloß durch Anstrengung zu erlangen war, misslang ihm das.

Er saß über Michelangelo Buonarottis Sonetten, deren Übertragungen er mit seinem Verleger vereinbart hatte.

Mit deinen Augen seh ich süßes Licht,
das ich mit meinen blinden nicht mehr schaue,
und das ich, lahm, zu tragen mich getraue,
mit deinen Füßen trag ich dies Gewicht.

Diese Verse, meinte er, seien entschieden gelungener als die Nachdichtungen der Shakespeare-Sonette durch Karl Kraus.

Ein Schauspieler, ärgerlicherweise von Adel, trug immer wieder den Text der in diesen Kriegszeiten besonders beliebten »Weise von Liebe und Tod des Cornets Christoph Rilke« öffentlich vor, ohne dafür zu zahlen. Rilke fragte seinen Verlag, ob man dies verhindern oder aber finanziell daran teilhaben könne, Geld konnte er immer gebrauchen.

Dann wieder dachte er an Janowitz, und er schrieb an Sidonie:

Nirgends denk ich Sie lieber, von nirgends kommt Ihre Stimme besonnener und innerlicher. Richten Sie manches an den alten Freund, der, wenn auch stumpf und oft stumm, es doch immer ganz zu Herzen nimmt. Innigst, liebe Sidie, Ihr Rainer.

Gelegentlich erlebte Sidonie etwas, das ihr bis vor zwei Jahren völlig fremd gewesen war: Ennui, Langeweile. Ursache dafür war, merkwürdig genug, der Krieg. Die Aufregungen, die er anderen brachte, betrafen sie nicht. Sie vernahm Meldungen über Schlachten, Verluste, Truppenbewegungen, Gefangene, Tote, sie zeigte sich äußerlich betroffen und vergaß das alles sofort.

Sie vermisste das Reisen. Seit sie denken konnte, war kaum ein Jahr vergangen ohne wenigstens einen ausführlichen Auslandsaufenthalt, auf dem Balkan, in Italien, in Nordafrika. Diese Leidenschaft verband sie mit Rilke. Der hatte ihr, in Briefen und Gesprächen, mancherlei Hinweis geben und die eine oder andere Begegnung vermittelt. Gegenwärtig verblieb ihr als einziges ausländisches Reiseziel die Schweiz, wohin sie fuhr, sooft sie konnte, doch das Land war überschaubar.

Sie dachte oft an Rilke, der ihr regelmäßig schrieb. Die verbalen Zärtlichkeiten, die er niemals vergaß, wenn er ausufernd von seinen Empfindungen, Leiden und Sehnsüchten erzählte, taten ihr gut. Manchmal probierte sie die Vorstellung, was geschehen wäre, hätte sie dem Werben des Dichters nachgegeben. Wie hätte er sie berührt? Wäre er sanft und rücksichtsvoll gewesen oder unfügsam? Sie wusste es nicht. Sie hatte es nicht zugelassen. Würde sie heute anders vorgehen? Sie blätterte in seinen Gedichten. *Wie soll ich meine Seele halten, dass sie nicht an deine rührt? Wie soll ich sie hinheben über dich zu andern Dingen?* Die Verse waren, als liefen ihr Insektenfüße über die Haut.

Rilkes Briefe erschienen ihr oft gewichtiger als die von Karl Kraus, der, wenn er davon wüsste, sich in seinem eifersüchtigen Groll gegen Rilke bestätigt sähe. Kraus schrieb ihr häufiger, ausführlicher und fordernder, so wie es sein Wesen war. *Nicht mein Bewusstsein hat gefehlt, sondern meine Liebe. Aber warum muss sie das! Warum hat die Natur, die diesen Sommergarten und diese Frau geschaffen hat, eine so dunkle Seele wie mich geschaffen.* Er beanspruchte sie. Er war körperlich abhängig von ihr, was sie wusste und was sie genoss. Es verlieh ihr ein Gefühl der Überlegenheit, die sie sonst, in den Gesprächen, im gewöhnlichen Umgang mit ihm, nicht hatte, nicht haben konnte, da sein Denken, seine Bildung, seine Erinnerungskraft alles beherrschte.

Das war auch anstrengend. Gelegentlich meinte sie, und schrieb es so in ihr Tagebuch, dass es gewiss besser wäre, Kraus würde sie weniger lieben. Sein hemmungsloses Begehren engte sie ein. Sie brauche Freiheit, auch Freiheit von ihm, schrieb sie, in ihrem Herzen hege sie andere Träume, eigentlich könne sie gar nicht treu sein. Jugend und Schönheit bewahre sich eine Frau bloß, wenn sie von neuen Lippen geküsst, von neuen Armen umfangen würde. Wäre es anders, müsste sie sich schmutzig fühlen.

Dann wieder dachte sie daran, sie solle sich Kraus zur Gänze überlassen, da er ihrer so unendlich bedürfe. Dies wäre nur konsequent, doch bliebe es eine Sache des Verstandes, nicht des Herzens. *But all this is only in my head, not in my heart.*

Bei seinen Aufenthalten in Janowitz schrieb Kraus an seinem ausufernden Theaterstück über den Krieg. Die Texte waren brillant, witzig und böse. Er trug ihr daraus vor, gelegentlich hatte sie einen Einwand oder eine kleine Verbesserung, die er dankbar entgegennahm. *An der schönen Herrin sprangen ihre Hunde empor wie seine Gedanken und legten sich ihr zu Füßen wie seine Wünsche.*

So hatte er einmal geschrieben und in der »Fackel« drucken lassen. Natürlich war ihre Beziehung damit gemeint.

Wenn er wieder abgereist war, wurden ihre Tage eintöniger. Sie nahm die Mahlzeiten ein mit Charlie und May-May, sie ritt aus, sie schrieb Tagebuch, sie kümmerte sich um den Garten, sie las in Büchern, sie rauchte Zigaretten. Eines Morgens entdeckte sie, anhand ihres Kalenders, dass sie möglicherweise schwanger war.

Es kam völlig überraschend. Alle ihre bisherigen Liebesbeziehungen waren dies betreffend folgenlos geblieben, worauf sie sich verlassen hatte. Ein Risiko, wusste sie, hatte immer bestanden.

Sie zwang sich, ruhig zu bleiben. Noch war nichts entschieden. Es konnte sich um eine Laune ihres Körpers handeln, Ähnliches hatte sie schon früher erlebt. Der Ennui allerdings war dahin. Sie schlief schlecht. Am Morgen erwachte sie voller Unruhe und musste erkennen, dass sich an ihrem Zustand nichts verändert hatte.

Sie versuchte nachzuhelfen. Sie nahm heiße Bäder. Bei ihren Ausritten galoppierte sie so anhaltend, bis das Pferd, auf dem sie saß, völlig erschöpft war. Ihr Körper zeigte keinerlei Reaktion.

Karl Kraus gegenüber erwähnte sie nichts. Er schien ihre Unruhe zu bemerken und fragte sie. Ihre Antwort war, da sei nichts Besonderes, sie sei nur erschöpft.

Für ein paar Stunden kam nach Janowitz ihr alter Bekannter Max Thun. Er befand sich auf einer Reise von Wien nach Prag, wo er einen Vortrag halten sollte. Er habe, erklärte er, das dringende Bedürfnis gehabt zu einem Wiedersehen mit Sidonie. Wie üblich redete er viel, voran über seine letzten naturwissenschaftlichen Erkenntnisse, die Sidonie nicht interessierten und von denen sie nichts verstand. Die Bekundungen seiner heftigen Zuneigung waren ihr lästig.

Dann hatte sie unvorhergesehene Anfälle von Übelkeit. Ihre Monatsblutung war überfällig seit fünf Wochen. Wenn, wofür inzwischen vieles sprach, sie tatsächlich schwanger war, musste sie sich damit auseinandersetzen. Entscheidend war zunächst eine gesicherte Diagnose.

Sie fuhr nach Prag. In einem kirchlichen Krankenhaus auf der Kleinseite meldete sie sich zur Untersuchung an, unter falschem Namen und mit der Angabe, dass sie verheiratet sei. Behandelt wurde sie von Dr. Pavel Němeček, einem alten weißbärtigen Mediziner mit zwei Goldzähnen im Oberkiefer. Er ließ sie Platz nehmen auf seinem unter einem Marienbildnis aufgestellten Gynäkologenstuhl und untersuchte sie gründlich. Seine Hände waren greisenhaft weich. Er bestätigte ihr, dass sie völlig gesund, uneingeschränkt gebärfähig und im dritten Monat schwanger sei. Er beglückwünschte sie dazu und befahl ihr Gottes Segen.

Sie kehrte nach Janowitz zurück. Was sollte sie jetzt tun? Sollte sie ein Kind austragen und Mutter werden? Sollte sie die bevorstehenden fünfzehn, zwanzig Jahre ihres Lebens damit zubringen, einen Sohn oder eine Tochter standesgemäß aufzuziehen? Es war auch möglich, ein Kind fortzugeben, in eine Pflegefamilie oder in ein kirchliches Heim. May-May war das Beispiel, dass eine solche Adoleszenz durchaus glücken konnte. Wollte sie das so?

Die Vorstellung, demnächst mit einem immer mehr anschwellenden Leib umhergehen zu müssen, heimgesucht von ständigem Unwohlsein, das war beklemmend. Außerdem würde die Geburt unehelich erfolgen. Der

Welt, in der sie aufgewachsen war und sich bewegte, galt dergleichen als Schande. Nun gut, sie konnte sich darüber hinwegsetzen, sie konnte dem trotzen, aber hatte sie die dazu erforderliche Kraft?

Sie war schwanger von Karl Kraus. Wie der die Nachricht aufnehmen würde, wusste sie nicht. Vielleicht wäre er entsetzt, vielleicht überglücklich, gewiss würde er sie heiraten wollen. Einen Antrag von ihm hatte sie abgelehnt, auf Rilkes Anraten hin. Dessen Argumente überzeugten sie nach wie vor.

Als Lösung bot sich an, die Schwangerschaft zu unterbrechen. Dies war verboten und wurde strafgesetzlich verfolgt, aber es fand statt. Sie erinnerte sich, dass »Die Fackel« darüber einen Essay gedruckt hatte, vor ungefähr zehn Jahren. Sie ging in die Bibliothek und suchte sich den Text heraus, er war überschrieben »Das größte Verbrechen des Strafgesetzbuches«.

Der Aufsatz war recht ausführlich. Es gab kulturgeschichtliche Ausflüge in die griechische Antike und zu Naturvölkern. Der zulässige Abortus bei erkrankten Frauen wurde bedacht, ebenso die Entstehung des Embryos aus einem Zellklumpen. Am Ende des dritten Monats könne man, der äußeren Form nach, bestenfalls von der grotesken Karikatur eines neun Zentimeter langen Menschen reden, womit es noch kein strafrechtlich schützbares Individuum gebe. In der ersten Hälfte der Schwangerschaft und vom Fachmann ausgeführt sei der Eingriff weniger gefährlich als das Schwangerschaftsende samt Geburt. Der Essay forderte die Abschaffung der Paragraphen 144 bis 148 des österreichischen Strafgesetzbuches und beschied, keine Frau könne zur Austragung ihrer Leibesfrucht gezwungen werden.

Sidonie las das. Der Text lieferte ihr alle Argumente für eine Abtreibung. Sein Verfasser nannte sich Avicenna, eigentlich der Name eines Gelehrten und Arztes aus dem hochmittelalterlichen Persien. Sidonie hatte keinen Zweifel, dass Avicenna hier für Karl Kraus stand.

Mit ihrem Bruder Charlie oder May-May konnte sie ihr Problem nicht besprechen, mit Kraus wollte sie das nicht. So schickte sie ihrer Freundin Dora Pejačevič ein Telegramm des Inhalts, sie befände sich in einer überaus schwierigen Situation und benötige dringend Hilfe.

Dora traf am folgenden Vormittag ein. Sie hörte sich Sidonies Erzählung an, nickte einverständig und fuhr nach Prag. Am Abend kehrte sie zurück und sagte, alles sei vorbereitet.

Das Krankenhaus, das sie für Sidonie ausgesucht hatte, befand sich auf der Prager Kleinseite. Sidonie kannte es, da sie sich kürzlich hier wegen ihrer Schwangerschaft hatte untersuchen lassen. Den Abortus vornehmen sollte der gynäkologische Chefarzt Dr. Pavel Němeček.

Der weißbärtige Mediziner mit den weichen Greisenhänden und den zwei Goldzähnen im Oberkiefer hatte entschieden, seine Patientin leide unter einer schweren Herzinsuffizienz, wodurch ihr Leben bei einer auszutragenden Schwangerschaft samt Entbindung gefährdet sei. Dass er Sidonie bereits kannte, ließ er sich nicht anmerken. Vielleicht hatte er sie auch schon vergessen, denn er war recht alt.

Sidonie lag abermals unter dem (übrigens äußerst kitschigen) Bildnis der Muttergottes. Bei dem Eingriff half eine Krankenschwester. Sie legte Sidonie eine mit Chloroform getränkte Maske auf Nase und Mund. Sidonie spürte, wie ihr allmählich das Bewusstsein schwand.

Das Eindringen eines kalten Instruments in ihren Schoß nahm sie noch wahr. Als sie erwachte, war der Eingriff vorüber. Ihre Blutung wurde von der Schwester versorgt.

Sie musste noch eine Stunde auf einer Krankenhausliege zubringen. Zum Abschied übereichte ihr Dr. Němeček ein Schmerzmittel in Tablettenform. Bereits vor dem Eingriff hatte ihm Sidonie einen Briefumschlag mit einem hohen Geldbetrag übergeben, vorgeblich bestimmt für den Unterhalt des Hospitals.

In Doras Begleitung fuhr sie zu einem schönen alten Hotel direkt am Wenzelsplatz. Dort war für beide ein Appartement bestellt. Sie blieben insgesamt drei Tage, Sidonie verbrachte die Zeit überwiegend im Bett. Wieso, daran dachte sie jetzt, hatte sie sich bei Dr. Němeček nicht nach dem Geschlecht des abgetriebenen Embryos erkundigt? Die Frage ließ sich nicht mehr nachholen. Die Antwort war wohl auch gleichgültig. Möglicherweise war in diesem frühen Stadium das Geschlecht sowieso nicht erkennbar.

Sie erholte sich rasch. Zum Abschied ging sie mit Dora essen. Dora fuhr von Prag aus weiter nach Dresden, wo sie musikalische Verpflichtungen hatte. Sidonie kehrte zurück nach Janowitz.

IV

Das Schiff legte ab und stieß ein dumpfes Signalgeräusch aus. Rilke stand an der Reling, zusammen mit anderen Passagieren, und sah, wie die Hafenanlagen von Lindau langsam zurückwichen. Die beiden Halbwüchsigen neben ihm sprachen schweizerdeutsch, was er nicht verstand. Er kannte die Eidgenossenschaft kaum, war bloß immer hindurchgefahren, auf Reisen in den Süden, das Land bedeutete ihm nichts.

Daran würde sich möglicherweise etwas ändern. Er war eingeladen, vor einem ausgesucht großbürgerlichen Publikum in Zürich aus seinen Arbeiten zu lesen, die gedruckte Ankündigung pries ihn als den größten Lyriker der Gegenwart. Er besaß eine Aufenthaltsgenehmigung für zunächst zehn Tage, doch hegte er die Hoffnung, die Frist könne verlängert werden. Seines bisherigen Aufenthaltsortes München war er gründlich überdrüssig, in einem Brief, gerichtet an die alte Freundin Lou, hatte er die bayerische Hauptstadt mit einem Buch verglichen, das er zwanzigmal von Anfang bis Ende durchgelesen habe, und zwar im Gefängnis. München war für ihn aufgebraucht. Nicht einmal Wind, Himmel und die kleinen Frühlingsversuche der Büsche im Englischen Garten hatten ihn zu halten vermocht.

Der Frühling war längst vergangen. In ein paar Tagen würde Sommersonnenwende sein. Die letzte seiner Wohnungen, die in der Ainmillerstraße, hatte er verlassen. In seinen drei Jahren München war der Krieg zu Ende gegangen und hatte ihm zum Beispiel eine hohe österreichische Auszeichnung eingetragen, das Offizierskreuz des Franz-Josephs-Ordens, verliehen vom letzten Kaiser in Wien, ehe der abgedankt hatte und geflohen war. Daher hatte er, Rilke, obschon geschmeichelt, jedoch auch die schmähliche Niederlage der Monarchie vor Augen, diese Auszeichnung alsbald zurückgegeben.

Der Entschluss, es zu tun, brachte ihm eine deutliche Stärkung seines Selbstwertgefühls. Er entschied sich, nunmehr politisch zu denken und, vielleicht, politisch zu handeln, ungeachtet seiner, wie er wusste, etwas leichtfertigen Begeisterung für den militärischen Aufbruch 1914. Hatte er den nicht vor allem artikuliert, um sich von der Haltung des Journalisten Karl Kraus abzuheben, der Aufmerksamkeit der schönen Baronesse Sidonie von Nádherný wegen? Es war dies sein peinlicher Irrtum gewesen. Kraus hatte recht behalten. Kraus, so war den Veröffentlichungen in der Zeitschrift »Die Fackel« zu entnehmen, unterstützte inzwischen die Sache der Sozialdemokratie. Da freilich hatte er, Rilke, eine ähnlich geartete, dabei noch viel radikalere Entscheidung längst schon getroffen.

Sie fiel zusammen mit den russischen Revolutionen. Er kannte das Land. Er hatte es zweimal bereist. Er kannte die wichtigen Texte der großen dortigen Autoren und hatte manches davon übertragen. Er bewunderte den Dichter Maxim Gorki, dem er vor Jahren auf Capri persönlich begegnet war und der die revolutionären Ereignisse in seiner Heimat befürwortete. Rilke folgte ihm darin. Die Erhebungen in St. Petersburg ereigneten sich in Konsequenz der militärischen Niederlagen des Zarenreichs. Ähnlich verhielt es sich anschließend mit den deutschen Aufständen in Kiel, Berlin und München.

Während eines Aufenthaltes in Herrenchiemsee hatte er Sophie kennengelernt, Ehefrau des inhaftierten deutschen Sozialistenführers Karl Liebknecht. Er öffnete sich ihrem Einfluss. Dann lernte er Kurt Eisner kennen und schätzen, noch ehe der Ministerpräsident der bayerischen Revolutionsregierung geworden war.

Rilke setzte sich in das Münchner Nationaltheater, um Veranstaltungen des Arbeiter- und Soldatenrates zu erleben. Er setzte sich in Brauhaussäle, fast jeden Abend, überall waren dort aufrührerische Reden, und wenn die Säle zu klein wurden, fanden die Versammlungen unter freiem Himmel statt. Tausende drängten sich, und er, der sonst störrisch Vereinzelte, war von ihnen einer. Er fühlte sich glücklich als deren Teil. Es roch nach Tabak, Bier, Männerschweiß und billiger Seife, es war der Geruch von Arbeitern, und er entdeckte, dass er eine Beziehung zu ihnen hatte, schließlich war auch Marthe Hennebert, seine minderjährige Geliebte in Paris, eine Arbeiterin gewesen.

Er wollte mitwirken an der Gründung einer sozialistischen Lehrerzeitung. Er öffnete seine Wohnung für die Zusammenkünfte linker Literaten, es kamen Leute wie Ernst Toller und Oskar Maria Graf. Er lauschte ihren Gesprächen und bestärkte sie in ihren Absichten. Er schrieb selbst für die Revolution und ließ das drucken: *Ausgesetzt auf den Bergen des Herzens. Steingrund unter den Händen. Hier blüht wohl einiges auf; aus stummem Absturz blüht ein unwissendes Kraut singend hervor.* Unverkennbare Rilke-Texte, verfasst in einem Idiom, das sich so oder so verstehen ließ.

Der sozialistische Ministerpräsident Eisner wurde von einem Attentäter aus uraltem Adel erschossen. Die später ausgerufene Räterepublik bestand gerade bloß ein paar Wochen, ehe sie durch Freikorpseinheiten blutig niedergeschlagen wurde. Von den revolutionären Literaten wurde Gustav Landauer ermordet, Ernst Toller und

Erich Mühsam erhielten Haftstrafen. Auch bei Rilke in der Ainmillerstraße sprach die Polizei vor, um eine Hausdurchsuchung vorzunehmen. Damit war München für den sensiblen Lyriker Rainer Maria Rilke vollends unerträglich geworden. Die Einladung zu einer Lesung in Zürich lag schon länger vor. Verstärkt bemühte er sich nun darum, die für den Grenzübertritt nötigen Genehmigungen zu erhalten.

Denn mit seiner Staatsangehörigkeit gab es Probleme. Geboren in Prag, war er nunmehr Angehöriger der 1918 ausgerufenen tschechoslowakischen Republik, ohne sich zu ihr zu bekennen und ohne die dort gültigen slawischen Amtssprachen zu beherrschen. Der bisher für ihn zuständige Staat hieß Österreich, das in der alten Form nicht mehr existierte. Außerdem lebte er in Deutschland, hier saß sein Buchverlag, hier unternahm er Ausflüge und Reisen, hier lebten Menschen, die ihm wichtig waren, da sie ihn unterstützten.

Es waren dies nicht nur Frauen und nicht nur Personen von Adel. Aus wirtschaftlichen Gründen hatte er Verbindung zu Walther Rathenau aufgenommen, dem schwerreichen jüdischen Industriellen und obersten Rüstungsverantwortlichen des deutschen Kaisers. Rathenau war außerdem ein Schöngeist und jemand, der nebenher Essays und Gedichte verfasste, sodass sich an ihn zu wenden, für jemanden wie Rilke sich geradezu anbot. Zu einer finanziellen Zuwendung, wie einst bei den Wittgensteins, kam es hier freilich nicht, bloß zu einem freundlichen Briefwechsel und gegenseitigen Buchgeschenken. Immerhin wurde Rilke von Rathenaus nicht minder kunstsinniger, nicht minder wohlhabender Schwester Edith Andreae eingeladen und etwas verwöhnt.

Seine wirtschaftlichen Nöte waren damit nicht aufgehoben. Für die Finanzierung seiner verschiedenen Münchner Aufenthalte (zunächst teure Hotels, dann die Wohnung in der Ainmillerstraße, die er samt Haushälterin Rosa von einem Konsul übernommen hatte) erhielt er, wie bereits in Wien, regelmäßige Zahlungen aus Janowitz. *Liebe Sidie, welches Heimweh, Phlox zu atmen, eine ganze lange Rabatte Phlox und nicht bei Ihnen zu sein. Wirklich, ich glaube, was mir das Eingewöhnen hier (seit drei Wochen) so schwer gemacht hat, ist der fortwährende Wunsch, in Janowitz zu sein und der unwiderstehliche Vergleich von dort und hier; Parallelen ergeben sich, der Phlox, Teiche, aus alten Schlossgräben entstanden und überdauernd, ein vor dem Park im Freien liegender Gemüsegarten –, und wie man das Eine fühlen möchte, nachfühlen, mitmachen, kommt nur der Kummer zur Empfindung, dass es nicht das Andere ist!*

Dies schrieb er während eines Aufenthaltes auf Gut Böckel in Westfalen. Das Anwesen gehörte einer anderen Gönnerin, der Literatin, Kunstsammlerin und Großgrundbesitzerin Hertha Koenig.

Das Fährschiff hatte ungefähr die Hälfte der Überfahrt hinter sich. Die Bodenseeufer vor und hinter ihm schienen jetzt gleich weit entfernt. Es war ein warmer Frühsommertag, der Himmel hing voller Dunst, im Wasser hinterließ das Schiff eine Spur aus Blasen und weißlichem Schaum. *Mein Leben ist wie leise See*, hatte er einmal geschrieben, das war lange her. *Wie eine Welle im Morgenmeer will es, rauschend und muschelschwer, an deiner Seele landen.*

Die Verbindung zu Sidonie aufrechtzuerhalten und zu pflegen blieb ihm wichtig, nicht bloß aus wirtschaftlichen

Gründen, auch aus sinnlichem Begehren. Vielleicht war Sidonies Beziehung zu Karl Kraus nicht mehr gänzlich ungetrübt? Vielleicht ergab sich für ihn, Rilke, daraus die Möglichkeit, über den alten Rivalen endgültig zu obsiegen? Wären die politischen und staatsrechtlichen Probleme derzeit nicht so unübersichtlich, hätte er seine Reise in die Schweiz gerne auf dem Umweg über Janowitz unternommen. So blieb ihm nur, wie gewöhnlich, die Korrespondenz. An der Einladung aus Zürich war Sidonie mitbeteiligt gewesen, und wenn schon nicht in Janowitz, so hoffte er die schöne Baronesse vielleicht im Engadin zu treffen, um ihre atmende Nähe zu spüren. Oder am Ufer des Genfer Sees, wo Sidonies wohlhabende Freundin Mary Gräfin Dobrčensky lebte, die zu besuchen er eingeladen war.

Seine Münchner Wohnung hatte er seiner langjährigen Gefährtin Lou Andreas-Salomé überlassen. Dass sie es gewesen war, die einst das Verhältnis mit ihm jählings aufgekündigt hatte, da sie seiner überdrüssig geworden war, gehörte zu den bittersten Erfahrungen seines gesamten Lebens. Eben das war es dann auch, was seine unerschütterliche Anhänglichkeit an die einstige Geliebte aufrechterhielt: Er glaubte, er könne die damalige Niederlage damit bezwingen.

In der Ainmillerstraße hatte er nicht bloß revolutionäre Dichter empfangen. Hierher kam, einmal die Woche, auch seine Münchner Geliebte Elya Maria Nevar.

Eigentlich hieß sie Else Hotop und war ein Großbürgerkind aus Hannover. Ihrem Vater hatte sie den Aufenthalt in der bayerischen Hauptstadt abgetrotzt mit der Begründung, an der Universität Kunstgeschichte studieren zu wollen. In Wahrheit drängte es sie zur Bühne. Sie nahm Unterricht an der Schauspielschule des Hof- und

Nationaltheaters, begann ein Liebesverhältnis mit deren Leiter, war nebenher freilich völlig vernarrt in die Texte des Dichters Rainer Maria Rilke. Dem schrieb sie einen Brief mit dem Eingeständnis, sie liebe seine Seele fast so wie Gott. Dies berührte Rilke zutiefst. Er lud die Schauspielerin ein, ihn zu besuchen, und sie kam.

Sie kam immer wieder. Ihren zweiten Vornamen Maria hatte sie einzig seinetwegen angenommen. Er setzte sie, wenn sie eingetroffen war, in seinen ausladenden Lehnstuhl und nahm selbst zu ihren Füßen Platz, auf einem Schemel. Er sagte ihr seine Gedichte auf, auswendig, sie hörte ihm zu, dabei liebkoste sie seine Stirn. Er legte den Kopf in ihren Schoß und atmete den Geruch ihrer Haut. Sie lasen sich gemeinsam aus Büchern vor, oder sie schwiegen. Liebhaben, das hieß: nichts annehmen, von nirgends, alles vergessen und von einem Menschen alles empfangen wollen, was man schon besaß.

Sie knieten auch nebeneinander. Rilke liebte es zu knien. Es war eine Demutshaltung, die er in seiner religiösen Frühzeit eingeübt hatte und die er beibehielt, da Verehrung und Demut zu seinen bevorzugten Haltungen gehörten, Demut vor der Liebe, der Natur, der Transzendenz, den Frauen, dem dichterischen Wort.

Sie gingen auch zusammen aus. Sie setzen sich in Konzerte und hielten sich die gesamte Zeit über an den Händen. Er besuchte Theateraufführungen, in denen sie mitwirkte, er liebte sie, wie sie ihn liebte, sie redete immerfort von einer endlichen Vereinigung ihrer beiden Seelen, was er gerne vernahm. Dass sie noch einen anderen Liebhaber hatte, erfuhr er irgendwann, die Nachricht kränkte ihn sehr, obschon er zur gleichen Zeit seinerseits eine zweite Liebschaft unterhielt.

Claire Studer war geboren als Klara Aischmann und stammte aus Franken. Ihr Vater war ein jüdischer Hopfenhändler. Geheiratet hatte sie jung, einen verbummelten Schweizer Studenten, der später Verleger wurde, der sie schlug und ständig betrog und von dem sie sich trennte. Sie ging nach Zürich, begann zu schreiben, und ließ sich mit dem Dichter Yvan Goll ein. Sie erlebte die Gründung des Cabaret Voltaire und der Kunstbewegung DADA. Sie entdeckte ihren beträchtlichen Appetit auf berühmte Künstlerpersönlichkeiten, Rilke sollte bald zu ihnen gehören, als sie, unmittelbar nach dem Weltkriegsende, aus der Schweiz zurückkehrte nach München.

Sie begann mit dem anderthalb Jahrzehnte älteren Lyriker eine leidenschaftliche Liebesbeziehung. Rilkes Wulstlippen unter dem Walrossbart stießen sie ab, seinen himmelblauen Augen aber war sie verfallen. Auf seinen Wunsch hin vollführte sie den von der biblischen Salome überlieferten Tanz der sieben Schleier. Bei fast jedem ihrer Zusammentreffen verlangte er danach, es steigerte seine Begierde, wenn sich derart allmählich ihr Körper entblößte.

Sie wurde von ihm schwanger. Die Mitteilung entsetzte ihn. Er mochte keine Kinder, seine eigene, inzwischen erwachsene Tochter interessierte ihn wenig, er sah sie selten. Manchmal besuchte ihn das Mädchen, hier in München, zusammen mit der Mutter, die ansonsten weit entfernt von ihm lebte, in einem Künstlerdorf nahe Bremen. Manchmal, wenn er viel Geld zur Verfügung hatte (was selten geschah), gab er den beiden etwas davon ab. Formell bestand die Ehe immer noch.

Claire nahm eine Abtreibung vor. Die Beziehung zwischen ihr und Rilke lief damit aus, sie mündete in den bei ihm üblichen Austausch von Briefen. In seiner Arbeit an den Elegien kam er weiterhin nicht voran, gelegentlich verzweifelte er an seinem Vorhaben und an sich selbst. Er schrieb andere Verse, sie blieben liegen, manche gab er zum Abdruck, gegen gutes Honorar. Er arbeitete an Nachdichtungen, unternahm in Deutschland ein paar Reisen, er las Bücher, besuchte Veranstaltungen und traf seine Bekannten. Er litt an häufig wiederkehrendem Unwohlsein und suchte deswegen Ärzte auf. Verursacht durch die Kriegsumstände bereitete ihm die Beschaffung von vegetarischen Nahrungsmitteln sehr viel Mühe. Über seine umfangreichen Korrespondenzen führte er sorgfältig Buch.

Meine liebe liebe Sidie, schrieb er, *mir ist, als sollt ich mir unter geschlossenen Lidern erst wieder eine Normalität gewinnen, der man etwas zumuten darf, eine Fassungskraft, – das ist es. Sie müssen bedenken, wie ich all diese Jahre gelebt habe, – ich habe mich, um nur unentstellt zu überstehen, tot-gestellt, ich habe den Atem angehalten viereinhalb Jahre, und nun muss ich lernen, mein Gemüt zu bewegen, unter lauter Übungen, die erst ganz innen im kleinsten und sichersten Raume versucht werden müssen.*

Alles das war Grund genug, München zu verlassen. Nun hatte er es getan. Er stand an der Reling eines Dampfers, der ihn in die Schweiz bringen würde. Die anderen, zum Zeitpunkt des Auslaufens neben ihm wartenden Fahrgäste hatten sich unter Deck begeben. Er stand hier allein. Der Fahrtwind zupfte an seinen Haaren, hinter und über dem Schiff kreisten Möwen. Vor sich sah er die Umrisse der kleinen Ortschaft Romanshorn, Ziel dieser Fahrt. Er dachte an Janowitz.

War seine Sehnsucht nach jenem Ort auch darum so beharrlich, weil er Sidonie schon länger nicht mehr, weil er sie überhaupt bloß selten getroffen hatte? Viele seiner Liebschaften zerbrachen daran, dass er die ständige Anwesenheit der Gefährtinnen plötzlich nicht mehr ertrug. Offenbar war er kein Liebender. Es ergriff ihn immer bloß von außen, nie hatte eine Frau ihn völlig erschüttern können. Liebe war Anstrengung, Leistung, das vermutlich Schwerste und Äußerste, die letzte Probe und Prüfung.

An Sidonie hätte er sie gerne vornehmen wollen. *Ihr gutes Zutraun, liebe Sidie, gehört mir auch zu den Kräften jenes früheren (meines eigentlichen) Daseins, Sie können mirs gar nicht oft genug zum Gefühl bringen, – ja, wir wollen uns recht aneinander halten um des guten Vergangenen willen, dass wir etwas davon in das Künftige hinüberretten, nicht als Erinnerung nur, sondern als Besinnung und als Fortsetzung jenes gewesenen, von den Menschen vergessenen und verlästerten Geistes.*

So würde er ihr schreiben wollen. Oder hatte er ihr so schon geschrieben? Er wusste es nicht. Er liebte sie.

Inzwischen war Romanshorn heran.

Es hatte sich vieles verändert. Janowitz gab es nicht mehr. Der Ort und das Schloss hießen jetzt Vrchotovy Janovice, beides gehörte nicht mehr zum Kaiserreich Österreich-Ungarn, das es seinerseits nicht mehr gab, seit dem Ende des für die Monarchie verlorenen Krieges nicht. Janovice lag jetzt in der neu gegründeten tschechoslowakischen Republik. Sie, wie auch die benachbarte Republik Österreich, hatte alle Adelstitel abgeschafft und zusätzlich eine Bodenreform durchgeführt, in deren Folge der ursprüngliche Landbesitz der Nádhernýs empfindlich dezimiert worden war. Die einst von Charlies älterem Bruder Johannes 1910 erworbenen Ländereien, darunter die Höfe Křešic und Veselka, hatte Charlie, nach quälend langen Auseinandersetzungen, schließlich abgeben müssen, damit sie parzelliert und an tschechische Kleinbauern vergeben werden konnten.

Charlie hatte weniger Leute, und er hatte weniger Einkünfte. Der üppige Lebensstil Sidonies ließ sich, anders als früher, nicht mehr problemlos finanzieren, was Charlie seiner Schwester ständig beizubringen versuchte und worüber sie ständig hinweghörte. Wenigstens war der Name der Familie von eindeutig slawischem Herkommen, nádherný bedeutete glanzvoll oder fürstlich, was gleichermaßen als Tatsachenbehauptung wie als Hohn zu begreifen war. Anders als Sidonie beherrschte Charlie die neue Landessprache leidlich. Es erleichterte ihm die Verhandlungen mit den neuen Behörden wie auch den Umgang mit seinen Landarbeitern, die ihn, aus alter Gewohnheit, weiterhin mit Pane Barone anredeten, Herr Baron.

Auch das Dienstpersonal im Schloss war weniger geworden. Es fanden kaum noch Einladungen statt, festliche Veranstaltungen schon gar nicht. Die alten Nachbarn und Bekannten erlebten wirtschaftlich und sozial ähnliche Schwierigkeiten wie die Nádhernýs und waren überwiegend mit sich selbst beschäftigt.

Manchmal erschien es Charlie, das Schloss, in dem er seit dreieinhalb Jahrzehnten lebte, sei viel zu groß geworden. Um finanzielle Probleme zu lösen, hatte er verschiedentlich Einrichtungsgegenstände von größerem Wert veräußern müssen. Pfeife im Mund wanderte er jetzt durch das einsam gewordene Erdgeschoss, an den Wänden erkannte er helle rechteckige Flecke, dort hatten die verkauften Bilder gehangen. Die zahlreichen, von seinem Vater hinterlassenen Reh- und Hirschgeweihe drohten einzustauben.

Eine neue Zeit war angebrochen, und Charlie musste sich darin einrichten. Er wollte, obschon promovierter Jurist mit Verwaltungserfahrung, an der Prager Karlsuniversität Vorlesungen über neues Wirtschaftsrecht belegen, für ihn ein Grund, regelmäßig in die Hauptstadt zu fahren. Oder nahm er das bloß als Vorwand?

Sidonie war unterwegs, zusammen mit May-May. Er wusste nicht, wo sie sich gerade aufhielt. Vielleicht traf sie Karl Kraus, vielleicht traf sie ihn nicht, die Beziehung zwischen den beiden, so sein Eindruck, war nicht mehr ungetrübt. Er selbst mochte den Journalisten immer mehr, er hatte es gern, wenn Kraus sich in Janovice aufhielt und seine scharfsinnig-witzigen Äußerungen formulierte, zur Politik und zum gewöhnlichen Leben.

Er hätte auch kaum noch Einwände gehabt, wenn seine Schwester Karl Kraus hätte heiraten wollen. Wenn dies jemals ihre Absicht gewesen war, so hatte sie längst davon gelassen. Sidonie war jetzt sechsunddreißig, nach früheren Begriffen keine junge Frau, aber viele frühere Begriffe galten jetzt nichts mehr, so wenig wie die Adelstitel und viele gesellschaftlichen Regeln aus der alten k. u. k.-Monarchie.

Er hätte es gern gesehen, wenn Sidonie verheiratet wäre. Die einst vorgesehene Ehe mit dem Florentiner Carlo Guicciardini hatte der Kriegsausbruch verhindert, Sidonie hatte das Verlöbnis bald aufgekündigt, und lange Zeit war nicht einmal sicher, ob Guicciardini, Offizier in der feindlichen Armee, den Krieg überstanden hatte. Seit Neuestem wusste man, dass er noch lebte. Gelegentlich trafen in Janovice Briefe von ihm ein, auf Deutsch geschrieben und voller orthographischer Fehler.

Früher hatte Sidonie, wann immer Charlie sie zu einer Eheschließung drängte, das Problem umgehend an ihren Bruder zurückgegeben. Er hatte einsehen müssen, und musste immer noch einsehen, dass sie damit völlig recht hatte. Gleichwohl, eine Familiengründung war ihm unmöglich. Den Grund dafür behielt er für sich und achtete streng darauf, dass niemand, auch Sidonie nicht, davon Kenntnis erhielt.

Der Grund trug einen weiblichen Vornamen: Zdenka. Ihr Mann leitete die Prager Getreidegroßhandlung Escher & Šimašek, zu der Gut Janowitz geschäftliche Verbindungen unterhielt. Zdenka war eine junge Frau mit zarten Händen und einem melancholischen Madonnengesicht, häufig fiel ihr eine dünne schwarzbraune Haarsträhne in die Stirn, die sie mit einer nervösen Handbewegung hinter ihr rechtes Ohr schob. Ihre Stimme war dunkel und etwas heiser.

Die erste Begegnung mit ihr erfolgte anlässlich eines Abendessens, zu dem ihn Firmenchef Hermann Escher, der alten Geschäftsbeziehungen wegen, in seine neureiche Jugendstilvilla auf den Prager Weinbergen eingeladen hatte. Charlie erlebte ein ziemlich steifes Familienleben. Escher hatte zwei Söhne, acht und zehn Jahre alt. Zu Beginn des Essens sprach man ein Tischgebet.

Hermann Escher war nicht bloß Kaufmann, sondern außerdem österreichischer Reserveoffizier. Bald nach Kriegsbeginn wurde er eingezogen und als Oberleutnant des k. u. k.-Infanterieregiments Nr. 91 an die russische Front kommandiert. Die Firmenleitung übernahm seine Frau, gebürtige Šimašek, deren Vater Antonín die Getreidegroßhandlung gegründet hatte.

Charlie verhandelte fortan mit ihr. Er traf sie häufig. Er traf sie häufiger als der Geschäfte wegen erforderlich. Er begann mit ihr eine Liebesbeziehung, die ebenso leidenschaftlich wie anstrengend war, da sie beide alles unternehmen mussten, die Sache geheim zu halten. Sie trafen sich in der Jugendstilvilla auf den Weinbergen. Häufiger trafen sie sich in einem kleinen vornehmen Hotel auf der Kleinseite, der Blick aus dem Zimmerfenster ging auf die gemächlich vorbeifließende Moldau und auf die Karlsbrücke. Auf die durch reichliche Trinkgelder beförderte Diskretion des Personals konnte sich Charlie verlassen. Besuche von Zdenka Escher in Schloss Janowitz verboten sich von selbst.

Manchmal redete er ihr zu, sie möge sich von ihrem Mann scheiden lassen, um ihn, Charlie, zu heiraten. Solange Eduard Escher an der Front stand, war dies für sie ausgeschlossen: Zdenka musste die Firma erhalten und führen, die Scheidung von einem kämpfenden Frontoffizier würde nicht bloß als unpatriotisch gelten, sondern zusätzlich dem Geschäft schaden. Also blieb es bei dem eingeübten Versteckspielen, den heimlichen Treffen auf der Kleinseite oder, seltener, auf den Weinbergen. Manchmal kletterten sie an einem frühen Sonntagmorgen gemeinsam die vielen Stufen hinan zur Burg und zum Veitsdom, wo sie dann an der Morgenmesse teilnahmen. Zdenka war, anders als Charlie, sehr religiös, sie ging auch regelmäßig zur Beichte.

War Charlie dann zurückgekehrt nach Janowitz, den Geruch von Zdenkas Haut an den Händen, erfasste ihn tiefe Wehmut. Einmal griff er sich, eher aus Zufall, einen Band mit Rilke-Gedichten aus dem Bücherregal. Auf dem Vorsatzblatt stand die Signatur des Dichters. Charlie erkannte das Exlibris seines toten Bruder Johannes, der Rilke erstmals nach Janowitz geholt hatte und für die enge Beziehung Sidonies zu dem Dichter mitverantwortlich war. Hätte seine Schwester vielleicht Rilke ehelichen wollen? Dem stand nicht bloß Karl Kraus im Wege, sondern auch der Umstand, dass Rilke bereits verheiratet war.

Er blätterte in dem Buch und stieß auf diese Verse:

Hörst du, Geliebte, ich schließe die Lider
und auch das ist Geräusch bis zu dir.
Hörst du, Geliebte, ich hebe sie wieder...
... aber warum bist du nicht hier.

Für schöne Literatur interessierte er sich wenig, anders als Sidonie, er las selten Romane und Poesie schon gar nicht, doch diese Verse Rilkes berührten ihn. Er überlegte, ob er sie Zdenka zeigen sollte, ob sie den Wortlaut überhaupt verstehen würde, da ihr Deutsch nicht sehr perfekt war, lange dachte er darüber nach und unterließ es dann.

Hermann Escher kehrte vorzeitig aus dem Krieg zurück. Ein russischer Granatsplitter hatte sein linkes Bein verletzt, ein österreichisches Lazarett hatte ihn medizinisch versorgt, bis die k. u. k.-Armee ihn entließ. An Krücken humpelte er durch die Erdgeschossräume seiner neureichen Jugendstilvilla auf den Weinbergen, er schluckte Schmerztabletten, er herrschte seine Kinder an. Seine Frau Zdenka kümmerte sich aufopfernd um ihn, sofern sie nicht in der Geschäftszentrale von Escher & Šimašek saß. Für Charlie hatte sie jetzt weniger Zeit.

Der Zustand des verwundeten Hermann Escher verschlechterte sich. Seine Wunde begann zu schwären, er musste ein Spital aufsuchen, wo sich die Ärzte entschieden, ihm das linke Bein zu amputieren. Auch hier weilte seine Ehefrau Zdenka, sooft es ihr möglich war, an seiner Seite.

An eine Trennung von ihrem Mann war nicht mehr zu denken. Auch die beiden heranwachsenden Söhne bedurften ihrer Zuwendung und ließen sie an ihrer Ehe festhalten. Sie traf sich weiterhin mit Charlie, was nunmehr ausschließlich in dem kleinen vornehmen Hotel auf der Kleinseite geschah, und es geschah seltener als früher. Dann klagte sie ausführlich über ihren Mann, der schon immer mürrisch und zänkisch gewesen war, was infolge seiner Schmerzen und seiner schweren Beschädigung sich aber deutlich verstärkt hatte. Hermann Escher trank viel und nahm Betäubungsmittel. In die Firmenzentrale kam er bloß selten.

Zdenka musste ausführlich weinen, wenn sie Charlie von alledem erzählte. In ihren schwarzbraunen Haaren zeigten sich erste weiße Fäden. Ihr Antlitz hatte ein paar kleine Fältchen zusätzlich, war aber immer noch madonnenhaft schön. Die Gründung der Tschechoslowakischen Republik brachte es mit sich, dass ihre Getreidegroßhandelsfirma nunmehr als Šimašek & Escher firmierte.

Charlie erhielt ein Telegramm seiner Schwester, das den Termin ihrer Rückkehr mitteilte. An genau diesem Tag hatte Charlie in Prag sein und sich mit Zdenka treffen wollen. Er telefonierte mit ihrem Büro und sagte, dass er seinen Besuch leider absagen müsse. Dabei kam ihm der beunruhigende, der schmerzliche Gedanke, sein Verhältnis könne irgendwann enden. Er gab ein Telegramm auf an Šimašek & Escher des Inhalts, dass er seinen Besuch in der kommenden Woche mit Sicherheit nachholen werde.

Nächst meinem Wunsch nach einer langen ununterbrochen arbeitsamen Einsamkeit steht der andere: einmal lang und still allein neben Ihnen leben zu können: auch dies müsste kommen und da sein eines Tages.

So schrieb Rainer Maria Rilke an Sidonie. Der Dichter lebte in der Schweiz nun schon viel länger als die ursprünglich genehmigten zehn Tage. Sidonie ließ er wissen, das Land fange an, ihm begreiflich zu werden, in seiner eigentümlichen Durchdringung und angestammten Einheit.

Sie waren sich erst jüngst wieder begegnet, Sidonie und Rilke, in Nyon am Genfer See. Sidonies Bekannte Mary Gräfin Dobrčensky hatte Rilke eine Bleibe zum Arbeiten angeboten, in die er auch einzog, die er freilich, so deutete er es Sidonie gegenüber an, als herzlich ungeeignet empfand. Er habe in diesem Kabinett zum Schreiben kaum Ellbogenbreite, daher werde hier wenig Schriftliches von ihm entstehen können.

Sidonie und Rilke hatten sich also wiedergesehen, für einen Abend und während einer Gesellschaft, die Mary Dobrčensky ausgerichtet hatte für eine Vielzahl von Menschen, Schweizer, Deutsche, Österreicher, Franzosen. Das Stimmengewirr war beträchtlich. Man stand und drängte sich. Sidonie, brennende Zigarette in der Rechten, konnte sehen, wie der fast geckenhaft gekleidete Rilke sich zu ihr hinbewegte. Er fasste ihre linke Hand und zog sie beiseite. Sein Gestammel handelte davon, dass es ihm körperlich nicht sehr gut gehe, unter anderem habe er es mit dem Magen. Tatsächlich sah er nicht gesund aus und jedenfalls deutlich gealtert. Der Klang seiner Stimme berührte sie, ebenso wie der sanfte Druck seiner Hand. Dann kam Mary Dobrčensky und holte Sidonie fort, um sie mit anderen Gästen bekannt zu machen. Hinterher blieb Rilke unauffindbar.

Lange schon, meine liebe Sidie, aber nun immer mehr, manchen Tag dringend fast, wünsch ich mir eine Nachricht von Ihnen: werden Sie mir schreiben? Alle Fragen beantworten, die ich im Stillen und Herzlichen stelle. Wo sichs um Sie, um Janowitz handelt?

Dies hatte er ihr geschrieben. Sie antwortete ihm und reichte ihm eine Anfrage ihrer Freundin Dora Pejačevič weiter: Ob er, nachdem er Dora bereits Texte für die Komposition von Liedern überlassen hatte, sich in der Lage sehe, ein Opernlibretto zu schreiben oder wenigstens einen möglichen Stoff empfehlen könne. Seine Antwort war, vielleicht eigne sich hierfür ein Drama des Pedro Calderón de la Barca, Genaueres vermöge er nicht zu sagen, da er keinen von den entsprechenden Texten zur Hand habe, doch in der Janowitzer Bibliothek würden sie sich gewiss finden. Es fand sich nichts von Calderón in der Schlossbibliothek.

Den Brief des Dichters in Händen stellte sie sich, nicht zum ersten Mal, die Frage, was wohl wäre, wenn es in ihrem Leben statt Karl Kraus den Dichter Rainer Maria Rilke gegeben hätte. Würde sie mit ihm zusammen in Janowitz leben? Wären sie beide gemeinsam unterwegs, in der Schweiz, in Venedig, in Frankreich? Würde sie ihn dazu bringen können, seine großen Elegien-Texte weiterzuführen und zu vollenden?

Aber wieso stellte sie sich solche Fragen? Neben ihr lag der letzte Brief von Karl Kraus an sie. *Wie arm ist der Wasserfall vor Deiner Gnade! Wie arm ist die Sprache vor den Lauten Deiner Liebe! Wie arm sind die Wunder vor dem Ereignis Deiner Erweckung! War es der Geist, der*

Dich, Tochter des Jaïrus, erweckt hat, so hast Du ihm ewiges Leben dafür gegeben, Erweckerin! Wie reich war ich durch Dich.

Ein kühner Vergleich: Jaïrus war im Neuen Testament der biblische Synagogenvorsteher, dessen soeben verstorbene Tochter Jesus zum Leben wiedererweckte.

Kraus hatte ihr die eigene Nachdichtung eines Sonetts von Louise Labé geschickt. Unmittelbar zuvor hatte Rilke seine Nachdichtungen aller vierundzwanzig Labé-Sonette herausgebracht. Was Kraus da vornahm, ließ sich ganz gut als heimliche Kampfansage begreifen, über deren Hintergründe sie, Sidonie, Bescheid wusste.

Sie besaß die Rilke-Texte, deren Druckexemplar der Dichter ihr geschenkt und signiert hatte. Die Ausgabe enthielt auch die französischen Originale. Louise Labé hatte zur Zeit der Renaissance gelebt, in der Seidenweberstadt Lyon, sie war eine umfassend gebildete Patrizierin, die einen literarischen Salon unterhielt. Ihre Verse an einen fernen Geliebten wurden nicht bloß in Frankreich viel gelesen.

Das zweite Sonett begann: *Ô beaus yeus bruns, ô regars destournez, Ô chaus soupirs, ô larmes espandues.* Rilke machte daraus: *O braune Augen, Blicke weggekehrt, verseufzte Luft, o Tränen hingegossen.* Bei Kraus stand: *O schöne Augen, Blicke abgewendet, o Seufzer, Klagen, o vergossne Tränen.* Insgesamt hielt sich Kraus näher an das Original, ohne dabei weniger poetisch zu sein. Rilkes »verseufzte Luft« war, meinte sie, keine besonders geglückte Wendung. *Weh dir, der alle diese Feuer trägt, dass du sie an mein Leben hast gelegt,* hieß es bei Kraus in der letzten Terzine. Bei Rilke stand: *Der diese Feuer hat, dir trag ichs nach, dass du mir so ans Herz gewollt mit allen*. Auch hier war Kraus besser. Dass mit der angeredeten Person heimlich sie, Sidonie, gemeint war, durfte sie sich einbilden.

Wieder einmal war Dora Pejačevič in Janowitz zu Besuch. Sidonie berichtete ihr von Rilkes Auskünften zu einem Libretto. Es erwies sich, dass Dora die Pläne zu einer eigenen Oper schon wieder verworfen hatte. Sie erwähnte ihre Sinfonie, die vielleicht bald aufgeführt würde, von einem bedeutenden Orchester und unter einem namhaften Dirigenten. Sicher sei freilich gar nichts.

Sie fühle sich völlig erschöpft, sagte sie noch. Sie musiziere seit mehr als zwanzig Jahren, sie spiele Piano und Geige, beides recht ordentlich, an die hundert Kompositionen habe sie geschaffen, aber die würden kaum zur Kenntnis genommen. Ah ja, sagten die Leute, sehr hübsch, sehr begabt, in der Art von Johannes Brahms oder Gustav Mahler, leider stamme das von einer Frau. Wieso begnüge diese sich nicht mit ihren Instrumenten? Als Konzertsolistin könnte sie ganz gewiss Karriere machen, aber das wolle sie offenbar nicht. Nun, sie brauche es auch nicht, schließlich komme sie aus einem erstklassigen Stall. Der Adel ihrer Familie reiche ein paar hundert Jahre zurück, ihr Vater sei immerhin Vizekönig von Kroatien gewesen.

Ich habe zwanzig Jahre lang versucht, sagte Dora, mich als Komponistin durchzusetzen. Ich denke an Fanny Mendelssohn. Es ist sicher, dass sie mindestens so begabt war wie ihr Bruder Felix, vielleicht begabter, aber das durfte sie nicht zeigen, sie durfte ihr Talent nicht öffentlich machen aus dem einzigen Grund, dass sie eine Frau war. Seither sind hundert Jahre vergangen. Ich hatte geglaubt, da müsse sich irgendwas geändert haben. Es hat sich nichts geändert.

Sidonie hörte zu. Was sollte sie darauf sagen? In einer Jakobsmuschelschale drückte sie den Rest einer Zigarette aus und entzündete sich eine neue.

Ich habe, als ich anfing, mich gründlich mit meiner Mutter verzankt, sagte Dora. Mama wollte, dass ich den üblichen Weg unserer Familie gehe. Ein bisschen Ausbildung, ein bisschen Kunstbetrieb, ein paar Auslandsreisen, danach eine standesgemäße Ehe. Ich habe das abgelehnt. Ich wollte meine Freiheit, und ich habe sie mir genommen. Die Bräuche meiner Schicht waren mir gleichgültig. Ich fand, meine Leute lebten auf Kosten anderer, und womit hatten die sich das eigentlich verdient? Durch die Überlieferung. Durch Geburt. Durch angewandtes Unrecht. Ich habe Dostojewski gelesen, Kierkegaard, Nietzsche, ich habe musiziert und gemalt, ich wollte mich durchsetzen. Schließlich habe ich einsehen müssen: Sämtliche Freiheiten, die ich mir leisten kann, sind bloß möglich geworden durch die Freiheiten meiner Herkunft.

Siehst du eine Lösung?

Ich habe danach gesucht. Immer wieder. Für mich besteht sie darin, dass ich bald heiraten werde.

Sidonie blickte auf. Sie blies eine dicke Wolke Tabakrauch neben sich, schüttelte etwas den Kopf und sagte:

Das kommt überraschend.

Ich weiß.

Hast du nicht gesagt, dass du für die Ehe ungeeignet bist?

Ich bin es so wenig wie du.

Meinerseits habe ich die Konsequenz gezogen, übrigens auf dein Anraten hin. Meine Ehe wäre mit Sicherheit missraten, und deswegen bin ich sie gar nicht eingegangen. Ich habe das Verlöbnis rechtzeitig gelöst.

Das ist lange her.

Fünf Jahre.

Für unser Alter ist das viel.

Wie du meinst, sagte Sidonie und streifte von ihrer Zigarette Asche in die Jakobsmuschelschale. Darf ich dich fragen, wen du heiraten wirst?

Den Bruder einer alten Freundin. Aus Našice. Ich kenne ihn seit meiner Kindheit.

Also jemand aus deinem Milieu?

Natürlich. Aus dem komme ich nicht heraus. Ich will es auch nicht mehr. Otto war übrigens schon einmal verheiratet, also hat er Übung in der Sache.

Das klingt zynisch.

Vielleicht. Mein Problem ist: Ich bin ich nicht mehr jung.

Das haben wir gemeinsam.

Ich könnte dir meinen Entschluss zur Nachahmung empfehlen, Sidi, aber ich unterlasse das. Wegen deiner Erfahrung. Für mich ist entscheidend: Ich will ein Kind haben. Dafür ist es allmählich die Zeit, ich meine das biologisch. Du musst mir nichts darauf sagen, wenn du nicht willst.

Sidonie sagte nichts. Sie drückte den Rest ihrer gerauchten Zigarette aus und entzündete sich eine neue.

Am nächsten Tag erreichte sie ein Brief von Max Thun. Es war nicht sein erster, und erneut würde er darin seine leidenschaftliche Zuneigung zu Sidonie versichern und die Bitte anschließen, ihn zu heiraten. Ohne den Brief zu öffnen und zu lesen zerriss sie ihn und warf die Fetzen in den Abfall.

Es war nun kein Krieg mehr. Kraus hatte ihn überstanden. Der Staat, in dem er gelebt hatte und weiter lebte, hatte ihn nicht überstanden.

Der Ort seiner Geburt, Gitschin bei Königgrätz, hieß jetzt Jičín nad Hradec Králové, beides Tschechoslowakische Republik, die in Österreich jetzt als Neuausland galt. Sein langjähriger Aufenthaltsort Wien war nicht länger Hauptstadt der zweitgrößten europäischen Landmasse hinter dem zaristischen Russland (das es in dieser Form auch nicht mehr gab), Wien war nun das aufgeblähte Administrationszentrum eines kränkelnden Rumpfstaates, dessen künftiges Schicksal den Weltkriegssiegern in Saint-Germain-en-Laye zur Entscheidung vorlag. Autriche c'est ce que reste, hatte der französische Premier Georges Clemenceau gesagt, Österreich sei das, was übrig bleibe.

Kraus betrauerte die untergegangene Doppelmonarchie nicht. Deren Verwesung bedrängte noch die neue Zeit, und nichts hatte er selbst so sehr gehasst wie sein Vaterland, das ihm in keinem Augenblick das Gefühl gegönnt hatte, die freie Luft der Gotteswelt zu atmen. Die vaterländische Idee sei bloß der Ruhmfusel gewesen zur Animierung von zweifelhaften Geschäften und unzweifelhafter Verbrechen, schrieb er, die verklärende Ausrede für einen Diebesplan, für einen Betrug am Beutel wie am Ideal. Einen größeren Schaden, um klug zu werden, habe es nie zuvor gegeben. *Wir waren auf Walpurgis zwischen Sautanz und Totentanz. Kinodramatisch mit viel Blut und Walzer ging es zu. Wir saßen in einem ungeheizten Saal. Wir wurden durch das Ende entschädigt.*

So stand es in jenem Heft seiner »Fackel«, das er unmittelbar nach dem Zeitpunkt des Waffenstillstands herausbrachte. Keine Zensur konnte mehr eingreifen, da es Zensur nicht mehr gab.

Er hatte von Beginn an gewusst, wie es kommen würde und hatte das dokumentiert. Seine Szenenfolge über den Weltkrieg, die er »Die letzten Tage der Menschheit« nannte, war abgeschlossen und als Buch erschienen. Angesichts der Textmasse und des langen Personenzettels ließ sich das Ding schlechterdings nicht aufführen. Gelegentlich würde er öffentlich daraus vorlesen.

Der verlorene Krieg hatte schwere materielle Verluste gebracht und immaterielle gleichermaßen. Sein alter Freund Adolf Loos hatte sich zuletzt noch freiwillig für den Kriegsdienst entschieden und war, ungeachtet seiner Schwerhörigkeit, tatsächlich eingezogen worden. Kraus sah darin den Beweis, wie miserabel es um die militärischen Reserven der k. u. k.-Monarchie stand. Er hatte dem Freund von der Sache abgeraten, immer wieder, sollte er dieses fahrlässigen Fehlers wegen Loos die Freundschaft kündigen? Der Offizier im Schlachtfeld löschte den hochbegabten Architekten und beeindruckenden bauästhetischen Theoretiker nicht aus. Als Loos aus dem Krieg zurück war, trafen sie sich und redeten wie zuvor. Loos hatte sich, im Unterschied zu Peter Altenberg, seinen dicken Nietzsche-Schnauzbart abrasieren lassen. Kraus nahm es als das äußere Zeichen für einen beabsichtigten Neubeginn.

Der Architekt hatte Probleme mit Frauen. Wer hatte sie nicht? Seine erste Ehe hielt eben drei Jahre, danach ging Loos ein Verhältnis mit einer englischen Tänzerin ein, nebenher hielt sich in Wien das Gerücht, er suche sexuelle Kontakte mit Minderjährigen. Solche Neigung, wenn es sie denn gab, hatte er mit Peter Altenberg gemeinsam

(Kind-Mädchen, ich liebte Dich unermesslich!), dem anderen Freund von Karl Kraus. Altenberg hatte sich überdies, und dies stets vergeblich, um jene Frauen bemüht, die sich mit Adolf Loos einließen, bis hin zu dessen gegenwärtiger Geliebter Elsie.

Der Dichter war kurz nach dem Kriegsende verstorben, in der Irrenanstalt am Steinhof. An einem bitterkalten Wintertag fand die Beisetzung statt, auf dem Wiener Zentralfriedhof, nach christkatholischem Ritus, wie der Jude Altenberg ausdrücklich verfügt hatte. Er wollte, so war es die allgemeine Meinung, damit alle beide Konfessionen verärgern. Vierhundert Personen waren zu der Trauerfeier gekommen, darunter langjährige Erzfeinde von Karl Kraus wie der Schriftsteller Hermann Bahr. Kraus war bestellt, die Totenrede zu halten. *Wer könnte sich rühmen, dich, den allem Umgang Eröffneten gekannt zu haben, dich, den immer Andern, allen entzogen, weil du du selbst warst!*

Fast ein gesamtes Heft der »Fackel« wurde mit Altenberg-Texten gefüllt. Das große steinerne Totenkreuz für Altenbergs Grab auf dem Zentralfriedhof war eine Arbeit von Adolf Loos.

Die Liebe ist nichts anderes als ein Seiltanz von Amateuren ohne Balancierstange und Netz, hatte Peter Altenberg einmal gesagt. Und: *Es gibt nur einen einzigen wirklichen Größenwahn – der Glaube eines Mannes an die Treue einer geliebten Frau.*

Karl Kraus musste, als er das wiederlas, sofort an Sidonie von Nádherný und sich selber denken.

Er traf die Geliebte wie früher. Er traf sie nicht mehr so häufig wie früher. Er traf sie in Wien, auf Reisen, er traf sie in Janowitz oder Janovice, wo er sich gerne aufhielt, immer noch, wo er zu sich selbst fand, wo er umhergehen konnte, arbeiten, mit Sidonie reden, Sidonie umarmen, schlafen, ruhen, schlafen.

Im Schloss war alles unverändert, auf den ersten Blick, doch fiel auf, dass sich die Dienerschaft verringert hatte. Es ging nicht mehr ganz so luxuriös zu wie vordem. Charlie, mit dem Kraus sich weiterhin gut verstand, erzählte ihm von den wirtschaftlichen Problemen, die es jetzt gab. Kraus verschwieg, dass er selber mit Schwierigkeiten zu kämpfen hatte: Die Inflation, die seit dem Kriegsbeginn herrschte, bedrohte sein ererbtes Vermögen ebenso wie den Gewinn, den ihm »Die Fackel« brachte.

Es war ein schwüler Frühsommerabend in Janovice. Am Horizont bildeten sich Gewitterwolken. Kraus saß in dem ihm seit Jahren vertrauten Gästezimmer des Schlosses und schrieb über die gegenwärtigen politischen Zustände einen Text, den er »Kultur und Presse« nennen wollte. *Es ist das Unglück der Republik, dass sie nicht den Mut gehabt hat, den Totengräbern der Freiheit lieber eine Arbeitslosenunterstützung zu zahlen anstatt von ihnen die Agenden des neuen Lebens besorgen zu lassen.* In das Zimmer trat Sidonie. Sie hielt eine brennende Zigarette in der rechten Hand und eine als Aschenbecher dienende Jakobsmuschelschale in der linken. Sie blies Tabakrauch neben sich und sagte:

Störe ich dich? Ich sehe, du arbeitest.

Ich kann unterbrechen. Du störst mich niemals.

Ich habe, sagte sie, ein wenig über uns nachgedacht. Ich hatte die Zeit dazu, und ich hatte das Bedürfnis. Es ist nicht mehr zwischen uns wie vor vier oder drei Jahren. Oder siehst du das anders?

Ja.

Ich sehe es so.

Die Zustände haben sich geändert. Wir hatten einen Krieg. Plötzlich leben wir in zwei verschiedenen Staaten, du und ich.

Es sind nicht bloß die Zustände. Die Ursachen liegen bei uns. Ich will da vorsichtig sein: Vielleicht liegen sie bloß bei mir.

Woran denkst du?

Ich bin älter geworden.

Das bin ich auch.

Ich bin eine Frau. Bei uns zählt das Älterwerden doppelt.

Ich sehe dich an. Du bist wie immer. So wie ich dich kennengelernt habe. So wie ich dich liebe und brauche.

Sie begann zu husten. Sie hustete sehr ausführlich, was ihr inzwischen häufiger widerfuhr, offenbar als Folge des intensiven Tabakkonsums. Er hätte ihr das sagen können, er hätte sie zur Mäßigung ermahnen können, aber er unterließ es. Der Husten endete. Sie drückte ihre Zigarette aus und sagte:

Lassen wir das. Wir müssen hier nicht weiter darüber reden, wir können es später tun. Ich habe Kopfschmerzen. Sei bitte lieb und lass mich heute Nacht allein.

Sie nickte ihm zu und ging. Er blieb zurück. Er blickte auf sein Manuskript, sah die bereits geschriebenen Sätze und war unfähig, weiter daran zu arbeiten. Er stand auf und stellte sich an das Fenster.

Die Gewitterwolken krochen den Wipfeln der Parkbäume entgegen. Blitze und Donner gab es noch nicht. Er fühlte, wie seine Handinnenflächen feucht wurden. In dieser Nacht, wusste er, würde er nicht gut schlafen können.

Am nächsten Morgen, nach dem Frühstück, ging er mit Sidonie durch den Park. Zwei Hunde liefen ihnen voraus. Der Gewitterregen am Vorabend war heftig gewesen, die Wege waren schlammig und voller Pfützen.

Wir wollen weiterreden, sagte er. Gestern Abend hast du mir Andeutungen gemacht. Ich habe sie nicht genau verstanden, trotzdem haben sie mich verstört.

Haben sie das? Tut mir leid.

Was also ist?

Du hast mir gestern gesagt, dass du mich brauchst. Nun, ich habe dich ebenso gebraucht. Für meine Gefühle, für meine Nächte. Dinge nutzen sich ab mit der Zeit. Auch Gefühle nutzen sich ab.

Was folgt daraus?

Ich denke, wir sollten uns trennen.

Er blieb stehen. Er starrte sie an und sagte:

Ist das dein Ernst?

Bitte versteh mich richtig. Ich möchte nicht, dass wir uns völlig aus dem Weg gehen. Ich möchte unser Liebesverhältnis beenden.

Das hast du für dich so beschlossen?

Ja.

Soll ich jetzt besser fortgehen und abreisen?

Nicht doch.

Sie zog aus der Jackentasche ihr Zigarettenetui, ohne es zu öffnen. Nervös legte sie es von einer Hand in die andere und zurück. Sie sah angestrengt aus.

Ich will nicht, dass wir völlig auseinandergehen, sagte sie. Keinesfalls.

Was willst du dann?

Dass wir Freunde bleiben.

So wie du und Rilke?

Wieso denkst du an Rilke?

Weil er immerfort zwischen uns steht.

So habe ich das nie gesehen.

Wie mit ihm soll es jetzt zwischen uns werden?

Warum eigentlich nicht?

Sie gingen wieder. Einer der Hunde kehrte zu ihnen zurück, hielt inne und schüttelte sich Nässe aus dem Fell. Sidonie hatte ihrem Etui eine Zigarette entnommen, die sie in den Fingern hielt, ohne sie anzuzünden.

Freundschaft, sagte er, kann immer nur vor der Liebe kommen, nicht danach.

Lass es uns trotzdem versuchen.

Ich hätte nicht angenommen, dass es zwischen uns so was wie einen unbeglichenen Rest gibt. Jetzt weiß ich, es gibt ihn. Ich bedaure das sehr. Leider steht es nicht in meiner Macht, das zu ändern.

Mir ist nicht gut, sagte sie, die Sache strengt mich an.

Sie pfiff nach den Hunden. Er bot ihr den Arm, den sie nicht annahm.

Die Fortsetzung ihres Gesprächs fand bald danach statt, am frühen Vormittag, in der Bibliothek. Hier hing der kalte Geruch von Charlies Tabakspfeife. Sie saßen sich gegenüber. Kraus sagte:

Ich habe über unser Gespräch von vorhin nachgedacht, Sidi. Du hast dir da eine Konstruktion überlegt. Sicher findest du sie schön. Vielleicht ist sie das, doch sie bleibt eine Konstruktion. Sie ist sozusagen aus den Bedürfnissen deiner Seele entstanden. Sie will ein ästhetischer Ersatz für etwas Natürliches sein. Eine ähnliche Einstellung von mir wäre sicher gut. Sie brächte uns wieder in Einklang.

So sehe ich das auch.

Ich habe sie aber nicht. Du denkst, wir könnten eine Art von künstlichem Aufbau über unsere Vergangenheit anlegen. Der wäre bloß eine Ruine, und in Ruinen kann man nicht leben. Vielleicht magst du dich nicht mehr daran erinnern, was alles vorher war. Vielleicht willst du sagen: Mit der Liebe ist es halt vorbei, trotzdem, wir haben immer noch einen schönen Blick auf die Gegenwart.

Bitte begreif mich, Karl. Ich will nicht alles aufgeben.

Warum eigentlich nicht?

Weil da nichts mehr bliebe.

Es bleibt auch so nichts mehr. Dass plötzlich das Wesentliche vorbei ist, kann nicht die Grundlage unserer Beziehung sein. Dann lieber den radikalen Abschied.

Du meinst: für immer?

Ja.

Sicher brauchen wir bloß Zeit, Karl. Sicher brauchst du Zeit.

Sie steckte sich eine Zigarette an, blies den Rauch neben sich, hustete etwas und sagte:

Heute Morgen hast du davon gesprochen, dass wir jetzt in zwei Staaten leben. Warum kommst du nicht nach Böhmen? Du bist hier geboren. Du kannst in Prag wohnen. Wir würden dann näher beieinander sein und wären nicht völlig getrennt.

Was brächte das?

Eine Chance.

Vielleicht kommt irgendwann eine Veränderung, die mich dazu bringt, in die Schweiz zu gehen oder hierher nach Böhmen. Nicht um mein Leben zu retten, sondern meine Arbeit. Noch gibt es das nicht. Also bleibe ich in Wien.

Sidonie schwieg. Es gab nichts mehr zu sagen. In einer Jakobsmuschelschale drückte sie ihre Zigarette aus. Sie stand auf und verließ die Bibliothek.

Was war geschehen? Kraus begriff es nicht. Offensichtlich war Sidonie seiner überdrüssig geworden. Vielleicht hatte sie plötzlich eine intimere Zuneigung zu Rilke entwickelt. War sie dem Dichter nicht erst kürzlich begegnet, bei einer ihrer Reisen in die Schweiz? Sie hatte es ihm gegenüber erwähnt, eher beiläufig. Da schien alles zwischen ihnen noch unverändert.

In dem Zimmer, in dem er nächtigte, ging er auf und ab. Er dachte daran, dass sie ihm einen Umzug nach Böhmen empfohlen hatte. Was wäre damit gewonnen? Allein das Reisen von Prag nach Wien würde jetzt größere Schwierigkeiten bereiten als früher. Er hatte Sidonie gegenüber von seiner Arbeit gesprochen, was mehr als bloß eine Ausrede war. Wer immer seine Texte kannte, würde ihm bestätigen müssen, dass kaum jemand so bereit und geeignet war wie er, gegen die Bedrücker und für die Bedrückten zu sprechen. Gerade in dieser Zeit.

Wog er vielleicht bloß seine publizistischen Pflichten gegen seine erotischen Neigungen auf? Aber es war Sidonie, die ihn dazu zwang. Sie wollte ihn herabstufen zu einem Gesellschafter für ihre kulturellen Bedürfnisse, vergleichbar Rilke oder dem sogar noch nachgeordnet. Darauf konnte er sich nicht einlassen. Es widersprach seinem Stolz, es widersprach seiner Selbstachtung, es widersprach der leidenschaftlichen Liebe, die er für Sidonie empfand, immer noch. Vor drei Jahren hatte er ein Gedicht geschrieben und in der »Fackel« veröffentlicht:

Löst sich die Lust von ihrem letzten Lohn,
so klammert sich ans Herz ein Klageton.
O ewiger Abschied ewiger Wiederkehr –
wohin entrinnst du und wo kommst du her!

Es waren wahrhaftige Worte. Ein bisschen prophetisch waren sie auch. Er hatte nie mit ihr über das Gedicht gesprochen. Er wusste nicht einmal, ob sie es gelesen hatte. Schließlich schrieb er viel und schrieb entschieden viel mehr als Rilke.

Er ordnete sein Gepäck, ging noch einmal durch das Schloss, allein, niemand begegnete ihm. Er blickte in den Park. In den Blättern der Büsche hing glitzernde Nässe. Er war gerne hier, er liebte die Ruhe und die altmodische Schönheit von Janowitz oder Janovice, er wusste nicht, ob er jemals hierher zurückkehren würde. Danach brach er auf, früher als beabsichtigt, er fuhr zurück nach Wien.

Er vertiefte sich in Arbeiten an der »Fackel«. Seine Nächte blieben unruhig, er musste Beruhigungsmittel einnehmen, um ein paar Stunden Schlaf zu finden. Er verbot sich alle Gedanken an Janowitz und verstieß immer wieder dagegen.

Am dritten Tag nach seiner Rückkehr verließ er vormittags das Haus und ging die Lothringer Straße hinab in Richtung Karlsplatz. Die steinernen Kulissen waren geblieben wie vordem, Verkehr und Publikum hatten sich verändert: Mehr Automobile als Pferdekutschen waren unterwegs, Kriegskrüppel humpelten umher, neben Hauseingängen hockten Bettler. Der verlorene Krieg zeigte seine Opfer vor.

Da sah er Kokoschka. Die Begegnung geschah aus Zufall, Kraus wähnte den Maler in Deutschland. Für

Außenstehende mochte jetzt der Eindruck entstehen, der hünenhafte Kokoschka könne den zierlichen Kraus erdrücken, sie lachten beide, gemeinsam betraten sie das nächstgelegene Kaffeehaus. Aus Erfahrung wusste Kraus, dass die Begegnung mit Freunden noch das sicherste Mittel war, sich von den Erinnerungen an Sidonie Nádherný zu lösen.

Kokoschka kannte er länger als zehn Jahre. Miteinander bekannt gemacht hatte sie Adolf Loos, der den jungen ungebärdigen Maler für sich entdeckt hatte, dessen wilde farbintensive Kunst bewunderte und öffentlich anpries. Seinen Enthusiasmus übertrug er auf Kraus, der sich von dem Maler porträtieren ließ. *(Kokoschka hat ein Porträt von mir gemacht. Schon möglich, dass mich die nicht erkennen werden, die mich kennen. Aber sicher werden mich die erkennen, die mich nicht kennen.)* Kokoschka hatte außerdem die Buchausgabe seiner »Chinesischen Mauer« illustriert.

Sein Leben war bizarr. Unter anderem schrieb er poetische Texte, die einigermaßen wirkungsvoll waren, eines seiner Dramen hieß beziehungsvoll »Mörder, Hoffnung der Frauen«. Es war in Wien aufgeführt worden, mit beträchtlichem Erfolg. Den wollte der Urheber dann lieber in einen ordentlichen Skandal umgedeutet wissen und ließ sich, als wütende Reaktion darauf, den Kopf kahl scheren. Spleens solcher Art waren das Entzücken von Kraus.

Berühmt war Kokoschkas leidenschaftliche Liebesverbindung zu Alma, Witwe des Komponisten Gustav Mahler. Das Verhältnis dauerte drei Jahre. Kokoschka ertrug nicht, dass Alma ihn ständig betrog, durchweg mit berühmten Männern. Schließlich trennte er sich von ihr und meldete sich zum Heeresdienst. Für Kraus war das reine Idiotie, doch wusste er, dass Kokoschka sich aus reiner Verzweiflung so verhielt. Der Maler wurde schwer verwundet, er genas, er war weiter Soldat und wurde abermals verwundet. Als der Krieg zu Ende war, ließ er sich von einer Münchner Herstellerin eine nach seinen Anweisungen gestaltete lebensgroße Alma-Mahler-Puppe anfertigen, als Ersatz für die abhandengekommene Geliebte. Die reale Alma lebte inzwischen mit dem von Kraus verachteten Dichter Franz Werfel zusammen.

Jetzt hatte Kokoschka eine Professur inne an der Kunstakademie in Dresden. Nach Wien gekommen war er nur für einen kurzen Besuch. Kraus genoss das ausführliche Treffen mit ihm und sah darin die willkommene Ablenkung von dem Geschehen in Janovice. Aber war es das wirklich? Kokoschka redete ausführlich von Alma, von der Puppe, die ihm als Modell diente, die er vielleicht vernichten würde, irgendwann, um von seinen erotischen Nöten fortzukommen. War das alles nicht eine ins Groteske verschobene Spiegelung dessen, was Kraus soeben widerfuhr? Gab es Ähnlichkeiten zwischen Alma und Sidonie? Beide waren begehrenswerte Frauen. Der Mann habe fünf Sinne, hatte er einmal gesagt, die Frau bloß einen.

Heimgekehrt schrieb er Sidonie einen ausführlichen Brief, in dem es um ihren Vorschlag zu einer Freundschaft zwischen ihnen ging:

Ich kann gar nicht sagen, wie wehe mir ist, dass ich einem Verlangen, welches sicherlich ein Ehrenzeugnis für das Wesen ist, das es empfindet – mehr als für den Angesprochenen –, nicht Genüge tun kann. Ich will dieses Unvermögen einem Mangel zuschreiben; aber es lässt sich eben nicht überwinden. Wohl, tragisch wäre es, wenn das Leben darüber vergehen sollte. Aber die Natur ist tragisch. Zusammen einer Welt gegenüberzustehen, das war freilich schön! Aber als es erst nötig wurde, sollte es nicht mehr möglich sein.

Mary Cooney hatte vor nunmehr einem Vierteljahrhundert ihre Heimat verlassen und seither nicht wiedergesehen. Sie hatte den Zwillingskindern einer böhmischen Adelsfamilie Englisch beigebracht, in welcher Sprache sie mit den beiden fortan verkehrte. Deren eigentliches Idiom, das Deutsche, beherrschte sie nicht sonderlich gut, noch weniger Tschechisch, nunmehrige Amtssprache des Landes, in dem sie lebte. Sie gehörte zum Personal der Nádhernýs wie deren Diener, Köche, Pächter und Landarbeiter, wiewohl an herausgehobener Stelle, als Gesellschafterin von Baronesse Sidonie, die keine Baronesse mehr sein durfte, sondern offiziell nun Sidonie Nádherná hieß.

May-May, wie ihre einstigen Schützlinge sie nannten, hatte bis zum Herbst 1914 insofern Verbindung zur Region ihrer Herkunft gehalten, als sie regelmäßig die Londoner Tageszeitung The Times las, die Charlie Nádherný, wie sie wusste, auch ihretwegen bezog. Der Krieg war vorüber. Die Times kam nach Janowitz oder Janovice auch jetzt nicht mehr. Mary musste, um sich über das Weltgeschehen zu informieren, auf die deutschsprachigen Zeitungen Bohemia und Prager Tagblatt zurückgreifen, in denen Großbritannien und Irland vergleichsweise selten stattfanden.

Sie war eine steife magere ältliche Person, sorgfältig gekleidet. Von Sidonie hatte sie eine kleine flache Silberflasche erhalten, die sie, mit Cognac gefüllt, in ihrer Handtasche mit sich führte, um manchmal heimlich daraus zu trinken. Dies war ihr einziges Laster, abgesehen von ihrer bedingungslosen Liebe zu Sidonie, die sich schwerlich als ein Laster begreifen ließ.

Wie es der Familie erging, aus der sie stammte, wusste sie nicht. Wie es um das Kloster stand, in dem sie erzogen worden war, wusste sie gleichfalls nicht. Als sie vor mehr als drei Jahrzehnten in Janowitz eingetroffen war, hatte sie es verabsäumt, Briefe nach Irland zu schicken, was sie im Nachhinein bedauerte. Der Krieg hatte dazu geführt, dass sie sich vom Land ihrer Herkunft dann auch innerlich entfernte, was sie inzwischen als einen Fehler ansah.

Jetzt wollte sie nach Irland fahren. Sie wollte das Land ihrer Herkunft wiedersehen, ihr Heimatdorf, ihr Elternhaus, ihre Familie, das Kloster. Sidonie hatte sie mit dem nötigen Geld ausgestattet, und sie besaß die erforderlichen Papiere, um ungehindert über die Grenzen zu gelangen. Sie fuhr von Prag nach Deutschland, bis Bremerhaven, wo sie ein Schiff nach Irland nahm.

Kildare war armselig geblieben. Ständig regnete es, auch das war wie früher. Durch den Schlamm der Dorfstraße stapfte sie zu dem Haus ihrer Familie, einem flachen Bau mit unordentlichem Schilfdach. Ihre Eltern waren längst gestorben. Der älteste ihrer Brüder, Sean, hatte den Pachthof übernommen und bewirtschaftete ihn, so gut er konnte, ein von der schweren Feldarbeit gebeugter weißhaariger Mann. Seine Frau war tot. Seine fünf Kinder waren erwachsen. Zwei seiner Söhne waren Mitglieder der IRA, der irischen Untergrundarmee, die seit drei Jahren für die Unabhängigkeit des Landes kämpfte, mit Anschlägen, Überfällen und Hinrichtungen.

Sie saßen einander gegenüber, beim flackernden Licht einer Petroleumlampe. Mary sah die Hände ihres Bruders, verarbeitet, groß, grob, mit gelber Hornhaut und grauen Fingernägeln. Dagegen waren ihre eigenen Hände schmal, weiß und gepflegt, sie unterschieden sich von denen Seans, wie sie sich in ihrer Kleidung und ihrem Auftreten von ihm unterschied, sie gehörte nicht mehr nach Kildare, sie gehörte nicht mehr nach Irland, es war ein sentimentaler Irrtum gewesen, nach drei Jahrzehnten Abwesenheit zurückzukommen. Als ihr Bruder hinausging, um das Stallvieh zu versorgen, griff sie hastig nach ihrer Silberflasche und trank daraus.

Die IRA-Mitgliedschaft seiner zwei Söhne war für Sean eine schwere Belastung. Mehrfach hatten Angehörige der Royal Constabulary das gesamte Anwesen durchsucht und verwüstet. Anderorts, sagte Sean, endeten solche Aktionen damit, dass alles niedergebrannt und die Bewohner ermordet wurden. Seans Reden war voll von Verbitterung und Hass. Mary wusste von der irischen Unabhängigkeitsbewegung nicht viel, gerade bloß, was darüber in den Prager Zeitungen stand. Die Exzesse, von denen sie jetzt durch ihren Bruder erfuhr, waren abscheulich, doch inwiefern betraf sie das? Die Kinder ihres Bruders kannte sie nicht. Ob der irische Bürgerkrieg vernünftig und rechtens war, vermochte sie nicht zu beurteilen. Sie trank zwei Tassen Tee mit Sean, erzählte etwas von ihrer Zeit in Janowitz und verabschiedete sich.

Sie besuchte das Kloster, in dem sie als Halbwüchsige gelebt hatte. Eine ihrer Mitschülerinnen von damals amtierte jetzt als Äbtissin. Einst waren sie eng befreundet gewesen, Mary und Caitlin, nun saßen sie einander gegenüber wie Fremde. Caitlin, klein, untersetzt, mit runzeligem Katzengesicht, erzählte atemlos von den Schwierigkeiten, die das Kloster hatte, auch als Folge des herrschenden Bürgerkriegs. Wie Mary kam sie aus einer bettelarmen Bauernfamilie, wie Mary hatte sie viele Geschwister, einer ihrer Brüder war, so wie Seans Söhne, aktiv im irischen Untergrund, und so wie Sean billigte Caitlin diese Tätigkeit uneingeschränkt. Der Aufstand hatte nicht bloß einen sozialen und kulturellen, er hatte auch einen religiösen Hintergrund: Die Engländer waren Protestanten, die Iren waren überwiegend katholisch, das Unabhängigkeitsbestreben hatte gleichermaßen mit dem Glauben zu tun, und nicht bloß bäuerliche Gehöfte wurden von den Engländern heimgesucht, auch Klöster und Kirchen.

Cogadh na Saoirse, der Freiheitskrieg, habe nicht erst 1919 begonnen, sondern drei Jahre früher, zu Ostern 1916. Da habe es einen Aufstand gegeben, da die Regierung in London die Wehrpflicht auf Irland habe ausdehnen wollen. Damals sei die Proklamation der irischen Republik erfolgt und, als Reaktion, die Verhaftung der Wortführer. Hierauf habe sich Óglaigh na hÉireann gebildet, die Untergrundarmee, seit Januar 1919 existiere auch Dáil Éireann, das irische Parlament. Caitlin nannte die Namen Éamon de Valera, Michael Collins, Arthur Griffith, die Mary nichts sagten, und je länger sie Caitlin zuhörte, desto mehr wurde ihr bewusst, wie sehr dies alles sie nicht betraf. Zum Abschied umarmte sie Caitlin, die schwach nach Kampfer und Weihrauch roch.

Mary trat ins Freie. Sie ging an den Klostergebäuden vorüber bis zum Friedhof, sie stand vor Gräbern und las Namen, die ihr unbekannt waren. Sie warf einen letzten Blick auf das Kloster. In der Luft hing schwacher Geruch von brennendem Torf.

Der Regen hatte aufgehört, die Wolken rissen auf. Das Licht der Sonne war härter und intensiver, als sie es von Böhmen gewohnt war. Sie blickte auf eine weitläufige baumlose Landschaft, mit Büschen, flachen Steinwällen, mit schilfgedeckten Katen, mit tiefgrünen Wiesen, auf denen Schafe weideten. Sie versuchte sich einzureden, dies sei das Land ihres Herkommens, dies sei ihre Heimat, aber sie glaubte ihren eigenen Behauptungen nicht.

Sie fuhr nach Dublin, von dort auf einem Fährschiff nach Liverpool und mit der Eisenbahn weiter bis London. Sie gedachte ein paar Tage zu bleiben. Ihr Irland-Aufenthalt war kürzer ausgefallen als beabsichtigt, und sie hatte noch Geld.

Sie suchte sich ein kleines Hotel nahe dem Piccadilly Circus. Sie lief durch den Hydepark, fuhr mit der Untergrundbahn, sie sah den Tower und unternahm eine Flussfahrt auf der Themse. Sie suchte das British Museum auf, betrachtete den Rosetta-Stein, die Mumien aus Altägypten und die Elgin Marbles, antike Statuen aus dem Parthenon in Athen. Sie ging zum Trafalgar Square und setzte sich, als ihre Füße schmerzten, in die offene Kirche St Martin-in-the-Fields. Sie aß auch Fish 'n' Chips, nicht aus Zeitungspapier, sondern von Schüssel und Teller in kleinen Restaurants. Als sie zum Haymarket-Theater kam, sah sie, dass ein Stück von Oscar Wilde gegeben wurde, »Lady Windermere's Fan«. Offenbar war sie von dem Kunstbetrieb in Janowitz nachhaltig genug infiziert, dass sie jetzt ein Ticket erwarb und sich in die Vorstellung setzte.

Oscar Wilde war wie sie in Irland geboren und war wie sie aus Irland fortgegangen. Er hatte einen Roman geschrieben, in dem es um die Problematik des Älterwerdens ging, und es gab von ihm wunderbare Märchen, die sie in ihren Übungsstunden mit Sidonie und Charlie gelesen hatte, »The Happy Prince«, »The Selfish Giant«, »The Nightingale and the Rose«. Mary war noch nicht sehr oft im Theater gewesen, einmal in der Mailänder Scala, zweimal in der Wiener Hofoper und einmal im Wiener Burgtheater, immer gemeinsam mit Sidonie.

Bei Oscar Wildes Stück handelte es sich um eine Komödie, die unter Adelsleuten spielte. (Mary musste sofort an die Nádhernýs denken.) Die Titelfigur Lady Windermere war eifersüchtig auf ihren Gatten und wollte ihn verlassen, tat es dann aber nicht. Ihre Mutter, die sie nicht kannte, kehrte nach zwanzig Jahren unter einem anderen Namen zurück (Mary dachte an sich selbst). Die Mutter offenbarte sich lediglich ihrem Schwiegersohn, von dem sie damit Geld erpresste, um sich am Ende mit einem etwas dümmlichen Aristokraten einzulassen.

Das Parkett war voll besetzt. Im Publikum wurde viel gelacht, immer wieder gab es Szenenapplaus. Zwei der Darsteller waren offenbar äußerst populär. Einer von ihnen sagte in näselndem Oberklasse-Englisch Sätze auf wie *History is merely gossip. But scandal is gossip made tedious by morality.* Geschichte sei bloß Klatsch, doch ein Skandal sei es, wenn sie durch Moralisieren langweilig werde.

Mary gefiel die Vorstellung. Sie hörte das makellose Bühnen-Englisch, das sich angenehm unterschied von dem harten gälischen Akzent ihres Geburtslandes. Sie saß zwischen Leuten, die ihr unbekannt waren und denen sie unbekannt war, alles war zufällig, flüchtig und eben darum für sie irgendwie behaglich. Auf der Bühne hieß es, in dieser Welt gebe es bloß zwei Tragödien: Die eine sei, wenn man nicht bekomme, was man sich wünsche, die andere, wenn man es bekomme, und eben das sei die wahre Tragödie. Das Publikum lachte ausführlich, und Mary lachte mit, wobei ihr der Gedanke kam, dieser Satz hätte auch Karl Kraus einfallen können. Derart war sie mit ihren Gedanken wieder in Janowitz. Dort hatte sie ihr Zuhause gefunden, ungeachtet ihres Geburtsorts und ihrer Muttersprache, über den Begriff Heimat mochte sie nicht nachdenken.

Am übernächsten Tag ließ sie sich mit einer Droschke vom Hotel zum Londoner Hafen bringen und bestieg ein Schiff, das sie nach Hamburg brachte. Mit der Eisenbahn fuhr sie über Berlin und Prag bis nach Benešov, wo Sidonie wartete, um sie mit ihrem Automobil nach Janovice zu bringen. Sidonie schien überaus vergnügt. Während der ziemlich kurzen Fahrt rauchte sie nacheinander zwei Zigaretten.

Im Schloss herrschte einige Aufregung. Mary erfuhr, dass bald eine Hochzeit stattfinden werde. Sidonie erklärte ihr, der Entschluss sei einigermaßen kurzfristig gefallen, auch deswegen werde die Feierlichkeit recht bescheiden ausfallen und mit vergleichsweise nur wenigen geladenen Gästen. Den Bräutigam kannte Mary flüchtig. Er war ein paarmal im Schloss zu Besuch gewesen und hatte sich dabei höchst exzentrisch benommen, etwa, indem er plötzlich vom Tisch aufsprang, einen Kopfstand ausführte und dabei weitersprach. Überhaupt sprach er ungewöhnlich viel. Mary hätte es lieber gesehen, wenn der Bräutigam Karl Kraus gewesen wäre, aber ihre Meinung war hier nicht von Belang. Sidonie zeigte sich fest entschlossen, diese Ehe einzugehen, und jetzt, anders als im Falle des Florentiners Carlo Guicciardini, gab es kein geschichtliches Ereignis, das die Sache hätte aufhalten und beenden können.

Der Bräutigam traf zwei Tage nach Marys Rückkehr in Janovice ein. Wie gewohnt redete er sehr viel. Entsprechend den Vorschriften in Österreich und auch in der Tschechoslowakei hatte der gebürtige Aristokrat seinen Adelstitel abgelegt. Sidonies Bräutigam war der Wiener Arzt und experimentelle Naturforscher Max Thun.

V

Geboren wurde Imre Békessy in Budapest. Nach Wien kam er 1919 als Vierunddreißigjähriger. Was er davor gewesen war und getan hatte, blieb unklar, es hieß, im Krieg sei er Leutnant gewesen, habe aber nie eine Waffe in der Hand gehalten, danach habe er sich der Räterepublik des kommunistischen Diktators Béla Kun ebenso angedient wie auch der Konterrevolution des antikommunistischen Diktators Horthy. Zudem seien gegen ihn strafrechtliche Ermittlungen wegen Verleumdung, Betrugs und Erpressung erfolgt, wovor er aus seinem Geburtsland geflüchtet sei.

Dies hatte Karl Kraus über die Vergangenheit des Mannes, der sich jetzt Emmerich Békessy nannte, in Erfahrung bringen können. Da es ungesichert war, ließ es sich nicht gut als Argument verwenden. Was an unbezweifelbaren Tatsachen blieb, war viel mehr als genug. In einem Milieu der Freudlosen und Bresthaften, so sah es Kraus, wirke Békessy als ein Mann von durchaus gesunder Prostitution.

Damit rückte der Exilungar auf in die Riege der prominenten Erzfeinde von Karl Kraus, zu der Hermann Bahr, Maximilian Harden, Alfred Kerr und Chefredakteur Moritz Benedikt von der Neuen Freien Presse gehörten. Manchmal war Kraus versucht, auch den Namen Rainer Maria Rilke einzufügen, doch verbot er sich das, auch jetzt noch. Den Umfang seiner Gegnerschaft zum Urheber der »Duineser Elegien« hatte er stets für sich behalten, vornehmlich aus Rücksicht auf Sidonie. Dass »Die Fackel« Rilke für sein elitäres Gebaren als einen wirklich feinen Menschen verspottete, blieb, diesen Dichter betreffend, das bei Weitem Schärfste an öffentlicher Kritik, das Kraus von sich gab.

Békessy war da von völlig anderem Zuschnitt. Entsprechend radikal fielen die publizistischen Angriffe der »Fackel« aus.

Bald nach seinem Eintreffen in Wien hatte Békessy ein kleines journalistisches Imperium aufgebaut. Die Finanzierung erfolgte durch zwei vermögende österreichische Börsenspekulanten. Wichtigstes Organ wurde »Die Stunde«, eine illustrierte Tageszeitung für breites Publikum, gemacht nach dem Vorbild angelsächsischer Revolverblätter. »Die Stunde« druckte vielgelesene Enthüllungsreportagen, doch konnten Politiker, Künstler und Geschäftsleute für sie unangenehme Texte verhindern, indem sie der Redaktion Zahlungen leisteten. Innerhalb kürzester Frist wurde Emmerich Békessy auf diese Weise zu einem schwerreichen Mann.

Kraus sah hier einen Auswuchs des von ihm ohnehin tief verachteten Pressebetriebs. Das Wesen der »Stunde«, sagte er, und dies stelle ein Novum dar in der Zeitungsgeschichte, sei der sich automatisch erzeugende Dreck. Wie andere Angriffe der »Fackel« erregte auch dieser ein erhebliches Aufsehen.

Békessy schlug zurück. »Die Stunde« nannte Kraus einen eitlen Selbstdarsteller, mit geil überfließendem Mund und verkrümmtem Rücken, einen Baumaffen des Sarkasmus.

Kraus antwortete, wobei er anderswo geäußerte und juristisch nicht angefochtene Vorwürfe wiederholte: Békessy sei ein politisch schamloses, charakterloses, käufliches Subjekt, er sei ein Lügner und Schwindler, der erfundene Nachrichten verbreite.

Woraufhin Békessy Karl Kraus als einen Vorteilsnehmer beschrieb, der ein Privatauto besitze und eine Familienrente beziehe.

Kraus erwiderte, Békessy sei nichts anderes eingefallen, als jene einzigen Tatsachen des Kraus'schen Privatlebens zu enthüllen, die wahr seien. *Wenn für den Schmutz, den das Blut der Welt zurückgelassen hat, die neue Staatsform nichts kann und gegen ihn nichts vermag – die Glorie des Schmutzes, seine täglich sichtbare Verkörperung, hat abzudanken wie die Glorie des Bluts!*

Mit der abgedankten Glorie des Blutes war der alte Adel gemeint. Die böhmische Familie der Nádherný von Borutín gehörte dazu, was ihm erst bewusst wurde, als er die entsprechende Druckfassung der »Fackel« in Händen hielt. Nun war es, dass er mit Angehörigen der einstigen Hocharistokratie auch sonst und immer noch Umgang pflegte. Vor dem Kriegsausbruch hatte er sich sogar öffentlich zu ihm bekannt. Inzwischen hegte er vermehrt Sympathien für den Republikanismus. Er argumentierte für die Sache der Sozialdemokratie und trat mit seinen Vorlesungen unter anderem vor Arbeitern auf. Dass Békessys »Stunde« auch antikapitalistische Töne anschlug, erschien ihm da als eine besondere Perfidie.

Seine früher häufigen Besuche in Janowitz vermisste er schmerzlich. Wenn er stattdessen nach Grätz reiste, das seit Kriegsende Hradec nad Moravicí hieß, so blieb ihm dies als ein magerer Ersatz. Das Schloss war kunsthistorisch bedeutsamer als Vrchotovy Janovice, der Adelstitel seiner Besitzer, der Lichnowskys, reichte viel weiter zurück als jener der Nádherný von Borutín. Entschieden wohlhabender waren die Hocharistokraten in Hradec nad Moravicí außerdem.

Mechtilde Lichnowsky, geborene Gräfin von und zu Arco-Zinneberg, war eine schöne Frau. Das immerhin hatte sie mit Sidonie gemeinsam. Sie war begabt, sie schrieb, für die Nestroy-Programme von Kraus hatte sie die Couplets vertont. Sie war verheiratet und Mutter von drei Kindern, hatte lange im Ausland gelebt und unterhielt lebhafte Verbindungen in die Politik wie in den Kunstbetrieb. Darin ähnelte sie Marie von Thurn und Taxis. Begab sich Kraus, wenn er nach Hradec nad Moravicí fuhr, etwa in jene Abhängigkeit, die Rainer Maria Rilke in Lautschin, nun Loučeň, wahrnahm? Wenigstens auf finanzielle Zuwendungen Mechtildes war Kraus nicht angewiesen.

Es gab in seinem Leben noch andere Frauen. Annie Kalmar, seine erste große Liebe, war nun schon zweieinhalb Jahrzehnte tot, doch er trauerte weiterhin um sie. Er verfasste ein mit ihrem Namen überschriebenes längeres Gedicht, das so begann:

Sie schwand dahin, dass man ihr Bild ersehne.
Mit ihrer süßen Stimme brach ein Stern,
unirdisch mild, und klang so hoch und fern.
In ihrem Aug war alle Erdenwonne.

Ob es Sidonie gelesen hatte und wie sie darüber befand, wusste er nicht. Dass er es auch in Hinsicht auf sie verfasst hatte, war ihm bewusst.

Die schönen Schwestern Elisabeth Reitler und Helene Kann hatte er lange vor Kriegsbeginn in Ischl kennengelernt. Vornehmlich Elisabeth entzückte ihn durch ihre Intelligenz und ihren Witz, einige ihrer Äußerungen rückte er in »Die Fackel« ein. Ihre Wohnung in der Wiener Walfischgasse durfte Adolf Loos einrichten, was ebenso für sie sprach wie der Umstand, dass sie sich von Oskar Kokoschka hatte porträtieren lassen. Unglücklicherweise neigte sie zu Depressionen, und 1917, unter den niederschmetternden Eindrücken der obwaltenden Kriegsgräuel, beging sie Selbstmord. Der tief betroffene Karl Kraus schrieb, sie sei heiteren Geistes und traurigen Herzens gewesen, und er verfasste ihr einen kleinen Nachruf in Versen: *Dein Erdentag war ein Ermatten, Dein Erdenglück war der Verzicht.*

Ihren Platz nahm fortan ihre nicht ganz so brillante Schwester ein. Sie umsorgte Kraus, sie kam, wann immer er ihre Hilfe benötigte, sie unterstützte ihn in seinen Bemühungen, sie fing damit an, für seine Arbeiten ein Archiv anzulegen. War sie demnach so etwas wie ein Ersatz für Sidonie? Sie war es und war es nicht.

Entgegen seinem ursprünglichen Entschluss, alle Verbindung nach Janowitz zu beenden, hielt er weiterhin zu Sidonie Kontakt. Manchmal sahen sie sich. Sie wechselten Briefe und Telegramme. Dies war schon deswegen erforderlich, da Kraus an Ergänzungen zu seinen »Letzten Tagen der Menschheit« saß, deren Entstehung Sidonie eingehend begleitet hatte.

Er wusste, dass sie überhastet eine Ehe eingegangen war, wohl auch in Konsequenz des zwischen ihr und ihm erfolgten radikalen Bruchs. Es war bereits das zweite Mal, dass sie sich, statt für ihn, für einen anderen als angetrauten Lebensgefährten entschieden hatte. Er nahm es zähneknirschend hin. Dass ihr nunmehriger Ehemann jener Max Thun und Hohenstein war, den er als einen üblen Phantasten und hochgradigen Neurastheniker kannte, konnte er nur als einen wüsten Irrtum nehmen.

Das sah sie vielleicht auch selbst so. Ihre Begegnungen mit Kraus jedenfalls wurden häufiger. Er schrieb ihr:

Und nun lass Dir noch sagen, dass ich, wenn ich nicht über Dich nachdenke, Dich unerhört hochschätze, und wenn ich über Dich nachdenke, noch höher. Was soll ich also tun? Es ist ein Zustand, aus dem ich mich am liebsten in die Arbeit rette, durch die ich Dir aber noch näher komme.

Die alte Verbindung wurde es gleichwohl nicht. Da gab es noch Helene Kann, die Sidonie inzwischen kennengelernt hatte und die ihr seit ihrer ersten Begegnung heftig zuwider war, was sie Kraus auch wissen ließ. Handelte es sich dabei um eine Reaktion aus Eifersucht? Kraus fragte es sich. Wenn es sich so verhielt, durfte er es vielleicht als eine Genugtuung nehmen.

Die Arbeit, in die er sich rettete, weil retten musste, hatte vorerst vor allem mit Emmerich Békessy zu tun. »Die Fackel« äußerte sich ausführlich über den Mann. Kraus hielt auf ihn eine lange Rede, deren Wortlaut er danach zum Druck gab. Er nannte Békessy einen Hanswurst der Korruption, einen Beutelschneider für die elegante Welt, einen dämonischen Schwindelgeist, der auch die Wahrheit zur Lüge mache, er zieh ihn der fortwährenden Annäherung des bürgerlichen Abschaums an die Arbeitersache. Dies alles mündete in die Forderung *Hinaus aus Wien mit dem Schuft!* Der Wortlaut wurde von anderen übernommen. Es gab Unterschriftensammlungen, die Financiers der Békessy-Blätter hatten sich verspekuliert, gerieten in Geldnot und zogen sich von dem Unternehmen zurück. Die Staatsanwaltschaft begann zu ermitteln, was alles dazu führte, dass Békessy von einem Auslandaufenthalt nicht mehr nach Wien zurückkehrte.

Karl Kraus hatte gesiegt.

Der Wahltag im November war nebelig und kalt. Charlie blickte aus dem Fenster, er sah dicke Tropfen am kahlen Gezweig der Bäume und Sträucher des Gartens. Dann ging er zu seinem Schreibtisch, nahm seine Tabakspfeife zur Hand, stopfte sie sorgfältig und zündete sie an.

Das Wahllokal befand sich im Ort. Der Fußweg dorthin betrug keine Viertelstunde, aber der Witterung wegen zog er es vor, das Automobil zu nehmen. Der Wagen gehörte seiner Zwillingsschwester Sidonie, die gegenwärtig verreist war. Einer der Dienstboten würde ihn fahren.

Wen er wählen sollte, wusste er noch nicht. Den Zeitungen war zu entnehmen, dass insgesamt 29 Parteien und Gruppierungen sich um die Sitze im Parlament bewarben, nationaltschechische, sudetendeutsche, slowakische. Er selbst war ein politisch durchaus interessierter Mensch, er bezog mehrere Tageblätter und las sie aufmerksam, freilich, die fortwährend wiederkehrenden Wirrnisse des Regierungsgeschehens in Prag vermochte er nicht immer zu enträtseln. Einzig verlässliche Konstante der tschechoslowakischen Innenpolitik war die Person des Staatspräsidenten Tomáš Garrigue Masaryk, der das Land in die Unabhängigkeit geführt hatte, der allseits geachtet und auch international hochangesehen war, aber Masaryk stand jetzt nicht zur Wahl.

Charlie dachte darüber nach, ob er seine Stimme den Agrariern geben sollte. Den strikt nationalen Parteien stand er fern, den Klerikalen ebenso. Die zumeist aggressiv auftretenden Repräsentanten der Deutschsprachigen missfielen ihm, wiewohl Deutsch seine Muttersprache war (wie auch die von Masaryk). Sein Nachname klang tschechisch, und er hatte sich entschieden, erst einmal als Tscheche wahrgenommen zu werden.

Darin stimmte er mit seiner Schwester überein. Manches andere, was sie tat, dachte, sagte, fand seine Billigung nicht. Wen sie, wäre sie anwesend, am heutigen Tage wählen würde, wusste er nicht, so wenig wie sie es vermutlich selber wusste, gewiss würde sie, wie früher schon, überhaupt nicht zur Wahl gehen. Politische Einzelfragen behelligten sie wenig. Lieber hielt sie auf schöne Literatur und auf die Künste.

Ihr Verhalten bereitete ihm Sorge. Überstürzt und plötzlich hatte sie eine Ehe eingehen wollen, mit Thun, den er gut genug kannte, auch da er ein entfernter Verwandter war. Ihre Mitteilung, sie wolle den Kerl ehelichen, hatte ihn völlig überrascht. Er wollte wissen, ob sie sich das gut überlegt habe.

Ja, war die Antwort. Und ich will es rasch hinter mich bringen.

Das klingt nicht eben enthusiastisch.

Ich bin sechsunddreißig.

Ist das ein Argument?

In unseren Kreisen schon. Ich erinnere mich, dass du mich ständig gedrängt hast zu heiraten. Jetzt tu ich es, und ich habe mich für jemand entschieden, der wenigstens von Adel ist.

Adel zählt nicht mehr.

Natürlich zählt er noch. Heimlich. Bei den Adligen. Wir gehören dazu.

Dein Max ist, wie soll ich mich ausdrücken, etwas närrisch.

Ich weiß das. Deswegen mag ich ihn.

Wenn du mich fragst: Kraus wäre mir lieber gewesen.

Ach ja? Hattest du nicht Vorbehalte gegen ihn?

Ich habe sie aufgegeben.

Den Antrag von Kraus habe ich abgelehnt. Das ist lange her. Inzwischen sehen wir uns bloß noch selten. Ich heirate Max.

Also fand die Trauung statt. Bereits nach einem Vierteljahr trennte sich Sidonie von ihrem Gatten, fortan lebte der wieder in Wien, während sie in Janovice blieb, sofern sie sich nicht, wie üblich, auf Reisen begab, mit oder ohne May-May. Ihren Geburtsnamen hatte sie beibehalten. Max Thun befand sich mittlerweile in psychiatrischer Behandlung.

Die Tabakspfeife begann zu gurgeln. Charlie schraubte das Mundstück herunter und säuberte es mit einem flauschigen Reinigungsdocht. An der Spitze seiner Zunge spürte er eine Schwellung. War sie Folge seines Tabakverbrauchs? Er erinnerte sich, dass der ebenso berühmte wie umstrittene Wiener Seelenarzt Sigmund Freud sich durch ständiges Rauchen in der Mundhöhle eine Krebserkrankung zugezogen hatte. Aber Freud konsumierte nicht Pfeife, sondern Zigarren, bis zu zwanzig am Tag.

Mit Karl Kraus würde Charlie in Verbindung bleiben, wie immer sich dessen Verhältnis mit Sidonie gestalten mochte. Sie trafen sich in Wien und in Prag, wo Kraus, so wie früher, seine öffentlichen Veranstaltungen abhielt und dafür ein begeistertes Publikum fand. Einmal hatte er von Staatspräsident Masaryk eine Einladung auf die Burg erhalten, der er auch nachgekommen war. Hinterher spöttelte er: Im Unterschied zu reichen Wiener Geldleuten sei er dort nicht zum Lunch eingeladen worden, aber derlei stünde einem Schriftsteller wohl auch nicht zu.

Charlie fuhr nur noch selten nach Prag. Zdenka Escherová, vier Jahre lang seine Geliebte, war nicht mehr am Leben. Ein Eisenbahnzug auf der Strecke Prag-Brünn hatte sie überfahren. Wie es dazu gekommen war, ließ sich nicht mehr zweifelsfrei ermitteln, offenbar sei es ein aus Unbedachtheit verursachter Sturz gewesen, ließ die Familie verbreiten, wohl auch deshalb, damit es zu einem kirchlichen Begräbnis kommen konnte. Für Charlie, und nicht nur für ihn, hatte es sich um einen Suizid gehandelt.

Die Beisetzung fand auf den Olšanské hřbitovy statt. Die Anlage war sehr ehrwürdig und sehr alt. Der Trauergottesdienst in der barocken Friedhofskapelle wurde von einem bleichen, asketisch wirkenden und sehr jungen Priester vorgenommen, er sprach Deutsch mit tschechischem Akzent. Der Witwer wurde in einem Rollstuhl gefahren und saß am Ende, neben sich seine zwei Söhne, zu Seiten des offenen Grabes, um die Kondolenz der Trauergäste entgegenzunehmen. Zu denen gehörte Karl Nádherny, der mit einem üppigen Grabbouquet aus Vrchotovy Janovice herbeigeeilt war.

Im Schlosshof fuhr Sidonies Wagen vor, um Charlie abzuholen und in den Ort zu fahren. Charlie klopfte seine Tabakspfeife aus, legte sie beiseite und zog sich seinen Mantel über. Inzwischen war er entschlossen, für die Partei der Agrarier zu stimmen.

Once upon a time – of all the good days in the year, on Christmas Eve – old Scrooge sat busy in his counting-house. Einmal im Jahr, zur besten Zeit, also am Weihnachtsabend, saß der alte Scrooge in seinem Kontor, um zu arbeiten.

Die Sätze standen im ersten Kapitel des »Christmas Carol« von Charles Dickens. Mary Cooper las sie vor, im englischen Original, am Abend des Ersten Advents. Dies war ein in Janowitz oder Janovice seit Langem eingespieltes Ritual, es gehörte zur Weihnachtszeit wie Lebkuchen, Zimtplätzchen, Mandelstollen und Tannengrün. Eingeführt hatte es, als die Zwillingsgeschwister Sidonie und Karl noch klein waren, deren Mutter, die verstorbene Baronin Nádherny.

Das Vorlesen sollte eigentlich bloß der Sprachförderung dienen. Die Geschichte um den geldgierigen Kaufmann Ebenezer Scrooge, der sich, durch die Heimsuchung mehrerer Geister, am Weihnachtsabend doch noch zu einem guten und hilfsbereiten Menschen wandelte, wurde von Sidonie und Charlie bald derart gemocht, dass beide, selbst als sie im Englischen längst perfekt waren, weiterhin jedes Jahr auf einer Wiederholung von Marys Vortrag bestanden, eines von fünf Kapiteln an jedem Adventssonntag und zu Heiligabend das letzte, mit seinen feierlichen Schlussworten *God Bless Us, Every One*. Gott segne jeden von uns. Gleich danach wurden am Christbaum die Kerzen angezündet.

So sollte es auch in diesem Jahr wieder sein. Mary hatte ihr altes Buchexemplar mit den Illustrationen von Fred Barnard herausgesucht und würde die Texte vorlesen, wie, mit etlichen Unterbrechungen, seit nunmehr fast vier Jahrzehnten. Es war vor allem Sidonie, die auf der Prozedur bestand, mehr noch als ihr Bruder, viele Passagen wusste sie auswendig und sprach den Wortlaut unhörbar mit. Mary bemühte sich, den alten Text möglichst eindrucksvoll vorzutragen, den Sprechern der vielen Dialoge passte sie jeweils ihre Stimme an, ließ Ebenezer Scrooge krächzen und die Geister unheimlich säuseln. Ihr gegenüber saßen Sidonie und Charlie, lauschten dankbar, Charlie hatte seine Tabakspfeife im Mund, seine Schwester hielt eine brennende Zigarette zwischen den Fingern, beide eingehüllt von dünnem, weißgrauem Rauch.

Mary dachte daran, dass bald ein neues Kalenderjahr beginnen würde und Sidonie den Plan hatte, mit ihr nach Ägypten zu fahren. Die Idee hatte nicht so sehr mit Interessen an der Kunst der Pharaonen zu tun als mit empfehlenden Hinweisen von Rainer Maria Rilke. Mary wusste, dass Sidonie noch immer Verbindungen zu dem Dichter unterhielt, unter anderem wahrnehmbar an den blaupapierenen, schwach parfümierten Briefen, die regelmäßig in Janovice eintrafen.

Mary hatte die Beziehungen Sidonies zu Männern niemals nachvollziehen können. Fragen stellen mochte sie nicht. Es stand ihr nicht zu. Sie sah bloß: Sidonies Verbindung mit Karl Kraus, einstmals fast innig, schien ziemlich lose geworden und war manchmal völlig unterbrochen. Sidonie hatte dann geheiratet, einen äußerst labilen Mann, von dem sie sich, wiewohl ohne formelle Scheidung, schon bald wieder getrennt hatte. Womöglich verfuhr sie auch aus Rücksicht so, da Max Thun inzwischen zwecks ständiger Behandlung in einer Wiener Nervenklinik untergekommen war. Allerdings zeigte sie keinerlei Neigung, den Kranken zu besuchen.

Stattdessen zog sie es vor, sich auf Reisen zu begeben, bei denen sie sich gerne von Mary begleiten ließ. Die empfand das, anders als früher, nicht mehr als Auszeichnung, sondern als Last. Das ständige Unterwegssein strengte sie an. Sie war jetzt fast sechzig Jahre alt, ihr Haar hatte weiße Strähnen, ihre Gelenke schmerzten, immer wieder hatte sie auch Schwindelanfälle.

Für Sidonie blieben Reisen die große Passion. Ihre liebste Lektüre, sagte sie manchmal, seien weder Romane noch Lyrikbände, sondern die Kursbücher der europäischen Eisenbahnlinien. Ihre andere Leidenschaft war das Gärtnern. Die Gehölze, Beete und Sträucher im Park von Janovice wurden zahlreicher und üppiger. Gelegentlich beriet sie ein aus Deutschland stammender, offenbar sehr angesehener Gartenarchitekt namens Camillo Karl Schneider.

Die Zeit um Weihnachten und den Jahreswechsel hatte Sidonie häufig in der Schweiz zugebracht, begleitet von ihrem Bruder Charlie und ihrem alten Freund Karl Kraus. Dort lebten sie alle zusammen in einem Graubündner Ferienhaus. Bei solchen Aufenthalten fanden Lesungen aus dem »Christmas Carol« von Charles Dickens nicht statt. Immerhin, auch dann wurde das Fest von Christi Geburt angemessen begangen: *They knew how to keep Christmas well*, wie es ungefähr in dem Weihnachtsmärchen von Charles Dickens hieß. Und natürlich: *God Bless Us, Every One.*

Rilke war tot. Als langjähriger Patient des Sanatorium Val-Mont in Montreux war er am drittletzten Tag des Jahres 1926 verstorben. Er hatte, schon seit mehreren Jahren, was seinen Ärzten nicht sofort und ihm bis zuletzt nicht bekannt war, an weißem Blutkrebs, also Leukämie gelitten.

Sidonie erfuhr davon zum Jahreswechsel. Die Nachricht erschütterte sie tief. Rilke, schrieb sie in ihr Tagebuch, sei seit zwanzig Jahren ihr Freund gewesen, ihr erster, ihr wahrer Freund, stets habe er ihr Mut gegeben und sie gelehrt, sich zu freuen und in der Schönheit, abseits der anderen Welt, ein eigenes Leben zu leben.

War er lediglich ihr Freund gewesen? War er ihr vielleicht mehr?

Aus der Schlossbibliothek trug sie alle Rilke-Bände auf ihr Zimmer und legte sie dort ab, neben die Briefe, die ihr der Dichter geschrieben hatte und die sie in einer Kassette aufbewahrte. In einem davon stand, dies sei schon sein vierzehnter Brief an diesem Tage: eine schwindelerregende Zahl.

Sein letztes Schreiben handelte von einem ersehnten Wiedersehen, nämlich einem Besuch Sidonies im Schweizer Kanton Wallis, wo Rilke zuletzt gelebt hatte. Seine Bleibe war ein Schlossturm nahe Sierre. Immer wieder habe er sich vorgestellt, schrieb er, dass sie auf einer ihrer Reisen zu ihm kommen werde. *Denn was uns fehlte, war ja wirklich dieses Einander-zu-lange-nicht-gesehen-haben! (Fehlt uns noch!) Und ich war so fest überzeugt, dass Sie, die nun bei Weitem Beweglichere, es sein würden, die, plötzlich, dieser Entbehrung abhelfen käme.* Sie hatte sich die Fahrt zu ihm fest vorgenommen, dann freilich immer wieder aufgeschoben und ihn das auch wissen lassen. *Jetzt auf Sie zu verzichten,* entgegnete er, *auf diese Tage vertrauten und geräumigen Wiedersehens, die Sie für mich bereit gehabt hätten, ist ein herzlicher Verlust!*

Wieso war sie so vorgegangen? War es bloße Unbedachtheit gewesen? Oder Angst? Oder Eifersucht? Denn natürlich wusste sie, dass Rilke in seinem Schlossturm nicht mönchisch lebte. Ein paar Andeutungen fanden sich selbst in seinen Briefen an sie, anderes wurde ihr zugetragen, durch Gespräche mit Bekannten, darunter ihrer Freundin Mary Dobrčensky, die in der französischen Schweiz lebte, das war nahe an Rilkes Schlossturm.

Der Dichter hatte zu allen Zeiten Gefährtinnen gehabt. Manche, wie Marie Thurn und Taxis aus dem nahen Loučeň oder Nanny Wunderly-Volkart aus dem Schweizer Winterthur, brauchte er bloß, dass sie ihn wirtschaftlich unterstützten. Der anderen bedurfte er für sein Liebesleben. Kraus hatte Sidonie von der exzentrischen Industriellengattin Loulou Albert-Lazard erzählt, mit der Rilke während seiner Militärzeit in Wien zusammenlebte. Als er in die Schweiz ging, wurde seine große Liebe eine von materiellen Nöten und allerlei Krankheiten heimgesuchte kommunistische Literatin, die er in ihrem materiellen Elend plötzlich allein ließ. Zuletzt lebte er mit der Französin Elisabeth Klossowska zusammen, die wie Albert-Lazard eine Malerin war und zudem die Mutter zweier halbwüchsiger Söhne. Wie Loulou Albert-Lazard und Angela Guttmann war sie Jüdin, was Sidonie gleich an jene Argumente denken ließ, mit denen Rilke ihr einst die Ehe mit Karl Kraus ausgeredet hatte. Offenbar war Rilke kein Antisemit, sondern war bloß neidisch gewesen auf den jüdischen Rivalen.

Sie griff nach Rilkes Büchern. Manche hatte er signiert, andere nicht. Sein Hauptwerk, wie von ihm und nicht bloß von ihm behauptet, waren die »Duineser Elegien«, die ihn ungewöhnlich lange beansprucht hatten, um die zehn Jahre. Sidonie erinnerte sich seines Aufenthaltes in Janowitz, als er aus dieser Dichtung vorgetragen hatte. Sie öffnete das Buch. Sie blätterte darin. Mehrfach hatte sie sich an einer Lektüre versucht und war jedes Mal gescheitert. Sie begriff die ständig darin auftretenden Engel nicht. Waren das biblische Wesen? Es gab in den Texten allerlei christkatholische Anspielungen, doch ebenso viele Rückgriffe auf Figuren aus der antiken Mythologie, die keine Engel kannte. Wohin also gehörten sie? Für Rilke waren sie ein lebenslanges Motiv, wie mehrere seiner früheren Dichtungen auswiesen. *Sie haben alle müde Münde und helle Seelen ohne Saum.* Ein Plural wie »Münde«, der sich im übernächsten Vers auf »Sünde« reimen musste, wäre Karl Kraus mit Sicherheit nicht eingefallen.

Einmal, in der siebten Elegie, verwandelte sich die Geliebte in einen Engel. Überhaupt fanden Liebe, Sexus und Liebende fortwährende Erwähnung, zusammen mit Tieren, Pflanzen, Jahreszeiten und Gestirnen. Die Fledermaus hinterließ einen Sprung im Porzellan des Abends (ein gewagtes Bild), August der Starke musste Zinn biegen. Die fünfte Elegie begann mit einer Vorstellung von Straßenakrobaten, *prall und strammig erfüllt mit Muskeln und Einfalt.* Deren körperliche Kunststücke wurden mit dem Liebesakt verglichen, was Sidonie ziemlich unpassend erschien. Insgesamt boten die Elegien eine rätselhafte, überwiegend anstrengende Lektüre, bei der sie, Sidonie, sich fast durchweg ausgeschlossen fühlte, irgendwie taub und blöd.

Ehe sie den Band jetzt schloss, fiel ihr Blick auf die zweite Elegie:

Ich weiß,
ihr berührt euch so selig, weil die Liebkosung verhält,
weil die Stelle nicht schwindet, die ihr, Zärtliche,
zudeckt; weil ihr darunter das reine
Dauern verspürt. So versprecht ihr euch Ewigkeit fast
von der Umarmung.

Das war nun gar nicht rätselhaft, sondern höchst direkt und körperlich-sinnlich. Sidonie spürte, wie ihr zarte Schauer die Rückenhaut hinabliefen. Sie schloss das Buch und griff nach einer Zigarette.

Rauchend verließ sie das Zimmer. Durch eine der geschlossenen Türen hörte sie Charlie husten. In diesen Tagen war sie mit ihrem Bruder überwiegend allein. May-May hatte einen körperlichen Zusammenbruch hinter sich und lag im Spital, dem Dienstpersonal des Schlosses waren die Nachmittage freigegeben. Charlie, meinte sie, saß wieder über seinen Abrechnungen und Kontobüchern, wie gewöhnlich.

Er war deutlich gealtert, stärker als sie. Sein Haar war dünn geworden, seine Haltung gebeugt. Außer Haus, etwa um nach Prag zu fahren, war er nur noch selten. In der Hauptstadt gab es ein Großhandelsunternehmen, dessen Geschäftsführerin eine Zeit lang Charlies Geliebte gewesen war.

Ihr Bruder meinte wohl, dass Sidonie davon nichts wisse. Dabei hatte sie, bei einem zufälligen Prag-Aufenthalt, das war noch mitten im Krieg, die beiden Arm in Arm über die Karlsbrücke gehen und ein Hotel auf der

Kleinseite aufsuchen sehen. Die zwei waren so ineinander vertieft, dass sie Sidonie nicht bemerkten. Ihrem Bruder gegenüber erwähnte Sidonie von ihrer Beobachtung nichts. Sie wollte ihn in dem Glauben lassen, er habe sein Geheimnis für sich allein.

Bald nach Kriegsende war Frau Escherová von einem Eisenbahnzug überrollt worden. Die Nachricht erfuhren die Nádhernýs durch einen schwarzumrandeten Brief mit Traueranzeige. Dass es sich um einen Selbstmord gehandelt hatte, wusste der hauptstädtische Klatsch.

Sidonie zog sich ihren Pelz über. Sie pfiff nach dem Hund, der, wie alle seine Vorgänger, ein Leonberger war und auf den Namen Bobby hörte. Sie führte das Tier hinaus in den Parkgarten. Dort lag Schnee, er war angetaut, dass er unter den Schuhsohlen knirschte. Tierspuren verliefen im Weiß, von Vierbeinern und von Vögeln. Der Tag war trüb, in der Luft hing Nebel.

Rainer Maria Rilkes Ableben war bereits der zweite Todesfall eines ihr sehr vertrauten Menschen in jüngerer Zeit. Vorausgegangen war das unerwartete Sterben ihrer Freundin Dora Pejačevič. Das war in München geschehen, wo Dora zuletzt gelebt hatte. Seit dem Kriegsende lag ihr schönes Heimatschloss Našice, darin vergleichbar Janovice, in dem von österreichischen Behörden sogenannten Neuausland.

Sie hatten sich, Sidonie und Dora, immer wieder getroffen, bis zuletzt. Von Sidonie waren diese Begegnungen ersehnt und gesucht worden, da es kaum noch einen anderen Menschen gab, dem sie sich innerlich so nah fühlte. Dabei war Dora in ihren letzten Jahren immer zurückhaltender und stiller geworden, selten begab sie sich auf Reisen, sie musizierte nur mehr wenig, sie trat öffentlich nicht mehr auf, ihre Kompositionen wurden noch weniger beachtet als früher. Sie hatte geheiratet und lebte für ihre Ehe, sie wurde schwanger, trug das Kind aus und brachte es mittels Kaiserschnitt zur Welt. An den Folgen dieses gynäkologischen Eingriffs starb sie.

Sidonie dachte daran, dass Dora ihr einst ein Prager Spital besorgt und sie dorthin begleitet hatte, damit eine Abtreibung vorgenommen werden konnte. Sidonie dachte daran, wie Dora ihr zu einer Eheschließung geraten hatte. War dies der Grund gewesen, dass sie Max Thun und Hohenstein geheiratet hatte? Der eigentliche Grund war gewesen, dass sie sich der anhaltenden Bemühungen Thuns um sie nicht länger hatte erwehren wollen, die immer gleiche Prozedur war ihr langweilig geworden, wie auch das immer gleiche Zureden ihres Bruders Charlie. Max Thun war ein hübscher Kerl, groß gewachsen und sportiv, wie es keiner ihrer anderen Liebhaber gewesen war, außerdem gehörte er dem gleichen gesellschaftlichen Milieu an wie die Nádhernýs, worauf Charlie stets Wert gelegt hatte. Thuns exzentrisches Wesen bot ihr eine Abwechslung, er erheiterte sie, und derart willigte sie in seinen Heiratsantrag schließlich ein.

Die Hochzeitsfeierlichkeiten fielen bescheiden aus. Es gab nur wenige Gäste. Eine kirchliche Trauung fand nicht statt, da weder die Braut noch der Bräutigam sonderlich auf Religion hielten.

Mit Sidonies Heiterkeit hatte es schon nach einem Vierteljahr ein Ende. Thuns Verhalten wurde grotesker, seine ständig hervorgebrachten naturwissenschaftlichen Theorien stießen auf allgemeines Kopfschütteln, seine Experimente mit Affen waren Sidonie peinlich. Sie brachte ihn dazu, einen Nervenarzt aufzusuchen, womit eine psychiatrische Behandlung begann, die zu dem stationären Aufenthalt in einer Wiener Klinik für Geisteskranke führte. Dort hatte ihn Sidonie einmal aufgesucht. Er hockte auf der Kante seines metallenen Bettes, lachte unentwegt, fuchtelte mit den Armen und redete zusammenhangloses Zeug. Sein Gesicht war rotfleckig. Seine Hände waren feucht. Dies alles erschütterte sie zutiefst und entließ sie mit der selbstquälerischen Frage, wieso sie die Verbindung mit ihm überhaupt eingegangen war.

Es begann zu schneien, dicke nasse Flocken. Sie trug keine Kopfbedeckung, ihr Haar wurde nass, ihr Gesicht wurde nass, sie pfiff nach Bobby und kehrte ins Haus zurück. Durch die geschlossene Tür der Bibliothek hörte sie blechern klingende Musik. Charlie hatte das Grammophon in Betrieb genommen und eine Schallplatte mit der Ouvertüre zu Smetanas »Verkaufter Braut« aufgelegt. Vielleicht hatte er die Oper einst im Prager Nationaltheater erlebt, zusammen mit seiner Geliebten, der Escherová, händchenhaltend in einer Loge, während unten auf der Bühne die Komödianten einzogen. Sidonie stellte es sich so vor. Sie zündete sich eine Zigarette an.

Sie hatte, das wusste sie, ihre Ehe mit Max Thun auch geschlossen, weil dies für Karl Kraus ein Ärgernis, mehr noch: eine tiefe Kränkung war. Ihre Beziehung zu Kraus war mit den Jahren immer schwieriger geworden. Ihr Angebot zu einem rein freundschaftlichen Verhältnis hatte er zunächst abgewiesen und war dann doch darauf eingegangen, irgendwie. Er peinigte sie mit seiner intellektuellen Übermacht, seiner Besitznahme, seinem Ungestüm, seinem Begehren. Manchmal verabscheute sie ihn geradezu, um ihm dann doch wieder nachzugeben.

Sie gingen auseinander und trafen sich. Es gab Zeiten der radikalen Trennung ebenso wie die einer leidenschaftlichen Versöhnung. *So hast Du schon lange nicht zu mir gesprochen, und gesprochen vielleicht nie. Ich weinte über die Worte: Weil keiner ist wie Du und mich mehr entbehrt hat,* schrieb er ihr, *und während ich weinte, entbehrte ich Dich nicht, sondern genoss Dich wie noch nie, umarmte Dich, wie es in der süßesten Minute Deiner Unerreichbarkeit noch nicht geschehen ist.*

Dann wieder geschah, dass sie seinen Geburtstag vergaß, immerhin war es sein fünfzigster. Die literarische Welt nahm davon Kenntnis, er traf seine Freunde und Bekannten, sogar die von ihm verabscheuten Zeitungen erwähnten es, sie aber sandte ihm nicht einmal ein Telegramm. Es gab gerade wieder Spannungen zwischen ihnen, so hatte sie das Datum einfach vergessen.

Nicht Pandorens Wiederkehr, schrieb er ihr, *erwarte ich, aber der Freundin, die, wenn auch die grausam schöne Natur sie mir auf Zeit verfinstert hat, doch der stolzeste Besitz meines Lebens bleibt. Trotz allem und allem. Wie wäre das nur möglich, dass zehn Jahre ausgeschnitten sein sollen und nichts mehr vorhanden! So nichts mehr, dass sie, gerade sie, an einem Tag meiner nicht gedacht hat, wo es so vielen gelang, die doch nur die allgemeine Gabe empfangen haben, welche sie, gerade sie, immer so hoch geachtet hat neben der besondersten, die nur ihr galt.*

Dies berührte sie denn doch. Wie nun sollte sie jetzt reagieren?

Lass diesen Sommer, schrieb er ihr, *nicht verwelken, ohne dass wir uns gesehen und uns überzeugt haben, dass dieser innersten Verbindung nichts, was die Natur sonst vermag oder was sie nicht vermag, etwas anhaben konnte und könnte; und dass wir nicht willens sind, mit der Todsünde, uns vergessen zu haben, von einer Welt abzuscheiden, die unmöglich Besseres zu bieten hat als die Erinnerung an Dein Hören und mithin auch die an mein Wort.*

Mit seiner Eifersucht auf den verstorbenen Rainer Maria Rilke quälte er sie weiter. Dabei war sie gewiss, dass es ihm dabei nicht bloß um Besitzansprüche und Erotik zu tun war, sondern außerdem um Ansehen, Sprache und schöne Literatur. Wenn Kraus seit zwölf Jahren nicht mehr bloß satirische, sondern auch tiefernste und zärtliche Verse schrieb, waren zwar, wie es die gedruckten Zueignungen bezeugten, Sidonie und Janowitz der Anlass, doch überdies wollte er erfolgreich mit Rainer Maria Rilke konkurrieren. Für sie blieb die Beziehung zu dem Lyriker eine Möglichkeit, den selbstherrlichen Ansprüchen von Kraus zu begegnen.

War es nur das?

Sie saß wieder in ihrem Zimmer. Sie rauchte. Sie öffnete die Kassette und blätterte in Rilkes Briefen. Immer wieder war darin von Janowitz die Rede: *Gott, wie wär es doch schön, dieses gemeinsame liebe Ziel zu haben!* Oder: *Nur Janowitz müsste um einen sein, und man müsste still beieinander sitzen!* Manchmal argwöhnte sie, er schriebe das bloß, um sich bei ihr einzuschmeicheln, da sie ihm Gelder zukommen ließ (zu Charlies lauthals geäußertem Missfallen). Dies wies ihr zunächst eine ähnliche Rolle zu wie Marie von Thurn und Taxis und Nanny Wunderly-Volkart, Letztere eine schwerreiche Schweizer Industriellengattin, die ihrerseits Rilke weitervermittelte an andere schwerreiche Schweizer Industrielle. Sie kauften des Dichters Domizil im Wallis, ließen es instand setzen und stellten es ihm unentgeltlich zur Verfügung.

Außerdem richteten sie noch einen gut ausgestatteten Fonds ein, aus dem er sich beliebig bedienen konnte. Deswegen hatte er Sidonie anbieten können, dass sie, immer auf seine Kosten, ihn in seinem Turm besuchen und dabei in einem äußerst teuren Hotel logieren solle.

Es war also nicht bloß Geld, auf das sich seine Neigung zu ihr gründete. Es war offensichtlich mehr. Es war erotisches Begehren. Das hatte sie von der ersten Begegnung an deutlich gespürt, und auch Karl Kraus hatte es wahrgenommen.

Inzwischen war sie zweiundvierzig Jahre alt. Sie war nicht mehr jung, sondern auf gutem Weg, eine alte Frau zu werden. Wenn sie sich morgens im Spiegel besah, entdeckte sie Fältchen neben ihren Mundwinkeln und in ihrem Haar weiße Fäden. Die Haut an ihrem Hals war nicht mehr straff. Es war nicht Unbedachtheit gewesen, dass sie die Reise ins Wallis nicht angetreten hatte, sondern Angst. So, wie sie jetzt aussah, hatte sie dem Dichter nicht gegenübertreten wollen, bloß um dann wahrnehmen zu müssen, wie sein sinnliches Begehren erlosch.

Aus einem der Lyrikbände hing ein papierenes Lesezeichen heraus. Sie schlug die Seiten auf und las:

Ja ich sehne mich nach dir. Ich gleite
mich verlierend selbst mir aus der Hand,
ohne Hoffnung, dass ich Das bestreite,
was zu mir kommt wie aus deiner Seite.
ernst und unbeirrt und unverwandt.

Sie spürte wieder, wie ihr zarte Schauer die Rückenhaut hinabliefen. Sie schloss das Buch und griff nach einer Zigarette.

Zur Zeit seines Todes war Rilke einundfünfzig Jahre alt gewesen, was bedeutete, dass er zuletzt seine frühere Ausstrahlung auch nicht mehr besaß. Womöglich wäre das Wiedersehen eine beidseitige Enttäuschung geworden, was sie wohl geahnt, was sie wohl befürchtet hatte, weswegen sie ihre Reise ins Wallis wieder und wieder aufgeschoben hatte, bis es dann zu spät war.

Unter den Büchern auf ihrem Tische lag ein schmales Insel-Bändchen mit den von Rilke übertragenen Briefen der portugiesischen Nonne Mariana Alcoforado. Früher hatte sie oft darin gelesen. Einige Stellen hatte sie mit Bleistiftstrichen markiert und Ausrufungszeichen an den Seitenrand gesetzt. *Aber ich warf mich dir hin, ganz und gar, außerstande, an etwas zu denken, was meine Freude vergiften und mich hindern könnte, die glühenden Beweise deiner Leidenschaft grenzenlos zu genießen.* Es war diese Unbedingtheit, die sie berührt hatte und jetzt wieder berührte.

Sie nahm ein Lexikon zu Hand und schlug nach. Mariana Alcoforado, las sie, war eine 1640 geborene Beamtentochter aus dem Alentejo, die, als Halbwüchsige, von ihren Eltern in ein Clarissinnenkloster gegeben wurde. Im Land herrschte Krieg. Als sie fünfzehn war, begegnete ihr der französische Offizier Noël Bouton de Chamilly, mit dem sie ein leidenschaftliches Liebesverhältnis begann. Chamilly kehrte zurück nach Frankreich, wo er Karriere machte und eine standesgemäße Ehe schloss. Mariana schickte ihm Briefe, fünf an der Zahl, in denen sie ausführlich ihr Schicksal, ihre Sehnsucht, ihre Trauer, ihre Verzweiflung und unstillbare Liebe beschrieb. Zuerst wurden die Texte in Paris gedruckt, auf Französisch, möglicherweise waren sie bloß eine Erfindung des barocken

Schriftstellers, Übersetzers und Diplomaten Gabriel de Guilleragues.

Dass Rilke sich diesen Briefen widmete, hatte mit Marianas vollkommener Hingabe zu tun. Eben diese Haltung kannte, suchte, brauchte, fand und feierte er bei seinen Geliebten. Hätte sie, Sidonie, dazugehören können? Bei Karl Kraus hatte sie sich verhalten, wie die Nonne Mariana es beschrieb. Wieso hatte sie sich dazu nicht bei Rilke entschlossen? Wie immer die Gründe waren, sie hatte es nicht getan. Sie bereute es. Sie bereute es bitter, doch jetzt war es zu spät.

Du tatest alles, schrieb Mariana, *wessen es bedurfte, Liebe in mir aufzuregen: aber ich habe endlich diese Verzauberung abgeschüttelt; du hast mich redlich dabei unterstützt, und ich verberge dir nicht, ich hatte solchen Beistand außerordentlich nötig.*

Die Trauer überwältigte sie. So nahm sie wieder ihr Tagebuch zur Hand und begann zu schreiben: Rilke sei ihr der einzige Mann gewesen, dessen Freundschaft sie als rein und brüderlich empfunden habe. Sein Tod habe sie gebrochen. Mit ihm, so fühle sie, habe sie alles verloren. Nun erblicke sie nur noch Dunkelheit. Als sei Rilkes Existenz ein letztes Licht gewesen in ihrem verlorenen Leben. Alles sei nun gelöscht. I cannot forget him. In no moment. Sie könne ihn in keinem Augenblick vergessen.

VI

Karl Kraus hatte bei Sidonie angefragt, wieder einmal, ob sie ihn bei der Zusammenstellung und den Korrekturen seiner nächsten Buchveröffentlichung unterstützen könne. Nach längerem Nachdenken hatte sie zugesagt.

Die Arbeit war eine Abwechslung. Sie bot die Möglichkeit, die Treffen mit Kraus zu verstetigen. Außerdem war es eine vage Geste der Dankbarkeit: Insgesamt fünf Bücher von Kraus enthielten gedruckte Widmungen an sie oder erwähnten Orte, voran Janowitz, die mit ihrer Person verbunden waren. Rilke hatte vielen Personen vieles gewidmet, darunter selbst einzelne Abschnitte seiner »Duineser Elegien«, für Sidonie Nádherný gab es keine gedruckte Zueignung.

Rilkes Tod lag mehr als fünf Jahre zurück. Ihre Erinnerung an ihn begann zu verblassen. In der anhaltenden Rivalität, die er mit Karl Kraus ausgetragen hatte, war er schließlich unterlegen, zunächst durch Sidonies Zögern, sich ihm völlig zuzuwenden, dann durch seinen körperlichen Verfall. Dass sie, nach einer mehrjährigen Entfremdung, Karl Kraus wieder regelmäßig sah, fiel mit dem Zeitpunkt von Rilkes Ableben zusammen, was ein Zufall sein mochte oder nicht.

Sie trafen sich. Sie besuchten sich. Er kam nach Janowitz und genoss diese Aufenthalte. Er schrieb ihr ausführliche, manchmal leidenschaftliche Briefe, das war fast wie früher, zu Beginn ihrer Beziehung.

Ich kann es mir ja nicht erklären, aber seit einiger Zeit ist, wohl durch Träume, eine große Veränderung von mir zu Dir eingetreten. Ich stehe Dir viel freier als ehedem gegenüber und bin darum noch mehr an Dich gebunden. Ich kann mir auch gar nicht vorstellen, dass sich das ändern könnte. Es ist mir, als ob nicht mehr die Nötigung sein könnte, Dir durch die Retouchen an Dir Leid zu verursachen, ein Teilchen von dem Leid, aus dem dieser Drang gekommen ist. Wie frei wärst Du, wenn Du Dich ganz zu mir entschließen könntest; frei zu dem Entschluss, frei durch ihn.

Vergleichbares hatte Rilke ihr nie geschrieben. Dessen letzter Brief hatte sie vor sechs Jahren erreicht. Sie bewahrte ihn, wie die früheren, in einer Kassette, die sie schon lange nicht mehr geöffnet hatte. Auch in Rilkes Büchern las sie seltener, seine Verse, selbst die frühen, einst von ihr sehr geschätzt, bedeuteten ihr nur noch wenig, anders als die an sie gerichteten, die um ihretwillen geschriebenen Verse von Kraus.

Der hatte in Wien als nunmehrige Gefährtin Helene Kann. Sidonie verabscheute sie, als entschieden hinterhältig, verlogen und dumm. Die Kann galt als schön. Ihre Zuarbeiten machten sie für Kraus unentbehrlich. Sichtlich genoss sie den Ruhm, den er hatte, da er auf sie abfärbte. Hatte er ein sexuelles Verhältnis mit ihr? Sidonie wusste es nicht, sie vermutete es. Einmal hatte sie es fertiggebracht, Kraus danach zu fragen.

Er lachte und sagte: Wenn es so wäre?

Es würde mich kränken.

Ich darf dich daran erinnern, dass du es warst, die unsere alte Beziehung beendet hat. Mit allen Konsequenzen.

Das ist lange her.

Es ist so geschehen.

Also, was hast du mit ihr?

Ich möchte dazu nichts sagen.

Das ist keine gute Antwort.

Eine andere fällt mir nicht ein.

Solche Zwistigkeiten trugen sie oft aus, sie verdarben Stunden und Tage. Irgendwann war es dann vergessen.

Einmal beschrieb er ihr seine Haltung:

Ich habe dich lieben gelernt, Sidi, doch ich habe dich nicht kennen gelernt. Ich habe dich lieben gelernt als eine, die nehmen kann. Vielleicht werde ich dich irgendwann lieben als eine, die gibt. Mir bleibt die Frage, ob ich, dem dein Glück so am Herzen liegt, in jenem Augenblick, den du mir gewährst, etwas nehmen darf.

Rätselhafte Worte. Sie hörte das, begriff es nicht völlig, nickte lächelnd und dankbar und sagte nichts.

Kraus war viel unterwegs, wie immer. Er hatte die Operetten des fast vergessenen Deutschfranzosen Jacques Offenbach für sich entdeckt und setzte alles daran, sie in Umlauf zu bringen. Er überschrieb die Libretti, er verfasste neue Couplets, begleitet von einem Pianisten trug er die Stücke selber vor und kümmerte sich um deren Inszenierungen. Daneben vertiefte er sich erneut in Texte William Shakespeares.

Seine öffentlichen Auftritte hatte er in Österreich, in der Tschechoslowakei, in der Schweiz, in Deutschland. Stets waren sie überfüllt. Er ließ sich filmen, er arbeitete für das Radio. Er redigierte seine »Fackel«, die mittlerweile ihre 863. Ausgabe erreicht hatte. *Ich bin berühmt,* schrieb er, *aber es ist wenig bekannt, es hat sich noch nicht herumgesprochen.*

Seinen Pressekrieg gegen den ungarischen Skandaljournalisten Békessy hatte er gewonnen. *Der Schuft ist draußen. Die Arbeit war groß, und noch kann der Befreier nicht mit den Befreiten aufatmen.* Umgehend ließ er sich auf einen weiteren großen publizistischen Feldzug ein, gegen den konservativen Wiener Politiker Johannes Schober.

Der gehörte seit der Kaiserzeit zum politischen Führungspersonal Österreichs. Er war mehrfach Minister, auch Regierungschef, vor allem aber war er Polizist und hauptstädtischer Polizeipräsident. In dieser Eigenschaft ließ er vor dem Wiener Parlament einen großen Demonstrationszug, der gegen ein politisches Schandurteil protestieren wollte, von seinen Sicherheitskräften abdrängen, hin zu dem nahe gelegenen Justizpalast. Der fing dabei Feuer. Der Brand breitete sich aus, die Löschkräfte fanden keinen Zugang, es kam zu Ausschreitungen, worauf die Polizei in die Menge schoss. Am Ende gab es 89 tote und 548 verwundete Demonstranten. Der dafür verantwortliche Johannes Schober blieb in seinem Amt.

Kraus nannte ihn einen Meuchelmörder und »Johannes der Täuscher«. Er verhöhnte den Mann in Vorträgen und in Texten der »Fackel«. Für das Libretto der Offenbach-Operette »Die Herzogin von Gerolstein« schrieb er ein auf Schober gemünztes Couplet:

In der Republik, da kann mir nichts gschehen,
Da verwandl' ich mich ganz,
Da richt' ich mich her, Sie werden schon sehen,
Total auf den Glanz.
Wie man die Verfassung auch verfasse,
Sie hat eh keinen Sinn …

Schober klagte dagegen, Kraus verlor den Prozess. Schober wurde bald darauf ein drittes Mal Bundeskanzler.

In der Tschechoslowakei ging es politisch nicht ganz so verworren zu wie in Deutschösterreich. Masaryk war weiterhin der allseits geachtete Staatspräsident, zwei seiner Kinder hatten sich zu Besuch in Vrchotovy Janovice aufgehalten. Die weltweite Wirtschaftskrise, die ins dritte Jahr ging, ließ auch Mittelböhmen nicht aus. Das Gut der Nádhernýs musste empfindliche Umsatzrückgänge hinnehmen, Arbeiter mussten entlassen werden. Um finanziellen Schwierigkeiten zu begegnen, sahen sich die Geschwister genötigt, weitere Mobiliare und Kunstgegenstände aus ihrem Schloss zu veräußern. Sidonie verfügte inzwischen nur noch über ein Pferd. Früher hatten im Stall von Schloss Janowitz bis zu acht Reittiere gestanden.

Ihre langjährige Begleiterin May-May war alt, sie war mager, ihre Haltung war steif, immer wieder klagte sie über Schmerzen in den Gelenken. Wenn Sidonie jetzt aufbrach, allein, um an die Ostsee, nach Norwegen und, immer wieder, nach Italien zu reisen, traf sie sich dort manchmal mit Karl Kraus, manchmal nicht.

Entgegen allen ökonomischen Beschwernissen trieb sie die gärtnerische Umgestaltung des Janowitzer Schlossparks voran. Hier engagierte sich auch Charlie. Mehrfach hatte er den namhaften Landschaftsarchitekten Camillo Schneider auf dessen Exkursionen begleitet und sich dabei allerlei Anregungen geholt. Seine Schwester betrieb eingehende botanische Studien, sie besuchte Baumschulen und Großgartenbetriebe, wo sie Pflanzen bestellte und nach Janovice liefern ließ. Der Parkgarten veränderte und vergrößerte sich ständig.

An einem Frühsommertag entdeckte Sidonie bei den Arbeitern dort ein neues Gesicht. Der junge Mann war groß, hatte dichtes schwarzes Haar und große hellblaue Augen. Sehr entfernt erinnerte er sie an Max Thun, der inzwischen in der Psychiatrie verdämmerte und von dem sie sich immer noch nicht hatte scheiden lassen.

Sie sprach den jungen Mann an, auf Deutsch. Sie fragte nach seinem Namen. Er antwortete, dass er Pawel Jirásek heiße.

Sie habe ihn noch nie hier gesehen.

Er sei erst seit gestern bei dieser Arbeit. Gerade erst habe er seine Matura gemacht, auf dem Gymnasium in Benešov. Nach seinem Militärdienst wolle er studieren, augenblicklich müsse er sich etwas Geld verdienen.

An welcher Hochschule, fragte sie, wollen Sie sich einschreiben?

An der Karlsuniversität in Prag

Für welche Fächer? Wenn ich das noch fragen darf.

Gewiss dürfen Sie. Ich will Philosophie und Sprachen belegen.

Dazu wünschte sie Ihnen viel Glück.

Er bedankte sich.

Seine Stimme war auffällig tief. Sein Deutsch hatte einen böhmischen Akzent. Seine Hände, erkannte sie, waren weiß und dünnhäutig, keine gute Voraussetzung für schwere Arbeiten im Garten. Am nächsten Tag sah sie ihn, zur Frühstückspause, abseits der anderen im Gras hocken, ein Buch in der Hand.

Sie lesen, sagte sie. Darf ich neugierig sein und fragen, was es ist?

Er zeigte ihr den Band. Es war ein zerlesenes Exemplar von Rilkes »Aufzeichnungen des Malte Laurids Brigge«.

Oh, sagte sie, Rilke. Darf ich fragen, woher Sie das haben?

Aus Benešov. Von dem Antiquar dort. Das Buch war nicht teuer.

Ich habe Rilke persönlich gekannt, sagte sie. Er ist öfter zu Besuch gewesen, hier in Janowitz.

Ich weiß.

Sie wissen?

Meine Mutter ist die Köchin im Schloss. Sie hat mir vom Herrn Rilke erzählt. Wenn er in Janovice war, hat sie ihm das vegetarische Essen gemacht.

Sie musste lachen. Der Hang zu fleischlosen Speisen gehörte zu den exzentrischen Gewohnheiten Rilkes, so wie in seinen Versen das ständige Anrufen von Engeln. Sie nickte dem jungen Mann zu und ging weiter.

Daheim nahm sie sich aus der Bibliothek Rilkes Roman. Sie begann darin zu lesen, erstmals wieder nach vielen Jahren. Die Anfangspassagen über Paris waren eindrucksvoll. Die darin geschilderten Szenerien, die morbide Schönheit von Menschen, Geschäften und Straßen kannte sie von ihren eigenen Aufenthalten in der französischen Hauptstadt. *Pferde liefen in blinkernden Geschirren auf dem dunkel gespritzten Fahrdamm, der rein war. Der Wind war erregt, neu, mild, und alles stieg auf: Gerüche, Rufe, Glocken.* Die Rückerinnerungen des Helden an sein skandinavisches Elternhaus waren erkennbar beeinflusst von den Romanen des dänischen Schriftstellers Jens Peter Jacobsen, der zu Rilkes Vorzugsautoren gehörte, dessen Bücher er Sidonie empfohlen und die Sidonie aufmerksam gelesen hatte. Das Milieu hier wie dort war aristokratisch. Dort wie hier bei Rilke gab es strenge Eltern, Generationskonflikte, Siechtum und Tod. Man hatte dienstbares Personal und viel Platz. *Die hohen Türen gaben so spielend nach vor mir und über mir, die Zimmer, durch die ich kam, hielten sich ruhig. Und endlich merkte ich an der Tiefe, die mich anwehte, dass ich in die*

Galerie getreten sei. Manchmal gerieten Rilkes Schilderungen in eine gefährliche Nähe zum Kitsch.

Ein paar Tage später fragte sie Pawel Jirásek, wie weit er mit seiner Lektüre gekommen sei.

Er sagte, mit deutschen Texten habe er Mühe. Die Schilderungen des Brigge-Schlosses hätten ihn an Janovice denken lassen.

Sie fragte ihn, ob sie ihm andere Bücher Rilkes leihen könne, Gedichte vielleicht. Rilke sei ein bedeutender Lyriker.

Er bedankte sich für das Angebot. Erst, sagte er, wolle er das Romanbuch zu Ende lesen.

Das Schloss hat eine große Bibliothek, sagte sie. Wenn Sie sich für andere Bücher interessieren, bin ich Ihnen gerne behilflich.

Er bedankte sich abermals.

Er gefiel ihr. Er gefiel ihr sehr. Sie lud ihn zum Nachmittagstee ein, und er kam, in einem Anzug, der ihm offensichtlich etwas zu eng war. Er saß ihr gegenüber, die Tasse in seinen beiden Händen, er wirkte nicht eingeschüchtert und nicht besonders selbstbewusst. Sie fragte ihn nach seinem Herkommen. Er erzählte, sein Vater sei früh gestorben, an einer aus dem Krieg mitgebrachten Verletzung. Er, Pawel, habe noch eine Schwester. Für seine Mutter sei es nicht einfach, die Familie durchzubringen. Sein Deutsch habe er von einer Tante gelernt, die bei ihnen daheim lebe, die aus Nordböhmen stamme, nämlich aus Gablentz, und die deutschsprachig sei. Dass er das Gymnasium habe besuchen können, sei dem Zureden des hiesigen Pfarrers zu verdanken gewesen. Er, Pawel, sei früher Ministrant gewesen, doch inzwischen sei er nicht mehr religiös.

Sie hörte ihm zu. Sie hörte ihm gerne zu. Sie erfuhr Dinge aus einer ihr unbekannten Welt. Es gab diese Welt. Die ihre war völlig anders. Jetzt beschäftigte sie jene fremde Welt, da Pawel Jirásek davon erzählte. Es war Pawel Jirásek, der sie beschäftigte.

Der Junge war achtzehn. Sie dachte an das Kind, das sie in einer Prager Klinik abgetrieben hatte. Wie alt wäre es jetzt, hätte sie es ausgetragen und zur Welt gebracht? War es, dass ihr dieser Pawel gefiel, weil sie gerne einen Sohn gehabt hätte? Sah sie in Pawel den Ersatz für einen Sohn? Sie dachte darüber nach. War ihr Interesse für Pawel mehr als bloß mütterlich?

In der Bibliothek stand sie vor den Büchern von George Eliot. Die hieß eigentlich Mary Anne Evans, lebte Mitte des 19. Jahrhunderts und trug ihr männliches Pseudonym, um leichter veröffentlichen zu können. Zwei ihrer Romane hatte Sidonie gelesen, vor Jahren, »Daniel Deronda« und »The Mill on the Floss«. »Daniel Deronda« beeindruckte sie wegen der genauen Schilderungen jüdischen Lebens im viktorianischen England. Sie griff nach der Eliot-Biografie Ernst von Wolzogens und blätterte darin.

George Eliot war eine hochgebildete Frau gewesen. Sie hatte sich mit Goethe beschäftigt, sie übersetzte aus dem Deutschen, sie schrieb Essays und Rezensionen. Lange Zeit lebte sie mit einem verheirateten Mann zusammen, in aller Öffentlichkeit, was einen Skandal erregte, später heiratete sie einen Mann, der zwanzig Jahre jünger war als sie. Es war das, wonach Sidonie suchte. Sie nickte, als sie es wieder las. Sie dachte an die Äußerung von Kraus, in der Liebe gebe es nichts Anstößiges, solange der unbeteiligte Moralrichter nicht seine Nase hineinstecke und die Nachtwandler zur Besinnung rufe.

Sie lud Pawel Jirásek noch mehrmals zum Tee. Sie zeigte ihm die Schlossbibliothek. Sie ging mit ihm durch den Garten, nach dem Ende der Arbeitszeit, um sie herum sprangen die Hunde. Sie bot ihm von ihren Zigaretten an. Er bedankte sich und sagte, er sei kein Raucher.

Rilkes »Malte« las er nicht fertig. Er sagte, das Buch habe er eigentlich aus reiner Neugier erworben, da ihm der Name des Autors aus Erzählungen seiner Mutter bekannt gewesen sei. Sie erzählte von Karl Kraus, der sich gleichfalls als Gast in Janovice aufgehalten habe. Pawel meinte, er habe den Namen schon gehört. Sie sagte, Kraus sei auch auf Tschechisch erschienen, und Pawel sagte, dann wolle er sich um das Buch kümmern. Nämlich, lieber und leichter lese er Texte in seiner Muttersprache. Vor allem heimische Autoren, er nannte Namen: Karel Čapek, Petr Bezručs, Stanislav Kostka Neumann. Der Letzte, sagte er, benutze mindestens fünfundzwanzig Pseudonyme, wahrscheinlich mehr. Sie hörte ihm zu. Sie wusste nicht viel von tschechischen Literaten. Sie wollte sich einige von deren Arbeiten schicken lassen, in deutscher Übersetzung.

Einmal hatte sie diesen Traum:

Pawel Jirásek stand mit ihr im Garten. Die Sonne stand hoch im Himmel, Insekten schwirrten. Pawel begann sich vor ihren Augen zu entkleiden, was sie mit Entzücken sah. Pawel erklärte, er werde jetzt mit ihr schlafen, hier im Gras, mögliche Zeugen störten ihn nicht. Sie schrie auf und rief, das sei unmöglich, sie sei viel zu alt für ihn, worauf er lachte. Davon erwachte sie.

Drei Wochen waren vergangen, als Pawel ihr sagte, er müsse seine Gartenarbeit beenden, er habe den Gestellungsbefehl vom Militär und müsse in zwei Tagen einrücken, nach Turnov oder Turnau an der Iser. Sidonie erinnerte sich, dass während des vergangenen Krieges Rilke in der Kaserne Turnau Militärdienst hatte leisten müssen. Sie dachte darüber nach, ob sie in zwei Tagen nach Benešov zum Bahnhof fahren solle, um Pawel zu verabschieden. Gewiss würde Pawels Mutter dort stehen, und was sollte sie ihrer Köchin sagen, wieso sie, die Schlossherrin, jetzt hierhergekommen war? Vielleicht hatte Pawel eine gleichaltrige Freundin, die von ihm Abschied nehmen wollte. Sie, Sidonie, war Pawels vorübergehende Arbeitgeberin, nichts anderes. Sie war so alt, dass Pawel ihr Sohn sein konnte. Also reichte sie ihm jetzt die Hand und wünschte ihm alles Gute. Er bedankte sich. Vielleicht würde sie ihn irgendwann wiedersehen

Charlie klagte über plötzliche Bauchschmerzen. Er schluckte Analgetica, die ihm nicht halfen. Aus Benešov wurde der Arzt gerufen, Dr. Clemens Brettschneider, der Charlie untersuchte und auf Blinddarmentzündung erkannte. Charlie wurde nach Prag gebracht und in der dortigen Universitätsklinik operiert. Der Eingriff verlief ohne Probleme. In ein paar Tagen, hieß es, würde er nach Janovice zurückkehren können.

In der dritten Nacht seines Spitalaufenthaltes erlitt er eine Lungenembolie. Sein Zustand war bedenklich, von einer raschen Rückkehr nach Janovice war jetzt keine Rede mehr. Er musste strenge Bettruhe halten, er wurde mit Medikamenten versorgt, er wurde jeden Tag eingehend untersucht. Seine Schwester Sidonie fuhr nach Prag, um ihn zu besuchen. Sie sah ihn liegen, seine Gesichtsfarbe war fahl, sein Haar war strähnig, unter seinen Augen lagen graue Schatten. Sie redeten etwas, über Janovice, über die Ernte. Wie üblich sprachen sie miteinander englisch.

Bei ihrem zweiten Besuch sagte Charlie, er wolle mit ihr über seine Beerdigung reden.

Das sei jetzt kein Thema, sagte sie. Er werde rasch wieder gesund sein.

Trotzdem, erwiderte er. Er möchte die Vorbereitungen festlegen, für alle Fälle. Er wünsche sich ein stilles Begräbnis, ohne große Trauergemeinde, ohne Geistlichen und irgendwelche Ansprachen. Die Sache soll nachts stattfinden. Ob sie ihm das fest versprechen könne?

Sie hielt die Erwähnung all dessen für überflüssig. Aber natürlich werde sie sich, sollte es irgendwann nötig werden, an seine Anweisungen halten, was sie fest zusage. I firmly promise.

In der folgenden Nacht, er lag da fast schon zwei Wochen, geschah es, dass ihn eine zweite Embolie heimsuchte, an der er starb.

Sein Leichnam wurde nach Janovice überführt und beigesetzt in der Familiengrabstätte der Nádhernýs, am Rande des Schlossparks. Der Vorgang fand in aller Stille statt, kurz vor Mitternacht. Sidonie begleitete den Sarg zusammen mit vier Dienstboten. Am Himmel stand ein blasser Dreiviertelmond.

Der Sarg wurde abgesenkt. Sidonie warf eine gelbe Rose in die offene Grube. Danach begannen drei Männer damit, Erde auf den Sarg zu schaufeln. Sidonie ging zurück zum Schloss, dort würde es fortan noch stiller zugehen.

Reichsdeutsches Militär zog ein. Vier Offiziere wurden im Schloss untergebracht, in der Gästesuite, in den Zimmern von Charlie und May-May, die, sehr alt, krank und etwas verwirrt, derzeit in Prag lebte. Die Mannschaften, zwanzig Soldaten, erhielten Quartier in Gutsgebäuden. Ihre stinkenden Fahrzeuge, Geländewagen und Motorradgespanne, standen im Schlosshof.

Die Offiziere wurden aus der Schlossküche versorgt. Sidonie vermied es, gemeinsam mit ihnen am Tisch zu sitzen. Begegnete ihr einer der Offiziere im Treppenhaus oder im Park, legte er die rechte Hand an den Schirm seiner Mütze und schnarrte Heilhitler, was sie mit einem matten Kopfnicken erwiderte.

Der Ort hieß wieder Janowitz. Die tschechoslowakische Republik, zu der Vrchotovy Janovice zwei Jahrzehnte lang gehört hatte, gab es nicht mehr. Die Slowakei wurde ein von Hitler geschaffenes Staatsgebilde, Tschechien war jetzt das großdeutsche Protektorat Böhmen und Mähren.

Die alte Prager Regierung hatte rechtzeitig das Land verlassen können. Staatspräsident Edvard Beneš, Nachfolger des verstorbenen Tomáš Masaryk, war nach London gegangen, obschon es vornehmlich die Briten gewesen waren, die das Ende der Tschechoslowakei herbeigeführt hatten, mit dem Münchner Abkommen.

Außer Edvard Beneš und seinen Leuten gab es weitere Flüchtlinge: deutsche Juden, nach 1933 zunächst im böhmischen Exil, dazu noch viele Altösterreicher. Sidonies Freund Max Lobkowitz gehörte dazu. Nach Charlies Tod hatte er ihr bei der Verwaltung ihrer Güter geholfen. Auch sie wurde mehrfach gefragt und fragte es sich selber, wieso sie nicht gleichfalls gegangen war, vielleicht nach Großbritannien, wo sie keinerlei Sprachprobleme gehabt hätte. Sie war geblieben. Sie war wegen Janowitz geblieben.

Zu den reichsdeutschen Offizieren, die im Schloss kampierten, gehörte ein junger Oberleutnant, der sich erkennbar bemühte, nicht als Okkupant, sondern als Gast aufzutreten. Traf er Sidonie, setzte er ein höfliches Lächeln auf. Sein Gruß klang nicht so schneidig wie der von anderen Offizieren. Er war groß gewachsen, hatte dunkles Haar, grüne Augen und schwärzliche Bartschatten. Einmal fragte er Sidonie, ob er mit ihr sprechen dürfe. Sie schüttelte den Kopf und sagte, sie sei in Eile. Brennende Zigarette im Mund, ging sie mit ihren Hunden davon.

Ihr Schlosspark war in den vergangenen Jahren zu einer allseits bestaunten Institution geworden. Es gab seltene Gehölze, exotische Pflanzen, es gab Gewächshäuser und die Anlage eines alpinen Gartens mit Hochgebirgsgewächsen. Sidonie war täglich unterwegs, die Pflegearbeiten zu überwachen. Sie half auch selber. In Stiefeln und mit brennender Zigarette stapfte sie durch die Beete, zog Unkraut und schob eine hölzerne Schubkarre. Von früh bis spät sei sie dort, so schrieb sie in einem Brief, sie pflanze, sie pflege Blumen und Bäume, sie spreche mit ihnen, sie erzähle ihnen alles, sie denke sich Geschichten und Erlebnisse von einer jeden Blume aus, mit der sie zu tun habe.

Dies alles mochte sie nicht aufgeben, da es für sie ein wichtiger Lebensinhalt geworden war. Ein anderer waren die Erinnerungen an Karl Kraus.

Bis zuletzt hatte er Janowitz besucht, für einen Tag, für mehrere Tage, zumal in den Sommerwochen. Sie besaß zahllose schriftliche Zeugnisse seiner Zuneigung:

Hohes Amt, in Gottes Erde,
spätrer Schönheit Samen senken,
dass Gewesnes immer werde,
sich der Geberin zu schenken.

Ein andermal schrieb er ihr:

Es gibt noch eine Sprache und einen Garten. Wenn ich auch jene zunächst verlieren muss, diese muss mir bleiben. Ich hielte es hier nicht aus, wenn ich nicht an Dich zu denken hätte.

Er schrieb:

Kulturell ist die Luft verpestet, aber vor dem Elementarereignis H. hilft es nichts, durch eigene Schuld verlorenes Gut planmäßig zu behaupten.

Das Elementarereignis H. war Hitler. Die Machtübernahme des Diktators 1933 hatte ihm die Sprache verschlagen. Zu jenem Manne falle ihm nichts ein, schrieb er in der »Fackel« und schrieb das gleich mehrfach: Das stolz bekannte Nichts, das ihm zu Hitler eingefallen sei, schlage alles, was den aktiven Freiheitskämpfern nicht eingefallen sei. *Man frage nicht, was all die Zeit ich machte. Ich bleibe stumm*, hieß es noch. *Das Wort entschlief, als jene Welt erwachte.*

In Deutschland hatte er bis 1933 ein großes Publikum gehabt. Nun konnte er dort öffentlich nicht mehr auftreten, auch »Die Fackel« durfte den Deutschen nicht mehr verkauft werden. Beides bedeutete eine finanzielle Einbuße. Er versuchte sie durch häufigere Vorlesungen in der Tschechoslowakei zu ersetzen, was einen zusätzlichen Anlass für Aufenthalte in Janovice bot.

Er brachte Sidonie dazu, mit ihm an einem neuen Buch zu arbeiten, das von seinem Lieblingsmedium handeln sollte, der Sprache. Er diktierte ihr Texte, er ging mit ihr alte Aufsätze durch. Das alles geschah in Janovice. In Wien, wohin Sidonie gelegentlich fuhr, sahen sie einander nur selten.

Der Kraus dort war in ihren Augen ein völlig anderer Charakter: tiefernst, etwas zänkisch, ein alter Mann, der fortwährend publizistische Angriffe unternahm und deswegen Strafprozesse führen musste. Ständig hockte er in Kaffeehäusern, von denen sie sich grundsätzlich fernhielt, wiewohl es doch ein Kaffeehaus gewesen war, wo sie ihn einst kennengelernt hatte. Seine Wiener Bekannten und Freunde interessierten sie wenig. Der Architekt Adolf Loos, einst Besucher in Janowitz, lebte nicht mehr, er war verstorben, als Hitler seine Herrschaft antrat und Sidonie sich von ihrem Ehemann Max Thun scheiden ließ. Kraus hatte dem Freund Adolf Loos die Grabrede gehalten, worin er den Genius des Verstorbenen pries: Der habe die zierhaften Hindernisse der Schönheit entfernt und das Leben aus der Sklaverei der Mittel befreit.

Die Besatzung von Schloss Janowitz durch reichsdeutsches Militär ging in die vierte Woche. Sidonies Personal hatte sich an die dafür nötigen Zusatztätigkeiten gewöhnt. In der Schlossküche arbeitete noch immer Anna Jirásecková, Sidonie suchte sie auf und fragte, ob es wegen der neuen Umstände im Haus Probleme gebe. Die Köchin schüttelte den Kopf. Sidonie fragte auch nach ihrem Sohn Pawel. Die Jirásecková erzählte, der Junge habe den Heeresdienst hinter sich gebracht und sofort mit dem Studieren begonnen. Wie es unter der neuen Verwaltung mit der Universität weitergehe? Das wisse man nicht. Pawel besuche sie selten. Manchmal schreibe er ihr, Postkarten, auf denen immer bloß stand, dass es ihm gut gehe.

In Wien war die Gefährtin von Karl Kraus bis zuletzt Helene Kann. Sie betreute sein Archiv. Wahrscheinlich betreute sie auch sein Bett. Sidonie hatte es aufgegeben, sich dagegen zu wehren. Immer wieder hatte er ihr bedeutet, dass allein sie es gewesen sei, die einst die Verbindung zwischen ihnen aufgelöst habe. Seine Beziehung zu Helene Kann war, dies musste Sidonie heimlich ihm und sich selbst eingestehen, daraus die Konsequenz. Die Dinge hatten sich so nun ergeben und so gehalten. Sie musste sich damit abfinden. Sie redete sich ein, dass wenigstens sie, Sidonie, für Kraus intellektuell erheblicher sei als die Kann. Dass er in seinem Testament dann Helene Kann ebenso wie Sidonie Nádherná bedachte, mit den exakt gleichen Anteilen, hatte Sidonie bitter gekränkt.

Sie stand gebückt im Park und jätete Unkraut. Sie bemerkte, dass hinter ihr jemand näher kam, sie richtete sich auf. Neben ihr stand jener Offizier, der bereits einmal das Gespräch mit ihr gesucht hatte. Seine rechte Hand berührte flüchtig den Schirm seiner Offiziersmütze, Heilhitler sagte er nicht. Er hüstelte etwas und äußerte dann, er möchte ihr gern erklären, dass er die hiesige Parkanlage als überaus bemerkenswert ansehe und sie ihm außerordentlich gefalle. Sidonie nickte, nahm aus ihrer Umhängetasche eine Zigarette und zündete sie an. Der Offizier sagte, seine Soldaten seien von ihm angewiesen, sich möglichst rücksichtsvoll zu verhalten, im Schloss wie im Park.

Sidonie schwieg und rauchte.

Ich kann mir vorstellen, sagte der Offizier, dass unsere Anwesenheit für Sie ziemlich ungelegen kommt. Dass sie auch lästig ist. Wir stören die hiesigen Abläufe. Sie müssen bloß verstehen: Deutschland hat sich endlich von seinen

Fesseln befreien können. Ich meine damit den Schandfrieden von Versailles. Wahrscheinlich wissen Sie davon. Härte folgt hier eben auf Härte.

Sidonie schwieg und rauchte.

Sie sind von Adel, sagte der Offizier, ich weiß das. Gestatten Sie, dass ich mich endlich vorstelle. Mein Name ist Detlev von Reventlow.

Sidonie hob überrascht den Kopf.

Der Offizier lachte kurz. Vermutlich denken Sie an Franziska von Reventlow, sagte er. Ich habe nichts mit ihr gemeinsam als den Namen. Unser Geschlecht ist uralt, müssen Sie wissen, es gibt mehrere Linien. Dass ausgerechnet die verrückte Gräfin so bekannt geworden ist, finden wir alle äußerst peinlich.

Sidonie hob die Schultern, sie rauchte und schwieg.

Der Offizier sagte, er müsse sich leider entfernen. Die Pflicht rufe. Er bedankte sich für Sidonies Geduld und berührte zum Abschied mit der rechten Hand den Schirm seiner Offiziersmütze. Heilhitler sagte er nicht.

Sie ging in die Schlossbibliothek und suchte nach Büchern der Reventlow. Die Gräfin, wusste sie, hieß mit Vornamen eigentlich Fanny und hatte mit ihrer aristokratischen Familie gebrochen, um ein befreites Leben zu führen. Sie malte, sie schrieb, sie übersetzte, sie war Schauspielerin. Sie liebte viele Männer und befand sich in ständiger Geldnot, aus der sie durch Gelegenheitsarbeiten, Schnorrerei und manchmal Prostitution zu entkommen suchte. Zu ihren zahlreichen Freunden gehörte Rainer Maria Rilke.

Sidonie fand einen Roman mit dem Titel »Der Geldkomplex«, gewidmet, was sie lustig fand, den Gläubigern der Autorin. Sie konnte sich nicht erinnern, das Buch je gelesen zu haben. Sie blätterte darin und fand diese Worte: *Aus lauter Verzweiflung habe ich angefangen, Bekanntschaften zu machen. Man erzählt sich seine Leiden, räsoniert über die Behandlung, vergleicht die jedem zugemessene Anzahl von Bädern und Packungen, kurz, man fachsimpelt auf Tod und Leben.* Das gefiel ihr. Sie legte den Roman beiseite und nahm sich vor, ihn später zu lesen, wozu es aber nicht kam. Sie hatte anderes zu tun.

Von Karl Kraus besaß sie Manuskripte in größerer Zahl, Gedichte und Briefe, viele Briefe, ungleich mehr als die Rainer Maria Rilkes an sie. Einst hatten die beiden Männer eine Art Rivalität um ihre Gunst ausgetragen, Kraus hatte am Ende obsiegt, vielleicht bloß dadurch, dass er länger am Leben blieb. Als dann auch Kraus tot war, fühlte sie sich ihm ungleich stärker verbunden als dem Verfasser der »Duineser Elegien«, die ihr weiterhin eher unzugänglich blieben. Die Texte, die Karl Kraus für sie und an sie geschrieben hatte, waren verständlicher, sie waren eindeutiger, sie waren ein kostbares Vermächtnis. Sie begann damit, seine Briefe aus seiner schwer leserlichen Handschrift in die Schreibmaschine zu übertragen.

Dass Kraus das Ende der Republik Österreich wie auch das Ende des tschechoslowakischen Staates nicht mehr hatte erleben müssen, erschien Sidonie als ein gnädiges Schicksal. Kraus hätte fliehen müssen, zunächst aus Wien, danach aus Böhmen. Vielleicht wäre sie mit ihm gegangen, in die Schweiz oder nach Frankreich oder nach England. Wäre sie mit ihm gegangen? Hätte sie Janowitz zurücklassen wollen?

Kraus war zuletzt ein sehr kranker Mann gewesen. Er litt an Schlaflosigkeit, an vielerlei Schmerzen, er nahm Medikamente, er übte sich in Selbstbeherrschung. Anfang

Mai 1936 hielt er sich in Janowitz auf. Er diktierte Sidonie, Texte für das geplante Buch über Sprache. *Manche Richtigstellung ist nicht so wichtig wie jene Reklamation des Kommas, über die sich die Trotzbuben aufgeregt haben, und dennoch wichtiger als das Werk, dem sie oblügen.*

Danach brachte Sidonie Kraus mit dem Automobil von Janovice nach Benešov zum Bahnhof. Sie verabschiedete sich von ihm, bevor er den Zug nach Wien bestieg. Am Ende desselben Monats telefonierte er mit ihr. Er kündigte seine Ankunft in Janovice für den gleichen Abend an. Sidonie riet ihm, die Reise aufzuschieben, in Janovice regne es, und es sei auch ungewöhnlich kalt. Er folgte ihrem Ratschlag. Drei Tage später erhielt sie die Nachricht, dass er akut erkrankt sei und im Bett liege. Noch einmal vier Tage später erfuhr sie, sein Zustand sei mehr als ernst. Augenblicklich brach sie auf, um zu ihm nach Wien zu fahren.

Dort saß an seinem Krankenbett die Kann. Der Patient, erfuhr Sidonie von ihr, habe zuletzt noch seinen Arzt beschimpft, den er für alle seine Erkrankungen verantwortlich gemacht habe, worauf sie, die Kann, erwidert habe: Ach, Karl, dem tust du auch Unrecht. Da habe der Kranke sich aufgebäumt, ein letztes Mal, um laut zu rufen: Wem habe ich denn jemals Unrecht getan?

Er starb am 12. Juni, einem Freitag. Die Diagnose lautete auf Gehirnschlag und Lungenembolie. Die Beisetzung sollte auf dem Wiener Zentralfriedhof stattfinden.

Eigentlich hatte er in Janowitz begraben sein wollen. Jedenfalls hatte er das Sidonie so gesagt, doch gab es darüber keinen schriftlichen Beleg, den man hätte vorweisen können. Also geschah alles so, wie die Kann es wollte und anordnete: große Pompes funèbres, wie im todessüchtigen Wien seit Barockzeiten üblich. Es gebe Dinge, hat Kraus geschrieben, vor denen man sich eines schallenden Gelächters nicht erwehren könne, auch wenn es die Teilnahme an einem Begräbnis sei.

Bei der großen Trauergemeinde auf dem Zentralfriedhof hielt Sidonie sich im Hintergrund. Sie sah, wie die schwarz verschleierte Helene Kann die Rolle der trauernden Witwe wahrnahm.

Am Folgetag kehrte Sidonie allein für sich auf den Zentralfriedhof zurück. Eine Weile irrte sie umher, bis sie das Grab wiederfand. Sehr entfernt zog ein Trauerkondukt vorüber, vornweg ein Ministrant mit hochgehaltenem Kreuz, hinter ihm ein von zwei Rappen gezogener offener Wagen mit dem Sarg. Sie dachte daran, dass auch Kraus der katholischen Kirche angehört hatte, für eine Weile, um sie dann rechtzeitig wieder zu verlassen.

Auf seinem Grab häuften sich die Kränze und Blumengestecke. Sidonie nahm aus ihrer Handtasche eine Kerze, entzündete sie, tat sie in ein Glas und setzte sie ab.

Am gleichen Tag kehrte sie heim nach Janowitz, wo sie alles unternahm, um in ihr gewöhnliches Leben zurückzufinden. In dem Schreiben an eine Bekannte sprach sie von ihrer Korrespondenz mit Kraus und gestand:

Ich verbringe die Nächte mit unseren Briefen. Ich gehe erst gegen Morgen schlafen, schiebe das Einschlafen hinaus aus Angst vor dem Erwachen – ins Leere. Denn dieses tägliche Erwachen, Erwachen-Müssen ist das Schrecklichste, weil das Unfassbare tagt.

Den im Schloss einquartierten deutschen Offizier Detlev von Reventlow traf sie gelegentlich. Er erzählte ihr, in seiner Familie sei der Offiziersberuf Tradition. An seiner Uniformjacke trug er das Symbol des Adlers mit ausgebreiteten Schwingen und Hakenkreuz. Sie selbst fühlte sich als Tschechin, seit zwanzig Jahren, seit Gründung der Republik, sie hatte sich öffentlich dazu bekannt, obschon sie die Landessprache nicht sehr gut beherrschte und von der nationalen Geschichte nur wenig wusste. Der Adler mit den ausgebreiteten Schwingen und dem Hakenkreuz widerte sie an.

Reventlow sagte ihr, er habe die Nachricht erhalten, dass er und seine Leute demnächst abziehen müssten. Das wolle er ihr zur Kenntnis geben. Für seinen Aufenthalt hier im Schloss und für die Bekanntschaft mit der Baronin dürfe er sich jetzt schon aufrichtig bedanken. Er legte die rechte Hand an den Schirm seiner Offiziersmütze und sagte statt Heilhitler Adieu.

Die Mitteilung über das Ende der militärischen Besatzung von Janowitz war für sie eine Erleichterung.

Vieles deutete darauf hin, dass Sidonie nicht länger würde bleiben können. Einen Teil ihres beweglichen Besitzes würde sie auf verschiedenen, meist illegalen Wegen ins Ausland bringen lassen, anderes einlagern bei Bekannten, die es ihr später nachschicken konnten. Aber wollte sie tatsächlich Janovice für immer verlassen? Wie eng ihre Erinnerungen, ihr Wesen, ihr gesamtes Leben mit diesem Ort und dieser Landschaft verbunden waren, empfand sie so nachdrücklich erst, als sie sich Gedanken über einen vielleicht endgültigen Abschied machte.

Zehn Jahre lang hatte sie sich dagegen zu wehren versucht. Die mehrwöchige Besetzung ihres Schlosses durch reichsdeutsches Militär war eine Warnung gewesen. Der dann erfolgte Abzug aller durch Oberleutnant von Reventlow kommandierten Soldaten hatte ihr den trügerischen Eindruck vermittelt, mit etwas Anstrengung könne sie ihren Besitz vor weiterer Heimsuchung bewahren. So kümmerte sie sich, wie zuvor schon, um die Verwaltung ihrer Güter, und wie zuvor schon überwachte sie die gärtnerischen Arbeiten im Park und nahm an ihnen teil.

Der Krieg begann. Leute wurden abgezogen, Produkte bewirtschaftet, die Auflagen, Vorschriften und Verbote der deutschen Administration fielen stringenter aus. Bald erwies sich, dass die gesamte Region, zu der Janowitz gehörte, ihre Bewohner verlieren würde, um zu einem Übungsgelände für Einheiten der Waffen-SS zu werden. Auch das Schloss der Nádhernýs sollte davon betroffen sein.

Sidonie unternahm einiges, dies abzuwenden. Anlässlich einer Ausstellung in Prag hatte sie einen Kunsthistoriker kennengelernt, Václav Wagner, beschäftigt beim staatlichen Denkmalamt. Von mehrfachen Besuchen her kannte er die Parkanlagen von Janowitz sehr genau und hatte darüber publiziert. Sidonie begann einen intensiven Austausch mit ihm. Sie schrieben einander Briefe, sie trafen sich persönlich. Auf Wagners Betreiben hin wurden das Schloss und der zugehörige Park offiziell zu Denkmälern erklärt, womit sie vor administrativen Übergriffen zunächst geschützt waren.

Die Umsiedlungsaktivitäten in der Region wurden fortgesetzt. Deutsche Bauern zogen in die Höfe vertriebener Tschechen. Baracken und Stellplätze entstanden für Einheiten der Waffen-SS, Lager für politisch Verfolgte wurden angelegt, viele Personen von jüdischer Herkunft, darunter einer von Sidonies leitenden Angestellten, darunter der Zahnarzt Václav Poláček aus Beneschau, wurden festgenommen und deportiert.

Der Denkmalpfleger Václav Wagner verlor sein Amt. Sein Nachfolger wollte auf die von Wagner getroffenen Entscheidungen keine Rücksicht nehmen. Als Sidonie davon erfuhr, suchte sie anderweitige Hilfe. Sie erinnerte sich des Oberleutnants von Reventlow, der einst bei ihr zu Gast gewesen war und einiges Interesse für den Park gezeigt hatte. Vielleicht konnte er ihr beistehen? Wie aber sollte sie ihn erreichen? Wer würde ihr eine Verbindung zu ihm herstellen können? Dann erfuhr sie, es war der Sommer 1944, dass zu den deutschen Offizieren, die ein missglücktes Attentat auf den Diktator Adolf Hitler unternommen hatten, ein Oberst namens Detlev von Reventlow gehört hatte, der sich seiner Verhaftung entzog, indem er sich mit seiner Dienstpistole in den Rachen schoss.

Der Krieg war da schon im fünften Jahr. Der einst von ihrem Bruder Charlie angeschaffte Radioapparat versorgte Sidonie mit den Nachrichten des Londoner Senders

BBC. Sie hielt die Kriegsereignisse in ihrem Tagebuch fest. Was sie, aus Gründen der Vorsicht, nicht aufschrieb, war ihre Erkenntnis, dass sich die militärische Niederlage der Deutschen nicht mehr aufhalten ließ, da sie unabdingbar und überdies gerecht sei.

Schloss Janowitz hatte kaum noch Bedienstete. Die Köchin Anna Jirásekovà war evakuiert worden. Was aus dem Sohne Pawel geworden war, erfuhr Sidonie nicht. Wenn sie sich nicht im Park aufhielt, bewegte sie sich, brennende Zigarette im Mund, in den gespenstisch menschenleeren Räumen des Schlosses. Ihre frühere Erzieherin May-May war bei Kriegsbeginn aus Prag zurückgekehrt nach Janowitz, wo die gebrechliche alte Dame ihre Tage im Bett verbrachte, immer schwächer wurde, wirre Dinge redete, bis sie schließlich starb. Sidonie ließ den Leichnam an der Parkmauer beisetzen, neben den Gräbern ihrer Eltern, ihrer Brüder und ihrer Hunde.

Sie besaß keine Pferde mehr und kein Automobil. Die deutschen Behörden hatten alles beschlagnahmt. Ihre letzte Begleitung war der Leonberger Bobby, ein nun schon betagtes Tier, das sich langsam bewegte und selbst im Sitzen keuchte. Es wurde schwierig, das erforderliche Futter aufzubringen.

So also lebe ich meilenweit entfernt von meinen eigentlichen Interessen, schrieb sie in einem ihrer Briefe, *von allem Geistigen und Schönen, das mir lebenswert erscheint, vollkommen entwurzelt. Wie sollte eine Pflanze, gewohnt an üppigsten Boden, im mageren gedeihen?*

Kurz nach dem Datum des Attentats auf Adolf Hitler erfuhr sie, dass sie das Schloss werde räumen müssen. Alle Bemühungen von ihrer Seite, alle Eingaben und Gespräche hatten diese Entscheidung der Verwaltung in

Prag nicht rückgängig machen können. Alle Hinweise auf die die kulturelle Bedeutung von Janowitz waren erfolglos geblieben. Lediglich eine zeitliche Frist wurde ihr eingeräumt, damit sie Vorbereitungen für ihren Auszug treffen konnte, und sie erhielt die Genehmigung, Gegenstände ihres persönlichen Besitzes in mehreren Wagenladungen abfahren und anderswo einlagern zu lassen. Es fand sich dafür eine Scheune.

Sie selbst zog, zusammen mit ihrem Hund, nach Voračice, in einen ihrer ehemaligen Pachthöfe. Dort bewohnte sie ein kleines Haus, in dem anfangs weder elektrischer Strom noch fließendes Wasser zur Verfügung stand. Ein kleines Gärtchen versorgte sie mit Blumen und Gemüse. Wenn sie mit ihrem japsenden Hund unterwegs war, konnte geschehen, dass ihr Trupps von Häftlingen aus einem der Straflager begegneten, ausgemergelte Männer in blau-weiß gestreiften Anzügen, unterwegs zu ihrer Arbeit, bewacht von bewaffneten Leuten in SS-Uniform.

Bei einem ihrer Ausflüge mit dem Fahrrad stürzte sie und brach sich ein Bein. Sie wurde ins Krankenhaus nach Beneschau gebracht, wo sie insgesamt zehn Wochen lag. Hernach kehrte sie zurück zu ihrer Bleibe in Voračice. Eine Zeit lang musste sie beim Gehen einen Krückstock benutzen. Ihr Hund Bobby war gestorben. Sie begrub ihn in ihrem Garten. Ein neues Tier mochte sie sich nicht zulegen.

Die Nahrungsmittel wurden knapp. Einstige Angestellte steckten ihr heimlich Brot, Fleisch und Kartoffeln zu. Noch schwieriger war es für sie, an Tabakwaren zu gelangen. Auf Umwegen und für viel Geld konnte sie sich Pfeifenkrüll besorgen. Sie erlernte es, sich ihre Zigaretten selber zu drehen.

In ihrem Schloss wurden deutsche Soldaten untergebracht. Das gesamte Gebiet Janowitz war jetzt ein riesiger Truppenübungsplatz. Zu den Dingen, die sie aus dem Schloss hatte mitnehmen können, um sie ständig um sich zu haben, gehörten die Briefe, die sie von Rainer Maria Rilke erhalten hatte und die von Karl Kraus.

Rilke bedeutete ihr nicht mehr so viel wie früher. *Meine liebe Sidie, Ihr Brief hat mich bewegt und erschüttert, wie sehr wünschte ich, da ich ihn las, bei Ihnen zu sein –, und war Ihnen so nahe, als dies in räumlicher Entfernung möglich ist.* Klang das nicht einigermaßen manieriert und auf eine höfliche Art verlogen? Sie wusste, dass Rilke, ungeachtet seiner jüdischen Freundinnen, in Hitler-Deutschland geschätzt, dass er viel er gelesen wurde, deutsche Soldaten, darunter Angehörige der Waffen-SS, führten an den Fronten bevorzugt eine Feldpost-Ausgabe der »Weise von Liebe und Tod des Cornets Christoph Rilke« mit sich. Dies alles verdarb ihr den Geschmack an Rilkes Worten und Rilkes Versen. Es verdarb ihr die Erinnerung an sein aufwendiges Werben um ihre Gunst. Inzwischen hielt sie es gar für vorstellbar, dass sie sich von seinen Briefen, es waren deren über zweihundert, gegebenenfalls trennen könne, etwa für eine Stiftung oder auch, um sie vielleicht zu veräußern.

Mit der Korrespondenz von Karl Kraus verhielt es sich anders. Diese Briefe waren zahlreicher, ihr Wortlaut unmittelbarer, ihre Inhalte gehörten zu ihrem persönlichsten, ihrem innigsten Erleben. Karl Kraus war in Hitlers Deutschland verboten, schon seiner jüdischen Herkunft wegen. Seine bitterbösen Urteile über die Ereignisse des vorigen Weltkriegs trafen ebenso für das Geschehen der unmittelbaren Gegenwart zu:

Während heute alle einander gegenüberstehenden Völker dieser verrückten Erde nur die Verblendung gemeinsam haben, im Namen desselben Gottes siegen zu wollen, haben die Deutschen wie einst die Hebräer sich auch noch ihren Separatgott zugelegt, dem die furchtbarsten Schlachtopfer dargebracht werden. So hieß es in den »Letzten Tagen der Menschheit«. *Der bis zum letzten Hauch von Mann und Ross beschworene Glaube,* so stand es 1918 in einem Aufsatz der »Fackel«, *dass die Welt gottbehüte am deutschen Wesen genesen werde, ist begraben. Die Hoffnung, dass sie vom deutschen Wesen genesen werde, lebt auf.*

Im Mai 1945 zog sich das deutsche Militär aus Mittelböhmen zurück. Zuvor waren die Internierungs- und Arbeitslager evakuiert worden. Häftlinge, die bei dieser Gelegenheit zu fliehen versuchten, wurden verfolgt und niedergeschossen. Am 9. Mai 1945, einem Mittwoch, ging für Janovice der Krieg zu Ende.

Kurz zuvor war die Exilregierung von Edvard Beneš zurückgekehrt. Es gab nun wieder eine autonome tschechoslowakische Republik. In Prag saß eine Regierung, deren wichtigste Ämter mit Kommunisten besetzt wurden. Angeführt von dem Stalin-hörigen Tischler Klement Gottwald, würde bei den demokratischen Wahlen von 1946 die Macht dieser Partei bestätigt werden.

Das Dorf Janovice war zu großen Teilen zerstört, viele der Äcker waren verwüstet. Das vom deutschen Militär verlassene Schloss wurde von Plünderern heimgesucht, danach zogen Truppen der Roten Armee dort ein. Sidonie sah sich gezwungen, weiter in Voračice zu bleiben. Einmal wurde sie ausgeraubt.

Unmittelbar nach dem Kriegsende hatte sie erneuten Kontakt zu Václav Wagner gesucht, der in sein altes

Amt hatte zurückkehren können. *Lange wanderte ich heute durch Schloss und Park,* schrieb sie ihm. *Beide sind so verlassen, Tore und Türen stehen überall weit offen. Es schmerzte mich, wie dieser Inhalt meines Lebens nun lieblos preisgegeben ist. Im Stiegenhaus klaubte ich die herumliegenden abgebrochenen Finger und Zehen der Holzfiguren auf und brachte sie mit nach Hause, blutenden Herzens.* Sie ersuchte Wagner um Hilfe für den Schutz des Schlosses. Sie bat ihn um Unterstützung bei den dann notwendig werdenden Restaurierungsarbeiten.

Einen Teil ihres von den Deutschen enteigneten Grundbesitzes erhielt sie zurück. Schließlich verließen die sowjetischen Soldaten das Schloss. Die Anlage solle wieder ein Juwel werden, schrieb sie voller Enthusiasmus an Wagner, dieser Aufgabe wolle sie sich mit allen ihren Kräften widmen.

Zeitgleich korrespondierte sie außerdem mit Albert Bloch, einem in den USA lebenden Kunstmaler und Universitätslehrer. Er hatte Gedichte von Karl Kraus ins Englische übertragen, höchst einfühlsam und, wie Sidonie befand, sehr gut. Nun wechselte er Briefe mit ihr, auch da er in ihr offenbar eine Art von rechtmäßiger Kraus-Witwe sah. Sie genoss das sehr. Ausführlich ging sie auf alle seine Fragen ein:

Und ob er lustig sein konnte! Er sprudelte oft voll spitzbübischer Ausgelassenheit, und es war dann stundenlang kein ernstes Wort mit ihm zu reden. Er war ein vortrefflicher Imitator und nichts war komischer, als wenn er z. B. meinen Bruder, dem er innig zugetan war, in dessen Gegenwart haargenau imitierte.

Sie schickte Fotografien. Sie erläuterte Motive und Hintergründe von Gedichten. Sie versuchte ihre eigene

Person, ihre eigene Haltung zu erklären: Dass sie bislang stets Hemmungen gehabt habe, ihre Gefühle für Karl Kraus öffentlich preiszugeben *(ein Heiligtum, welches Liebe und Geschlecht immer für mich war)*. Selbst Nächsten habe sie sich niemals mitgeteilt. Das Wesen ihrer Verbindung mit Kraus sei ein Geheimnis geblieben, seine Wiener Kreise habe sie stets gemieden, wie seinerseits er völlig damit einverstanden gewesen sei, sein Liebesverhältnis mit Sidonie zu verbergen, indem er es von seiner üblichen Umwelt völlig getrennt hielt.

Während sie so schrieb, begannen sich für sie die Gestalt und das Wesen von Karl Kraus zu verändern. Frühere Konflikte, Missverständnisse, Streitereien und Kränkungen rückten in den Hintergrund. Es habe nichts Anregenderes gegeben als seine Gesellschaft, schrieb sie, und welche Güte, welches Mitfühlen er besessen habe. Weder Tier noch Mensch konnte er leiden sehen. Stets sei er hilfsbereit gewesen.

Das Gedenken an Karl Kraus wurde zur endgültigen, zur eigentlichen Bestimmung ihres nunmehr einundsechzigjährigen Lebens. So beschrieb sie Bloch den Ausgang ihrer zeitweiligen Trennung von Kraus:

Selbst unser Vorhaben, einander alles aufzuklären, wurde, als wir uns wieder in die Augen sahen, plötzlich nebensächlich. Es war so natürlich, dass wir einander wieder gehörten. Nie bat ich um Verzeihung, nie sprach er sie aus. Es war nicht nötig. Er nahm mich zu sich auf. Da ich wiedergekommen war, gab es auch nichts zu fragen. Er wusste, wie mein Herz litt, dem seinen wehe getan zu haben, es musste nicht ausgesprochen werden. Ein anderes Schuldbewusstsein meinerseits oder Vorwurf seinerseits gab es nicht, konnte es nicht zwischen mir und ihm geben.

Dies war nicht die Wahrheit. Sie wusste das. Gleichwohl war sie entschlossen, ihren eigenen Worten zu glauben, was ihr bald schon gelang.

Die Restaurierungsarbeiten im Schloss und im Park von Janovice setzten ein. Die Prager Regierung hatte ihr die dafür erforderlichen Gelder bewilligt. Dann, es war das Jahr 1948, kam es in Prag zu einer Regierungskrise, Klement Gottwalds Kommunisten nutzten sie zu einem Staatsstreich und übernahmen die gesamte politische Macht. Die Republik gab es fortan nicht mehr. Aus der Tschechoslowakei wurde eine nach sowjetischem Muster geordnete kommunistische Diktatur.

Neuerlich verlor Sidonies Briefpartner Václav Wagner sein Amt in der Denkmalschutzbehörde. Eine neue und äußerst radikale Bodenreform betraf auch den soeben erst restituierten Bodenbesitz der Nádhernýs. Sidonie argwöhnte, dass sie demnächst außerdem ihren restlichen Besitz verlieren würde, ein zweites Mal innerhalb nur eines Jahrfünfts.

In einer kommunistischen Prager Tageszeitung las sie den Wortlaut einer Rede, die ein Mitglied des Führungsgremiums der Kommunistischen Partei des Landes gehalten hatte. Es ging darin um die unverbrüchliche Freundschaft der Tschechen und Slowaken zu Josef Stalins Sowjetunion. Der Redner trug den Namen Pawel Jirásek. Die abgedruckte Fotografie zeigte den etwas älter und fleischiger gewordenen Sohn der früheren Schlossköchin Anna Jirásková.

Ein Strafprozess gegen Sidonie fand statt. Es ging um den Vorwurf, sie habe im Jahre 1944 mit den deutschen Okkupanten kollaboriert. Nach einem der zahlreichen Dekrete, die Staatspräsident Beneš erlassen hatte, galt dies als ein schweres Verbrechen. In erster Instanz schuldig gesprochen, konnte Sidonie in der Revision nachweisen, dass die sie belastenden Zeugenaussagen widersprüchlich und falsch waren. Das Verfahren gegen Sidonie Nádherná wurde eingestellt.

Der schmerzende Eindruck von Unrecht, Erniedrigung und Schande blieb ihr. Sie erinnerte sich, dass Karl Kraus den deutschen Diktator Adolf Hitler mit dem Sowjetdiktator Josef Stalin gleichgesetzt hatte. Was sie in den letzten Jahren erlebte, war ihr dafür ein Beweis. Zuerst, sagte sie, müsse man sein eigenes Grab ausheben, hier wie dort, und hernach werde man mit einem Fußtritt hineingestoßen.

Sie saß in ihrer Bleibe, rauchte ihre vielen Zigaretten und entwarf ein Testament. Doch hatte das überhaupt noch einen Sinn? Was hatte, was vermochte sie, wer war sie denn? Der Spiegel zeigte ihr eine hagere Greisin, die Altersflecken auf den Handrücken trug. Sie litt unter chronischem Raucherhusten. Sie litt an ihrer Vereinsamung. Ihr wichtigster Besitz, außer einer Sammlung von Dichterbriefen, war ihre Erinnerung. *Das Schicksal – oder eine höhere Gewalt – wollte es, dass jedes Wesen, das mir teuer war, ob Mensch oder Hund, vorzeitig vom Tod mir entrissen wurde. Nichts und niemand ist geblieben. Nur die Sehnsucht.*

Hätte sie anders leben sollen? Hätte sie es gekonnt und gewollt? Sie war die Tochter altösterreichischer Aristokraten, die sich niemals von den Vorzügen ihrer Herkunft hatte verabschieden mögen. Eigentlich hatte sie ein freies, ein unkonventionelles Dasein führen wollen, zumal in Liebesdingen, doch ihre Versuche waren halbherzig geblieben, waren missglückt oder gescheitert, inbegriffen die Beziehung zu Karl Kraus. Sie hätte diesen Mann heiraten können. Sie hatte es nicht getan. Stattdessen war sie eine sinnlose Ehe eingegangen mit einem Mann, der ihr nichts bedeutete. Sie hätte 1938 emigrieren können. Sie war geblieben. Der Park von Janovice hatte durch sie zu einem bleibenden hortikulturellen Juwel werden sollen, war es vielleicht geworden, doch nun drohte er zu verwildern. Hatte sie ein rundum gescheitertes Leben gelebt? Wenn sie vor sich ehrlich wäre, hätte sie diese Frage mit Ja beantworten müssen. Doch sie weigerte sich. Lieber verdrängte sie alles.

Ihr alter Bekannter Max Lobkowitz, 1946 heimgekehrt aus dem englischen Exil und bis zum kommunistischen Staatsstreich tätig im diplomatischen Dienst der Republik, riet ihr zur Emigration. Diesmal wollte sie den Rat befolgen. Sie fuhr nach Prag und bemühte sich um ein Visum für die Ausreise nach England. Es wurde ihr verweigert. So begann sie mit den Vorbereitungen zu ihrer Flucht.

Sämtliche Gegenstände ihres Besitzes, die von kunsthistorischem Wert waren, übereignete sie dem Museum der nahe gelegenen Stadt Pacov. Anfang September fuhr sie nach Eger, wo sie sich zwei Tage lang aufhielt. Sie ging in den Straßen umher. Sie hielt Ausschau nach möglichen Verfolgern. Sie rauchte viele Zigaretten.

In der dritten Nacht begab sie sich, einen dicken Rucksack über den Schultern, zu einem grenznahen Dorf. Ein bezahlter Führer sollte sie über die Demarkationslinie geleiten. Sie trafen auf einen tschechischen Grenzpolizisten, der sie anhielt. Ihr Führer kannte den Mann, er erzählte etwas von einem Fleischtransport, zu dem er unterwegs sei, Sidonie gab er als seine Ehefrau aus. Der

Grenzpolizist zeigte sich mit der Auskunft zufrieden und ließ sie weitergehen.

So überschritten sie die Grenze. Sidonies erste Station in Deutschland war ein Oberpfälzer Dorf. Sie entlohnte ihren Führer, verabschiedete sich von ihm und zündete sich eine Zigarette an.

Sie war nun in Freiheit. Alte Bekannte würden sie unterstützen und ihr weiterhelfen. Irgendwann würde sie vielleicht ihre Rilke-Briefe verkaufen müssen, um ausreichend Geld für ihren Lebensunterhalt zu haben. Wahrscheinlich würde sie nach Großbritannien ziehen. Immerfort würde sie sich einreden wollen, dass sie über ihre gelungene Flucht sehr glücklich sei. Freilich wusste sie auch, und sie wusste es schmerzlich, dass sie, solange sie lebte, Janowitz niemals wiedersehen würde.

Der Autor verdankt Anregungen den Arbeiten von Alena Wagnerová, Friedrich Pfäfflin und Jens Malte Fischer. Alle wichtigen Figuren seines Buches sind historisch, ihre Beziehungen zueinander sind belegt. Mit Einzelheiten wurde frei verfahren, manches wurde erfunden. »Janowitz« ist ein Roman.